L'homme
aux yeux de loup

Gilles Dubois

L'homme
aux yeux de loup

Les Éditions
David

Les Éditions David remercient le Conseil des Arts du Canada, le Secteur franco-ontarien du Conseil des arts de l'Ontario et la Ville d'Ottawa. En outre, nous reconnaissons l'aide financière du gouvernement du Canada par l'entremise du Programme d'aide au développement de l'industrie de l'édition (PADIÉ) pour nos activités d'édition.

Les Éditions David remercient également Prospects Plus, Coughlin & Associés Ltée et le Cabinet juridique Emond Harnden.

Catalogage avant publication (Canada)

Dubois, Gilles, 1945-

L'homme aux yeux de loup / Gilles Dubois.

(Voix narratives et oniriques)

ISBN 2-89597-052-1

I. Titre. II. Collection.

PS8557.U23476H656 2005   C843'.6   C2005-905410-7

Révision : Manon et Frèdelin Leroux

Couverture : Naming of a Warrior, Clarence Kapay, acrylique sur toile, 61 x 76 cm, 1997.

Maquette de la couverture, typographie et montage : Anne-Marie Berthiaume graphiste

Les Éditions David   Téléphone : (613) 830-3336
1678, rue Sansonnet   Télécopieur : (613) 830-2819
Ottawa (Ontario) K1C 5Y7   info@editionsdavid.com

Site internet : www.editionsdavid.com

*« Un seul oiseau est en cage
et la liberté est en deuil »*

Jacques PRÉVERT

Je dédie cet hommage
aux peuples des Premières Nations,
à mes amis Michel Lemoine et Lucie Tremblay
ainsi qu'aux organismes humanitaires américains
IFAW (Fonds international
pour la protection des animaux)
et PETA (People for the Ethical
Treatment of Animals)

AVANT-PROPOS

La région sauvage de Nahanni, où se déroule cette histoire, est une réserve d'indiens Athapascans – une grande famille linguistique indienne que l'on retrouve dans toute l'Amérique du Nord, jusqu'au sud des États-Unis. Ces Autochtones, les seuls en Amérique, refusent toujours catégoriquement d'être appelés Indiens. Ils sont «Déné», le Peuple.

Leur réserve est située dans les Territoires du Nord-Ouest canadien, au pied des monts Mackenzie.

Au cours de la ruée vers l'or de 1898, ce parc magnifique se trouva sur le chemin des prospecteurs en route vers le territoire du Yukon. Au passage, ils bouleversèrent collines et ruisseaux en quête de leur fortune, profanant sites sacrés et cimetières indiens. Courroucés, les Aborigènes se dressèrent contre les envahisseurs. Ainsi naquit la sombre légende de «Nahanni, vallée maudite». En effet, tout homme blanc qui osait s'aventurer en territoire indien périssait, souvent d'horrible manière. Cela débuta avec Willie et Frank MacLéod, retrouvés sans tête, le scalp posé sur la poitrine. Les Blancs se mirent à parler des «gardiens de la vallée perdue», un peuple de géants aux yeux clairs, dévoués à une reine blanche. À cette époque, on découvrit un certain O'Brien gelé dans une tanière d'ours, puis ce fut Shebbad le chasseur, errant sur la toundra «l'esprit en folie». D'autres voyageurs encore, Eppler, Mulhollant, furent égorgés. Jorgensen le trappeur sera décapité, mutilé. Ils seront ainsi quarante-neuf à perdre la vie dans les montagnes de Nahanni. Les voyageurs blancs rebaptisèrent le parc de noms plus appropriés : Rivière du crâne brisé, Vallée des hommes morts, Montagne des hommes sans tête, Montagne des funérailles, Portes de l'enfer, ainsi que Carabine de George, Carabine de Lafferty. Chaque nom représentait une mort violente, un fait étrange, inexplicable. Ces armes trouvées près des cadavres étaient une nouvelle énigme. Elles n'appartenaient jamais aux victimes, mais avaient servi ailleurs, dans un crime distinct. Chaque prospecteur assassiné l'ayant été avec l'arme du mort précédent. La «police montée» épuisa son intelligence sur une volée de «pièces à conviction incohérentes dans des crimes sans mobile».

Aujourd'hui, ce peuple indien a disparu. La légende ne demeure vive que dans la mémoire de quelques vieux.

Nahanni, un monde dans lequel le chasseur indien, par respect, accroche toujours dans l'arbre une petite pièce de son gibier afin de remercier l'animal abattu de son ultime sacrifice. Nahanni, ce sont des gorges aux parois abruptes grimpant jusqu'à 1 000 mètres, des plateaux de glace à perte du regard, des pics granitiques plantés en tous sens, massifs ou élancés, en dents de requin. Toundras ici, luxuriantes forêts juste à côté. Nahanni et ses cascades vertigineuses, comme celle de Virginia, avec 90 mètres de hauteur, deux fois les chutes de Niagara, en Ontario, au Canada. On y trouve aussi l'étonnante vallée tropicale de Kraus; une source d'eau chaude y jaillit, atteint 95 degrés Fahrenheit, ce qui, l'hiver, empêche le sol de geler sur près de huit hectares, malgré les plus grands froids, permettant une rare végétation de fougères, églantiers et merisiers qui ajoutent quelque touche magique supplémentaire au décor grandiose.

Nahanni, un paysage de la genèse, le «lien sacré entre Dieu et l'homme», dit l'Indien. Une légende désigne la vallée comme le creuset des origines, là où naquirent êtres et choses. Nahanni, c'est la voix du loup et du premier humain, l'ancêtre à la peau cuivrée. Le poème *Chon'oo-Pah-Sah*, «Origine du premier Dakota», par Pah-Lah-Neh-Ah-Pah, l'exprime ainsi :

Il y a des milliers d'hivers, ô lointain passé,
Fut l'Homme, création du Grand Wo-Kou.
Modelé par une étoile, il était le premier Dakota.

Elle le dirigea dans l'immensité sombre, le regarda tomber. C'était *Wa-kin-yan*. L'Homme, le Dakota.

Il se posa doucement, sur la Terre-mère. Il n'avait aucun mal. Dans une splendeur dorée, là-bas où meurent les jours, du côté des terres de légendes, cette vieille terre d'Occident où naquit l'Indien :

Terre des mythes et des traditions,
Avec sa vallée aux mystérieuses histoires
Qui ne sont pas encore écrites!

On trouvera en fin de volume quelques renseignements utiles sur les indiens Dakotas et les loups. Pour certains, le comportement du héros indien de cette histoire pourra sembler outrancier. Il suffit de savoir que la controverse suscitée par la sauvegarde des loups d'Alaska et du Yukon a vu s'opposer des groupes de chasseurs et d'écologistes protecteurs de la faune en de violents affrontements. Des bâtiments, des voitures, des maisons ont été saccagés, parfois même incendiés ; des contestataires se sont retrouvés à l'hôpital, d'autres en prison, pour avoir massacré des loups avec la plus grande cruauté. Actuellement, après vingt années de luttes diverses, à coups de poing ou devant les tribunaux, le loup d'Alaska est pratiquement anéanti, quoi qu'en disent les autorités concernées.

L'auteur a fait partie de ces mouvements pour la sauvegarde du loup, ainsi que de l'ours kodiak d'Alaska, et du fameux grizzli de la rivière Mac Neil.

*«Aux ultimes limites du monde, je vagabonderai
et le domaine du loup sera mon domaine.»*

Robert SERVICE

CHAPITRE 1

Le groupe de villageois, engoncés dans des peaux de bêtes rousses ou brunes, fait cercle autour d'un large orifice circulaire taillé dans la croûte glacée emprisonnant la rivière Nahadeh. Sous les pieds, le flot déchaîné passe en grondant; un bruit sourd, sorte de colère qui rappelle l'imprévisible grizzli importuné durant sa léthargie. La rivière Nahadeh, tout aussi implacable, en a la puissance, la beauté. Elle est «magique», ainsi que l'exprime son nom indien, Nahadeh. Mais eux, montagnards nordiques fiers et hardis, 37 hommes, 8 femmes et 3 enfants, ils en piétinent la carapace bleutée qui parfois frémit, ondule, craque sèchement, ce qui les fait rire aux éclats, met à leurs bouches des plaisanteries rudes et sinistres.

On jurerait de l'arrogance. C'est du plaisir.

Moins 36 degrés Celsius. Un froid de saison, sans prétention. Il vente un peu. L'air sec, saturé de cristaux irisés, est parcouru de grésillements, claquements infimes, semblables à ceux qui le soir accompagnent les aurores boréales établissant pour la nuit leur magie dans le ciel. On peut ressentir autour de ce trou mugissant une atmosphère électrique, presque palpable. Pour la première fois, depuis le début de l'hiver, se prépare une agréable journée, avec ces détails dans l'air annonçant le printemps, qui donnent envie de rire, de faire la fête ou encore quelques folies, comme celle qui se prépare...

La population locale est au complet, à part deux nourrissons et une fillette de trois ans, gardés chez eux par de vieilles métisses. Des visages, emmitouflés dans la laine ou la fourrure d'écureuil, on n'aperçoit que les yeux, brillants d'excitation, de joie anticipée, d'une sorte de crainte aussi, chez certains des nouveaux venus au pays. Malgré leur réticence à «marcher sur l'eau», les étrangers ne pouvaient refuser l'invitation à cette audacieuse réjouissance annuelle. Se faire accepter par une communauté, quelle que soit sa qualité, demande un minimum de sacrifices. Et puisque c'est la fête, alors...

Dans le lointain, collé sur un horizon montueux au relief déchiqueté, s'étire un lac immense. Venus des quatre horizons, rivières et ruisseaux le rejoignent en secret, s'y faufilant sous la glace. Partout, c'est un décor semé de boqueteaux aux arbres rabougris, plaqués au sol par l'impitoyable dominance des hivers depuis le début du monde. À cette latitude, le paysage est un mélange de toundras et de forêts de transition : feuillus et conifères mêlés. Parfois, protégés des vents et des intempéries par quelques dessins capricieux du relief, des bouquets de pins et d'épinettes s'accrochent vaillamment au sol rocailleux. Çà et là, s'étalent de larges plaques désertiques, comme une gale. Émergeant, solitaire, de ce chaos de collines, un pic rocheux couleur de soleil sanglant se dresse, doigt accusateur vers le ciel bas.

Le village se nomme *Kiglapait*, «Dents de chien», une petite collectivité de chercheurs d'or nichée à la limite de la réserve indienne de Nahanni, dans le vaste Territoire du Nord-Ouest canadien. Ce sont quelques cabanes de rondins, piquées en désordre à flanc de colline, la plupart sans fenêtre, afin de mieux repousser les dures offensives de l'hiver, et ainsi conserver un peu plus de chaleur. Ensevelies sous la neige comme des bêtes endormies à l'affût, seules dépassent leurs cheminées rouillées. À l'intérieur de ces modestes habitations brûlent à longueur de journée quelques *kooliks*, ces petites lampes inuites en stéatite – une pierre crayeuse du pays : les lampes nordiques à tout faire, ainsi qu'on les nomme. Elles servent à l'éclairage, chauffent l'eau du café et prennent la relève du poêle qui s'éteint la nuit, parvenant à maintenir l'air ambiant à quelques degrés au-dessus de zéro.

En cette période de l'année, le froid est impitoyable. Aussi loin que remonte la mémoire des Aborigènes, les Hautes-Terres n'ont encore jamais connu semblable calamité. Cette belle matinée est une exception. Et pourtant, malgré ce que les Vieux appellent la «douceur de l'air», lorsqu'un des hommes crache son jus de chique, c'est un glaçon brun qui touche le sol avec un cliquetis léger.

Tous fixent le trou béant sur la rivière gelée, sombre gouffre abyssal; des yeux effrayés, fascinés par la masse liquide fuyante, glissante et ronflante à quelques centimètres, semble-t-il, juste sous les pieds, qu'accompagne de temps à autre une crinière blanche fougueuse qui crève un instant la surface, s'ébroue et disparaît.

Mais tous ces gens, que font-ils?

Ils rient, s'interpellent, parlent tous à la fois. Dans certains regards, la lueur d'appréhension s'affermit. Malheur à qui tomberait dans ce trou! On ne le retrouverait qu'au printemps, enchevêtré, dix kilomètres plus bas, dans le barrage de castors régularisant le flot qui alimente le lac au bord de la vallée.

La chose s'est déjà produite.

Ah! Ce printemps nouveau! Ils sont là, tous, excités par la célébration, villageois penchés sur une ouverture de glace, comme une famille d'ours blancs au trou d'air d'un phoque, attendant que le mammifère pinnipède sorte sa tête afin de respirer, sa dernière respiration... Lorsque tombe le vent, la condensation de leur haleine se rassemble, forme un nuage tremblant qui enveloppe le groupe, le dissimule en partie. Une apparition fantastique remplace alors les vivants. Difformité du paysage...

Et les ours deviennent des sorciers penchés sur leur chaudron bouillonnant de maléfices et autres pensées surnaturelles.

Mirage sur une banquise glacée...

Mais tous ces gens, qu'attendent-ils?

Sur la rive, on aperçoit un *hogan* d'indien Navajo, un peuple originaire de l'Arizona, aux États-Unis. La majorité des Aborigènes canadiens affectionnent cette petite structure arrondie, l'utilisant comme cabane à suerie dans leurs actes de purification, préliminaires à toute prière. L'abri, fait de branches, de terre et de peaux, ressemble à une tortue géante engourdie par le froid. Une fumée bleue s'écoule en frémissant du trou d'aération situé au sommet de la hutte.

L'événement attendu tarde à se produire. Le public ronchonne et tape des pieds, affichant tous les signes d'une impatience croissante. La glace en vibre. Parfois, un craquement plus fort couvre le bruit des voix. Il devient sifflement assourdi, circule parmi les corps serrés, sinue entre les pieds, s'échappe du groupe, prenant alors un son feutré. «La glace vit», disent les natifs. C'est un fait. On pourrait suivre la course de la brisure loin sur la banquise, l'accompagner d'un pas rapide. Les habitués de ce genre de réunion font semblant d'éprouver la plus intense frayeur à l'adresse des étrangers qui roulent des yeux effarés. À leurs visages catastrophés, les Anciens éclatent de rire, les montrent du doigt, les insultant sans malice. Ceux que l'on appelle amicalement les touristes ignorent encore que la glace, avec ses 80 centimètres d'épaisseur actuelle, supporterait sans peine une suite de gros camions. Et que dire des 180 centimètres atteints au plus froid de l'hiver! Un coussin d'air, pris entre la glace et l'eau, lui assure une élasticité à toute épreuve. C'est d'ailleurs sur une «route de glace» tracée au-dessus des lacs et des rivières que circulent les lourds convois ravitaillant les villages inuits des îles de la mer de Beaufort. Renseignement que l'on se garde bien de communiquer aux nouveaux avant l'épreuve. La peur des uns faisant partie du plaisir des autres.

L'énervement est à son comble. Les gens s'agitent. Un murmure parcourt la foule. Un son grave, voilé tout d'abord; il s'amplifie, prend une cadence, une vie qui lui est propre. Cela ressemble à un battement de tambour lointain, un rythme roulant dans gorges et larynx, résonnant dans les poumons saturés d'air froid. Il s'affine, se clarifie, se donne une apparence connue. Voilà! C'est un mot. Mais les lèvres obstinément closes paraissent le retenir, indécises, comme en attente. Enfin, de quoi? Le son enfle, se façonne, plus précis,

21

s'affirmant déjà dans les bouches impatientes. Il prend du volume, devient uniforme, se fait plainte, une douleur, un plaisir. Immense !

Là ! Au signal invisible s'ouvrent les bouches, se tendent les cous. Des gorges douloureuses d'excitation, sorte de délivrance magnifique, jaillit le cri...

– Culs d'ours !

Gigantesque ! Il vibre longuement dans l'air vif coupant comme une griffe d'aigle royal.

– Gros culs d'ours ! crie un homme, bras croisés sur la poitrine afin de se battre plus aisément les épaules à grands coups.

Un cri vingt fois répété, cadencé par les pieds, l'un après l'autre ; ours qui se dandinent avant l'attaque. À chaque cri que porte une haleine tiède, une bouffée de vapeur s'échappe des bouches béantes, se rassemble en couronne au-dessus des villageois, forme un petit nuage projeté dans l'air froid, comme la fumée d'un signal indien.

– Culs d'ours, culs d'ours !...

Le cri est scandé à l'unisson. C'est une litanie, une incantation insolite. Les villageois sont saisis, envoûtés. Une magie... Sur la berge, dans leur dos, un bruit de branches froissées. Ils se retournent d'un même mouvement. L'écusson de peau qui couvre l'entrée de la cabane à surie est prestement repoussé. Hurlant à pleine gorge, surgissent deux hommes.

Totalement nus !

Ils s'emparent d'une épaisse et large planche de cèdre posée devant la hutte et, toujours criant à s'époumoner, s'élancent vers les villageois. Leurs corps luisent de la couche de graisse d'orignal dont ils se sont enduits afin de se protéger un peu de la froidure infernale.

Apparition déroutante. Les hurlements des spectateurs se mêlent à ceux des hommes nus.

— Fillettes! Fillettes à cul d'ours!

La foule hilare jette les mots d'une manière de faux dédain. L'amicale moquerie fait partie du rite. En effet, le froid aidant, la virilité des nudistes a complètement disparu, recroquevillée, rentrée à l'intérieur de sa niche osseuse, dans le bas-ventre.

— Les escargots ont l'cul au frais, ils rentrent leurs cornes! lance un gamin d'une douzaine d'années.

À la réflexion gouailleuse, le groupe s'esclaffe bruyamment. Du délire! Les Nouveaux en oublient la glace qui craque un peu plus fort, subjugués par la surprenante expérience qu'ils vivent. La foule s'écarte promptement, livrant un passage aux «culs d'ours». S'il est vrai que les deux hommes traversent le groupe sous les quolibets ou les encouragements, ils sont également salués silencieusement par un respect unanime affiché dans tous les regards. Les «culs d'ours» jettent leur planche en travers du trou. Dès cet instant, même pour le spectateur peu averti, l'action qui se prépare devient prévisible. «Cul d'ours» est un affrontement physique, une épreuve de force et d'agilité. Et si lutte il y a, le gras dont sont badigeonnés les deux hommes acquiert une signification nouvelle; il ajoute une difficulté supplémentaire à l'affrontement. Les corps rendus glissants seront malaisés à empoigner; dès lors, le combat s'apparente, en plus du danger, à un spectacle véritable, une sorte de divertissement à l'image même de cette population d'élite; un jeu rude où le participant n'apporte rien de moins que sa propre vie en gage. Celui qui ne saurait voir en cette épreuve qu'une vulgaire bouffonnerie serait certes malvenu, risquant en outre de s'attirer une rancœur tenace de la population, voire quelques taloches bien senties.

Les lutteurs s'installent sur la planche, face à face. On noue à leur taille un solide lien de chanvre. De chaque côté, deux spectateurs passent la corde à leur épaule afin de retenir le combattant qui tombera dans l'eau. Pour accomplir ces différentes opérations, ils ont ôté leurs gants, quelques secondes à peine. C'est déjà trop. Leurs mains, paralysées sur l'instant même, sont devenues insensibles jusqu'au poignet.

Les «culs d'ours», pour leur part, bénéficieront de leur intense chaleur corporelle générée par le bain de vapeur ; la graisse les préservera du froid, soit de la mort, deux minutes à peine. La température matinale oscille en effet entre moins 36 et moins 40 degrés, lecture faite sur le thermomètre abrité sous le porche du magasin général. Mais au-dessus des vastes étendues planes, il en va tout autrement. Les longues rafales du vent déchaîné peuvent abaisser la froidure jusqu'à moins 80 degrés. Et eux, ces montagnards farouches, ils se tiennent au centre même de cette fameuse «douceur de l'air»...

Étrangeté de la situation, la «baignade» ne signifierait pas une défaite pour les lutteurs, ils seraient plus à l'aise immergés dans ces rapides où l'eau, protégée par la glace, se maintient juste au-dessus du point de congélation.

Les adversaires sont prêts. L'un est *musher* – conducteur de chiens – un Suédois gigantesque, au corps musculeux, bien qu'un peu gras. De passage dans la région, il mène sa bande de chiens sauvages – des malamutes – dans une course de traîneaux régionale. Il participe à l'épreuve du «cul d'ours» par bravade, mais aussi dans l'intention d'impressionner ses compagnons de voyage, dont une jeune fille qui les accompagne. L'autre homme, un Mexicain – apparemment un métis d'Indien – au beau physique d'acteur, est de taille moyenne ; épaules solides, musculature souple, joliment dessinée. Il fait le «cul d'ours» par désœuvrement, a-t-il déclaré d'un ton de grand sérieux. Comparé à son puissant adversaire aux muscles gonflés par le dur labeur nordique, le Mexicain ne paraît pas à la hauteur de la tâche. Dans l'esprit de nombreux spectateurs, l'issue du combat est peu douteuse. Dès le départ, ses origines désavantagent le sudiste. Ce sang-mêlé dont chaque atome est gorgé du soleil d'une terre natale torride, le froid seul se chargera de l'abattre. C'est en vérité ce que beaucoup présument. Les paris vont en ce sens. Le Suédois est donné gagnant à huit contre un.

Alors, que tout commence !

Une jeune femme écarte des bras tendus le cercle bruyant des villageois. Le brouhaha cesse graduellement. Elle approche des deux hommes, fait glisser sa capuche bordée de fourrure de carcajou – le blaireau d'Amérique – découvrant un visage aux traits fins d'un dessin agréable. De sa bouche bleuie de froid jaillit la phrase rituelle.

– Que les satanés fils d'ours préparent leurs gros culs pour le bain ! lance-t-elle d'une voix ferme qui dénote une longue habitude dans ce rôle de «maître de cérémonie».

Le tout est émis avec force, une superbe conviction, sans même un sourire ; une phrase certes vigoureuse, vulgaire même. Elle n'ôte pourtant rien à la grâce naturelle de la présentatrice. Sa féminité n'en souffre pas. Sous cet âpre climat évolue une qualité de femme assurément inconnue des citadins sudistes. On verra cet être d'exception mener d'un bras ferme un équipage de demi-loups, avaler sans la moindre grimace les plus agressifs tord-boyaux qui soient, croquer gaillardement dans une carotte de tabac à chiquer, jurer comme l'homme et, parfois, ne pas craindre de cogner du poing. Au pays du Nord, les paroles ne travestissent pas de fausses promesses, elles revêtent d'autres valeurs que celles généralement admises dans les villes où seules semblent compter les apparences. Ici, les mots désignent d'autres émotions, d'autres concepts. Les épithètes robustes ne dévalorisent aucunement ceux qui les prononcent. Lorsque l'existence est aussi rude, point de temps à perdre en nuances. C'est dans les yeux que se lit la délicatesse d'une âme, non dans la puissance descriptive d'un vocabulaire.

Le Suédois fait entendre des sons gutturaux, sans réelle utilité. Il se frappe la poitrine. Une bête! Il veut faire peur, intimider, ne parvient qu'à tirer des rires de l'assistance et une moue moqueuse de la bouche du Mexicain. Ce dernier ne bouge pas, comme figé. Effrayé peut-être? Le Suédois roule les épaules, appelle le Mexicain, l'incite du bout de ses doigts tendus :

— Approche, ma poulette, viens voir papa…

Imperturbable, le Mexicain paraît ne rien entendre. Ne serait-il pas prêt? Un froid trop rigoureux? Jusqu'à ses yeux, fixes, derrière les paupières demi-closes. Il observe. On pourrait le croire indifférent. Il est impassible.

Les bras du Suédois vont et viennent devant sa poitrine puissante; des gestes futiles dont le but unique est de faire saillir plus encore sa poitrine musculeuse. Le Mexicain évalue froidement la situation. Face à lui se tient une force animale colossale, concentrée dans le torse; une force qu'à l'évidence il ne pourrait endiguer. Il ne doit surtout pas se laisser approcher. Pris dans l'étau des bras monstrueux, le Mexicain ne s'en sortirait jamais. Cela est indéniable à ses propres yeux.

Il se met en position, les bras curieusement collés le long du corps, ce qui ne ressemble en rien à une posture sérieuse de combat, s'étonnent la majorité des spectateurs. Ce jeunot est un novice, juge-t-on aussitôt. Quelques rires moqueurs se font entendre. Dans ce genre d'épreuve, tout le monde s'attend à une sorte de rituel, ce tiraillement coutumier durant lequel les adversaires se repoussent et se tirent, sans grand dommage en vérité. Mais que se passe-t-il ? Le Mexicain vient-il de reculer d'un pas, puis d'un second, et d'un autre encore ? Déjà, le voilà au bout de la planche ; il touche du talon le rebord du trou. De toute évidence, l'homme se défile devant un engagement au résultat si peu douteux. La foule murmure, dépitée, puis très vite carrément hostile. Elle n'apprécie pas. Il y a des coups de sifflets, des huées :

– Lâche !... Poltron !...

Le Mexicain sourit à ces insultes. Préparerait-il quelque tactique insolite ? Soudain, tous les muscles de son corps se tendent visiblement, comme mis en relief, gonflés par un surcroît d'effort. Un flot d'énergie les envahit. Han ! Un son rauque jaillit de sa gorge, venu semble-t-il des profondeurs de son être. Il détend sa jambe, orteils relevés. Une vitesse stupéfiante. Phénoménal, le coup atteint le Suédois au menton. C'est terminé. Le géant bascule, aussitôt happé par le flot tumultueux. Il disparaît sous la glace.

Les gens hurlent, surpris, ravis. Cris de plaisir, de déception. Ils ont gagné, hourra ! Ils ont perdu, que diable ! Des fourrures, des pépites d'or, au grain, au sac... Un tintamarre général. La fête, la liesse. La glace en craque de toutes parts, se fend, s'affaisse un peu. Bah! la glace! Les enfants s'en mêlent. Noël!

Et c'est l'horreur!

Pris au dépourvu, les hommes chargés de retenir le Suédois sont entraînés à sa suite vers le trou mugissant. Le poids du colosse et la puissance des flots combinés sont irrésistibles. Les hommes glissent sur leurs mocassins de peau. Une seconde d'inattention et trois personnes pourraient mourir. La majorité des villageois n'a pas réalisé qu'un drame était sur le point de se produire. Alors, un prodige d'agilité! Un réflexe foudroyant! Le Mexicain bondit sur le bord de l'abîme, freine la course du Suédois déjà emporté sous la banquise. Il empoigne la corde, tire; les muscles de ses bras, incroyablement, doublent de volume; des veines bleues s'y dessinent, gonflent, au point où l'on craindrait presque de les voir éclater sous la pression du sang. Enfin, le géant refait surface.

Le Mexicain empoigne le colosse par les cheveux, enroule un bras autour de son épaule et l'amène au bord du trou avec une déconcertante facilité. Le Suédois, en parfaite possession de ses moyens malgré l'effrayante immersion, se hisse d'une détente sur la glace et, alors que l'autre lui tend une main amicale, il le repousse d'un coup hargneux à la poitrine. Un murmure indigné jaillit de la foule. Le géant hausse les épaules, dédaigneux. Humilié devant ses camarades conducteurs de chiens, exacerbé par leur attitude moqueuse, il refuse la défaite. Bientôt, rendu plus furieux encore par les reproches des villageois, l'homme réagit en dépit du bon sens. Il jette puissamment son épaule en avant, son bras se détend avec une vitesse folle. Un poing énorme vole au visage du Mexicain.

Celui-ci, vif comme un chat sauvage, un air narquois transformant son visage, esquive souplement, passe sous l'attaque d'une simple torsion du tronc et lance la main, paume ouverte, au front de son déloyal adversaire. Terriblement efficace, l'impact propulse le géant sur le dos, à demi inconscient. Le Mexicain sourit, ironique, à la forme inanimée.

– Gamin, va! lâche-t-il en se retournant.

Bon, quoi? Ce petit crétin aurait pu lui demander où il avait fait son service militaire. Cisco lui aurait répondu : invasion de l'Iraq, forces spéciales du 101e régiment de parachutistes. Oui, le fameux 101e!

Le froid infernal commence à le saisir cruellement. Sa tête lui fait un mal lancinant. Cisco serre les dents sur les milliers d'aiguilles glacées qui pénètrent ses muscles. Malgré son envie de courir vers sa cabane où l'attend la confortable atmosphère d'une flambée de pin, Cisco serre les dents et s'éloigne en roulant les épaules, comme déambulant sur Linda Vista Road, à San Diego. Les spectateurs ne verront plus de lui que son dos bien droit. Il quitte la scène à sa manière. Une façon certes ostentatoire, mais Cisco le Mexicain est un dur. Et puisqu'un Métis doit sans cesse trouver les moyens de faire oublier la couleur de sa peau, surtout s'il sort vainqueur d'une épreuve publique, alors…

Les gens de Kiglapait jettent au Suédois étendu sur la glace un regard dédaigneux et rentrent chez eux. Même ses compagnons hésitent à le remettre sur pied. Craignant néanmoins sa colère prochaine à son réveil, ils l'emportent en maugréant. Sans eux, le Suédois resterait probablement là, à mourir. Banalité! Ce serait une conclusion logique à la minable performance du personnage. Sur la piste nordique, on ne s'encombre pas d'un homme sur lequel on ne peut plus compter. Capable de semblable traîtrise, celui-ci ne mérite pas la moindre indulgence, la plus élémentaire pitié. Le rejet est final. Et même si l'homme reconnaît son impulsivité et s'en excuse en quelques phrases de repentir, il est trop tard. Ses regrets ne feront pas disparaître la faute commise. Avant toute autre considération, le *northlander* doit survivre! Sous cette latitude, une erreur longue de quelques secondes peut signifier la mort de plusieurs personnes. Dans la société des villes, on nommerait cela inhumanité. Les gens du Nord parlent de sélection naturelle. Ici, fanfarons et chiffes molles ne survivent jamais longtemps. Ce colosse aux muscles d'acier était un faible. Le spécimen type de ceux qui au pays meurent jeunes et brutalement.

CHAPITRE 2

Des bourrasques hurlantes parcourent la vallée d'un souffle glacé, faisant éclater la roche et l'arbre centenaire avec une même aisance. L'hiver s'installe sur le Nord canadien, contrée belle et redoutable, composée de si violents contrastes. Un décor à peine ébauché, geste impulsif du Créateur, comme inachevé.

Voici en fait sa plus parfaite création, la plus sauvage. Une beauté qui s'épanouit l'hiver...

Et justement, c'est l'hiver. La marmotte s'engourdit, le spermophile hiberne, cœur au ralenti. L'ours sommeille, en léthargie, et la grenouille prise dans la boue, gèle et « meurt » le temps d'une saison. La toundra déserte prépare son interminable nuit polaire. Elle s'assombrit. L'air sec, tumultueux, est imprégné du parfum agonisant des beaux jours anciens : odeurs musquées à goût de cannelle, fleurs séchées d'une fin d'automne.

Moins 56 degrés.

Francisco Banuelos, le Mexicain, dit Cisco, enfile sa lourde combinaison de vol, riant de l'infect climat qu'il va affronter. Il rabat sur son visage sa capuche bordée de fourrure rousse.

— Sacré maudit pays! ricane-t-il avec une grimace.

Dire que là-haut, parmi les cumulus, le froid triple d'intensité, surtout quand le chauffage de son avion est en panne, ce qui arrive huit fois sur dix! Il avait signé à San Diego, aux États-Unis, un contrat de deux ans, comme «pilote de brousse sur hélicoptère». S'il avait su...

Pour lui, la brousse, c'était l'Équateur, l'Amérique du Sud ou quelque chose d'approchant, avec un soleil grand comme le ciel. Au lieu de ça, il avait eu droit à l'Arctique ou presque.

Trois ou quatre horizons plus au Nord, on trouvait des maisons de terre, comme celles des Vikings d'Éric le Rouge, d'autres souterraines, et même des *igloovigaks*, ces «maisons de glace» qu'affectionnent les vieux chasseurs inuits, alors qu'à six heures d'avion de la vallée, des savants fous jouaient avec leurs bombes aux neutrons.

Pilote de brousse, tu parles!

Loin, l'Afrique! Au Canada, un «pilote de brousse», ça vole dans le Nord. Cisco est là, incrédule, amusé, devant un antique thermomètre à alcool qui, passé moins 50, n'indique plus rien de réel. Il rit. *Que mierda!* Elle était où sa Californie? Mais quel autre choix? Après la guerre d'Iraq, une guerre pas très populaire en vérité, on n'embauchait pas beaucoup les anciens combattants; encore moins les engagés volontaires comme lui. Tous ces satanés mouvements anti-quelque chose, avortement, drogue, guerre, ségrégation et autres fichues bonnes œuvres, alourdissaient pas mal l'atmosphère du travailleur. Chouette le rêve américain. En tout cas, pas à la portée de tout le monde l'«*El dorado*», le doré. Cisco n'avait trouvé que ce travail au Canada.

À l'époque, Dolores, sa femme, était enceinte des jumeaux. Pour des jeunes mariés, avoir des enfants aux États-Unis est une catastrophe. Quand on n'a pas une de ces assurances privées qui coûtent une fortune, un accouchement vous met une dette de dix ans sur le dos. Chaque année, des centaines de familles se retrouvent à la rue, mendiants ou vagabonds, si l'un de ses membres entre à l'hôpital et qu'il n'a pas de couverture médicale adéquate. Véridique. Pour Cisco, restait le Canada. Les Banuelos avaient besoin d'argent. *Diablo!* Il s'ennuyait tellement de sa petite famille. Son contrat nordique se terminait dans huit mois. C'était comme dix ans.

Los niños. Ses petits gars. Ils marchaient à présent. L'un disait «voiture» et l'autre «papa». Des mots appris du livreur de journaux — un enfant de huit ans. *Caraï!* Quel dépit! Cisco serait presque jaloux, jaloux d'un mot, d'un gamin.

Dire qu'il a des jumeaux, lui!

– C'est bien du Cisco, ça! Deux p'tits gars à la fois! avait rigolé son père. Rien qu'lui pour faire des trucs pareils.

Comme si avoir deux enfants d'un coup se prémédite ou est influencé par des aptitudes mentales ou physiques, genre poésie ou parachutisme. Tiens, les paras. Parlons-en. Une sacrée bêtise! Il avait voulu briller aux yeux d'une fille, l'épater. Elle l'avait bien vu tel qu'il était — un petit paon qui lisse les plumes de ses fesses devant une femelle. Cathy-Line l'avait plaqué le jour même de son départ. Elle l'avait accompagné jusqu'à l'avion, bavarde, amicale, l'embrassant et riant. Un comportement normal de fille amoureuse. Et là, alors qu'il mettait la main sur sa valise après un dernier baiser, elle l'avait rappelé, comme si elle oubliait un détail, une insignifiance. Fini! Madame ne voulait plus entendre parler de lui. Elle s'était décidée à la seconde. Remords tardifs, crise de conscience de petite Américaine à l'esprit étriqué.

«Tu vas tuer des gens qui ne t'ont rien fait. Tu es un monstre!»

Elle hurlait. Une démente! Tout le monde les regardait. Certains voyageurs s'étaient mis du côté de la fille, d'autres, patriotes et anciens combattants du Vietnam, de son côté à lui. Il y avait eu une empoignade magistrale, des coups échangés. La police de l'aéroport s'en était mêlée. Cisco avait dû fuir comme un malfaiteur. Dingue! Dans ce désastre de femme et de guerre, une seule chose fut positive : versé dans le service sanitaire, il avait appris à piloter et suivi un cours d'infirmier. En fin de compte, il n'avait tué personne mais sauvé des hommes. Un jour, après une attaque ennemie sur leur base, Cisco était resté le seul «médecin» qualifié du bataillon. Médecin, lui! Avec son diplôme de premiers soins de la Croix-Rouge. De quoi rire…

Il faut reconnaître qu'en six mois de carnages, voitures piégées et suicidés à la bombe, Cisco en connaissait sûrement autant en chirurgie qu'un interne new-yorkais de salle d'urgence.

Au Canada, engagé comme pilote d'hélicoptère, on lui avait repassé cet avion poussif, un Noorduwyn Norseman, monoplan à hélice de 1940 : carlingue modifiée, en bois et en toile, pour alléger et, incroyable, les ailes renforcées, afin que le mécanicien, toujours du voyage, puisse ramper jusqu'au moteur et, allongé sur l'aile, réparer les pannes durant le vol, comme dans les machines volantes des premiers fous de l'air. Avec cette relique, un stress de tous les instants.

Los maricones!

— Six cents chevaux, avait spécifié Phil, son mécanicien. Moteur Pratt et Whitney, fabriqué à Montréal. Fais pas cette tête Cisco, t'as d'la chance. Dans ce climat, le «Norsy» est l'seul qui ait du bon sens. On lui adapte n'importe quoi : roues, flotteurs, skis… Un vrai robot culinaire. Increvable, le coucou. Au pays, on a essayé des tas d'avions : Fairchields, Junkers, Bellancas. Zéro! Ce joujou quitte l'eau en 22 secondes. Même avec son gros moteur, le Junker 52 faisait ça qu'en une minute dix.

— Ça me rassure.

— Le Norseman, c'est le *workhorse of the air*, comme on dit.

— Ouais, «le cheval de labour aérien». Une merveille! Je me demande comment j'ai pu vivre sans lui.

— Tu pourrais l'dire. Tiens, sur ton oiseau de bois et de toile, celui-là même, l'acteur James Cagney a fait son film «Capitaine des nuages».

— Cagney? *Mierda!* Y'a un siècle.

— En 1942. Juste 63 ans.

— Un rien!

Cisco avale un café brûlant qui lui emporte le palais. Il lâche un épouvantable juron en espagnol — une habitude. Pour compter et jurer, il ne le fait qu'en espagnol. Quel que soit le nombre de langues que l'on parle, il paraît que dans ces cas précis on utilise toujours sa langue maternelle. Dolores le dit. Cisco rejoint son appareil à travers les rafales de neige cinglantes qui semblent pénétrer jusque sous sa peau. *Maldito!* Il n'aurait jamais dû accepter le ridicule pari du Suédois. Faire «cul d'ours» à son âge ; 29 ans, ça n'est déjà plus la prime jeunesse. Il ne parvenait pas à récupérer sa chaleur. Néanmoins, Cisco trouva dans l'aventure même une consolation qui mit un sourire sur ses lèvres charnues. Le guignol Suédois, avec son bain forcé, il devait avoir les grelots remontés jusqu'aux amygdales. *El maricon!*

Le travail de Cisco consiste à transporter des agents gouvernementaux, des touristes ou des chasseurs sur les vastes étendues de l'arrière-pays. Ce matin, comme il le fait quatre fois par semaine, Cisco emmène ses plus déplaisants voyageurs : deux «contrôleurs fauniques» du ministère fédéral de la Chasse et de la Pêche. Chaque année, le Canada diminue ainsi ses populations de loups avant l'ouverture de la chasse afin d'avantager les hommes. Sans prédateurs, le gibier est vite en surnombre. Orignaux et cerfs de Virginie encombrent les routes, y occasionnant des accidents souvent mortels. On fait alors appel aux chasseurs. Leur activité se trouve ainsi justifiée et les mouvements contestataires muselés! Cisco émet un petit rire. Ces chasseurs qui se font appeler *sportsmen*! Les sportifs… Drôle de sport!

Cisco comprend mal semblable façon de raisonner. Les troupeaux de cervidés ne prospèrent-ils pas grâce aux loups? L'Homme n'apprend pas vite. Ces ignorants du gouvernement affirment qu'avec l'éradication du loup ils équilibrent la nature. La terre aurait attendu l'homme pour gérer ses ressources et prospérer? Une plaisanterie. Probablement pour cela que durant les 75 dernières années, l'être humain a causé plus de dommages à la planète que n'en causa l'humanité entière depuis la création du monde. Presque drôle, se dit Cisco, avec une moue désabusée. Ces fanatiques de la gâchette n'ont pas encore admis les fonctions cruciales du loup dans la nature. En ce moment par exemple, dans l'État du Vermont, plusieurs chasseurs sont morts des suites d'une maladie contractée en mangeant de la viande de cerf infectée par un nouveau virus qui se développe dans les poumons humains. Les scientifiques et nombre d'experts fauniques affirment que, faute de prédateurs, la maladie ira en s'intensifiant. Déjà, plusieurs régions sont atteintes ; sans loups pour éliminer d'instinct ces animaux malades, les troupeaux dépériront. Quant à la chair des ours blancs, elle est saturée de mercure, au point que les Inuits eux-mêmes n'osent plus la consommer. Cisco serre les dents sur sa colère naissante.

Il est las de ces tueries. Du tir à la cible sur des prédateurs handicapés par l'épaisseur de neige. Cette pratique lui rappelle le massacre par les Viêt-cong de son oncle et d'un groupe de journalistes embourbés, sans défense, dans une rizière, durant le conflit vietnamien, en 1967. Saloperie !

— L'Homme est parfois pitoyable.

— Qui ça ?

Le pilote sursaute. Comme à son habitude, il a pensé tout haut. Philippe Longhorn, son mécanicien, vient d'arriver. Il se bat les épaules à coups vigoureux, une haleine immobile accrochée à la bouche. Phil, né sur l'île Victoria, près de Vancouver, a dans les veines un sang pur d'indien Iroquois qui lui donne une nonchalance parfois déroutante. C'est un génie de la mécanique, bourré d'énergie, humoriste à ses heures. Ce matin, il sautille sur place. Avec le facteur éolien, la température est infernale. Pourtant, le froid, lui, il connaît ça. Le pilote lève une épaule :

— Ces sportifs en fauteuil, des malades saturés de bière! ajoute Cisco.

— Tu sais qu'ils veulent installer des fusils-mitrailleurs sur nos avions pour tirer le loup[1]?

Cisco hausse les sourcils, crispe les lèvres et se met aux commandes. Contact. À la main, Phil donne une poussée à l'hélice. Le modernisme n'a pas encore trouvé le chemin de cet aérodrome. Le moteur vrombit. Un bruit strident. Le pilote s'esclaffe. Son avion est une véritable pièce de musée; le moteur, une antiquité. Phil se glisse dans l'étroit habitacle. Sans lui, Cisco ne partirait pas. Phil a l'audace de réparer l'engin en plein vol, couché sur l'aile, à mille mètres du sol. Il faut le faire! Cisco sourit. Il se souvient de son entrée en fonction. Lui, le spécialiste sur hélicoptère Apache de combat AH64, Kiowa OH-58 D, Chinook et Black Hawk UH-60, il avait décroché son emploi de pilote de brousse après seulement six heures de pratique sur un petit avion de tourisme Cesna. Il faut dire que la philosophie d'opération de la compagnie Northern Air Traffic n'attirait pas beaucoup le personnel nouveau. Pour piloter leurs casseroles volantes, il fallait être chômeur, un peu fou ou candidat au suicide. Aux yeux des patrons, planeurs, hélicoptères ou bombardiers, c'est du pareil au même, puisque ça vole. Après son engagement, le plus sérieusement du monde, on lui avait fourni un mode d'emploi de l'avion.

Dans son dos, la porte s'ouvre avec fracas. Deux chasseurs entrent en riant, suivis par quatre touristes armés de carabines de précision. Encore des étrangers. Cisco crispe la bouche, incrédule. Le Nord canadien attire les collectionneurs de trophées du monde entier. Ils font des milliers de kilomètres pour s'offrir le grand frisson de leur existence grâce à la faune arctique et, plus particulièrement, aux loups.

La chasse aux ours blancs, c'est plus au nord. Le Canada étant le seul pays à offrir ces magnifiques animaux aux chasseurs de tapis du monde entier. Quant aux grizzlis, ils sont la cible d'une chasse étrange, du haut d'un arbre, pendant que le malheureux ours se régale de gâteaux au miel que l'homme, «noblement», dispose au pied de son perchoir. *Mierda! Que vida.*

Cisco retient sa mauvaise humeur. Dire qu'il fait partie de ce lamentable cortège des exploiteurs de la faune. *Caraï!* Gagner sa vie de semblable façon. Quelle misère!

Cisco vient de reconnaître l'un de ses clients. Ses yeux s'assombrissent, malicieux.

Le Suédois est du voyage.

Aussitôt, la main du pilote s'alourdit sur la manette d'accélération. Le bruit dans la carlingue devient intenable, rendant toute conversation impossible. La bouche des hommes s'emplit d'insultes. Cisco s'engage sur la piste cahoteuse. L'avion, rudement secoué, saute d'un trou à la bosse suivante. Cisco n'évite aucun obstacle, bien entendu. L'avion s'arrache péniblement du sol gelé, frôle avec maestria la cime des pins de la colline en face. À chaque départ, les passagers connaissent les mêmes éprouvantes minutes. À plusieurs reprises, ils ont dénoncé au patron de la compagnie «ce maudit pilote mexicain qui conduit son appareil comme une bicyclette». Peine perdue. Cisco répond qu'il n'y peut rien. L'avion est trop vieux. En réalité, le pilote jubile. Sa réputation de «tête de cochon hispanique» l'enchante. Il en profite. Un coup d'œil dans son rétroviseur – un miroir de poudrier collé sur le pare-brise avec du sparadrap. Riant en lui-même, le pilote constate que ça a marché, comme d'habitude. *Los idiotos* sont verts de peur. *Vaya con Dios, amigos!*

L'avion grimpe, se balance d'une aile sur l'autre, pareil à l'oiseau qui cherche les vents chauds portants. Après une sorte d'hésitation, il pique vers le nord-ouest.

Phil se penche vers son ami.

— J'ai apprécié la façon dont t'as démoli la grande gueule du *musher* suédois. Il l'avait mérité.

— *Musher*? Ça ressemble à *mushroom*, champignon. D'où il vient, ce mot? demande Cisco.

— C'est anglais, d'origine française. Une corruption par les indiens Athapascans de «marchons». C'est devenu *mush on*, puis les Anglais en ont fait le verbe *to mush*, qui devint *mush*, commandement de mise en route d'un attelage.

— Intéressant. Pourtant, je...

Cisco retrousse le nez, fait la grimace. Derrière, ces salauds sont en train de boire. En vol, avec des armes à la main!

Hijo de puta de cabron maldito!

Subrepticement, Cisco coupe le chauffage. La température descend rapidement au-dessous de zéro. Phil rit sous cape. Cisco et lui peuvent tenir jusqu'à moins 60 dans leurs combinaisons doublées; c'est du moins ce qu'affirme l'étiquette cousue sur la manche. Mais les six crétins équipés en touristes s'agitent, relèvent leurs petits cols de laine. Les deux contrôleurs, nés au pays, n'ont aucune excuse. Phil, ravi, les observe à la dérobée dans le cadran plastifié de l'altimètre.

Bientôt, le visage bleu de froid, l'un des hommes se lève avec l'intention évidente de se plaindre au pilote. Il paraît qu'au même instant l'avion pénètre dans une zone de fortes turbulences. Le type est précipité contre la carlingue. D'un geste discret, Cisco remet le chauffage, aligne ses ailes. Cette petite plaisanterie lui vaut une volée des sobriquets ridicules dont l'affublent ce genre de clients peu brillants – des noms comme *Castagnettes*, *Mexico* ou *Coucaracha*. Les abrutis!

L'appareil survole la partie sud-ouest du parc de Nahanni. Il laisse sur sa droite la crête rocheuse des monts Mackenzie. Devant lui s'étale une plaine piquetée çà et là de touffes de sapins rachitiques. La meute surgit d'un bois – six loups gris, efflanqués, à la poursuite d'un vieux wapiti blessé. Les deux cuisses arrières du «daim blanc» sont profondément déchirées par les attaques courtes et répétées des prédateurs. C'est là une des tactiques favorites du loup pour affaiblir les proies fuyant devant lui. Le daim qui court est incapable de ruer. Le loup fait donc en sorte que le gibier ne s'arrête qu'à bout de souffle, de sang, de forces. Et cet instant est arrivé. Le grand cervidé n'en a plus pour longtemps. Avant l'épuisement total, il fait face. Sa ramure redoutable impressionne les prédateurs, les tient un moment à distance. Prudents, les loups évaluent la situation avec leur intelligence supérieure, s'y adaptent en fonction de leur nombre, de leur état de fatigue. Ils approchent à petits pas, dos creusé, poitrine au ras du sol. Les combats du loup pour se nourrir ne sont jamais aisés. Il doit fréquemment pourchasser une dizaine de proies afin d'en abattre une seule, et ce, après une victoire toujours âprement disputée. L'attaque débute. Un loup bondit. Un andouiller lui perfore la poitrine. La meute, silencieuse, encercle le wapiti. Le cerf frappe de la tête, lance de terribles ruades. Un grand loup est projeté à dix pas, la tête fracassée. Un autre a le corps désarticulé. Le reste de la bande fait volte-face et s'éparpille sur la plaine.

— Trois en prime! se réjouit un chasseur.

— Vive les ours, à mort les loups! crie le Suédois, citant l'ancien président américain, Théodore Roosevelt[2].

L'avion pique en direction du bois. Apeurés, les loups refluent vers le couvert des arbres. Cisco se rapproche du sol, ralentit, s'interpose. Il connaît son affaire. Dans ce programme gouvernemental financé par les clubs de chasse et les compagnies de fourrures, en dix-huit mois, grâce un peu à Cisco, la faune nordique a diminué de 308 loups, 132 ours noirs et bruns, 1 204 coyotes, et 19 couguars; sans compter toutes les bêtes qui servent de cible d'entraînement aux passagers. Normalement, chaque gibier a une saison, mais la majorité de ses clients ne s'embarrassent pas de préjugés. L'élimination du loup se pratique douze mois par an. Les autres espèces ont droit à un court répit, à l'époque de la reproduction, évidemment, le temps qu'elles mettent au monde les petits qui seront le gibier de la prochaine saison de chasse. Ainsi les louves sont-elles souvent «protégées» par certains clubs de chasse, mais aussi par la plupart des trappeurs qui les relâchent quand elles ne se sont pas trop mutilées pour s'échapper d'un piège. Une louve morte ne fabrique plus de fourrures.

— Moins vite, *Chicanos*.

Deux loups s'échappent, côte à côte. Un coup d'œil à l'indicateur de vitesse stupéfie le pilote. Sur la neige durcie par le gel, les bêtes filent à soixante-dix kilomètres à l'heure!

— Faut en descendre douze ce matin. Ça fera pour la journée pourrie d'hier, précise un chasseur.

Il y a en effet des normes à respecter. Huit loups par sortie ou quatre heures de vol. Le premier nombre atteint l'emporte. Pourtant, même si les patrons ne le spécifient pas, Cisco doit rapporter en fourrure au moins de quoi payer l'essence. Le quota animal est presque chaque fois largement dépassé. Un loup affamé est en piste ou à l'affût vingt heures par jour. Tuer des animaux pour se payer un plein d'essence. Cisco en est tout ébahi. *Que mierda!* L'homme n'est pas bien malin! Un coup d'aile; retour vers la plaine.

Frôlant la perte de vitesse, Cisco se maintient à la hauteur de ses proies. Les chasseurs tirent par les fenêtres ouvertes. Un loup tombe. *Diablo!* L'hélice ne mord plus l'air. Le moteur tousse. *Suciedad de podredumbre!* La bouche de Cisco s'emplit de jurons. Il pousse les gaz à fond. L'avion accroche du solide, se stabilise. Un autre loup est touché. Le sixième de la sortie. Les reins brisés, il se traîne sur le ventre, s'enfile dans un buisson, boule blanche qu'il macule de pourpre.

— Fonce, Mexico! Les autres veulent se cacher dans le bois!

L'avion se trouve dans l'alignement des animaux.

— *Vamos, cabron!*

— Un poil moins vite, Sudiste! fait une voix coléreuse derrière lui. Cisco obtempère. *Caraï!* Perte de vitesse... Le moteur s'étouffe. L'avion dérape, glisse en crabe. La bouche de Cisco est pleine d'imprécations. Ces types ridicules qui l'obligent à ralentir... Il risque de se planter.

Non sans mal, Cisco atterrit. Se poser au milieu de ce chaos de buttes et de roches saillantes est une fameuse imprudence, songe-t-il, après coup. À ses yeux, un risque inutile, mais les chasseurs doivent rapporter une preuve de leurs prises pour être payés : en général, c'est la patte avant gauche. Durant la belle saison, ils récupèrent aussi les têtes et les revendent aux touristes. Et comme le printemps approche...

Cisco se dégage en roulant du fouillis cahoteux. En prévision du décollage, il place son avion face au vent, sur une longue plaine sans obstacle. Les agents fédéraux descendent en criant de plaisir. Ils se lancent des boules de neige. Ces nouveaux trophées mettent leur matinée à trois cent vingt-cinq dollars chacun. Cisco, lui, touche quatre cents dollars par semaine, plus une gratification de cinq dollars par loup. Dans le Nord, il est plus simple d'être tueur de bêtes que de préparer un diplôme scolaire, se dit-il, ironique. Tous ces types qui osent se dire «outdoors men», fanatiques de la nature. *Cabrones!* Si c'est ça l'amour des grands espaces, *mierda!* Cisco serre les dents. Et lui qui fait le taxi pour ce genre de minables.

Cisco voit les deux chasseurs extirper le loup blessé de son refuge dérisoire et lui décoller la tête au couteau alors que l'infortunée bête vit encore.

— Bah! dans la province de Terre-Neuve, des barbares sans âme font bien pire aux bébés phoques, jette Phil, vibrant de colère. Comme en Chine, pour gagner du temps, ils arrachent la fourrure sur les bêtes vivantes.

— Les gens font rien pour mettre fin à ces inepties?

— Bah!

Le regard des deux hommes se reporte sur la plaine. Leur peu reluisant travail accompli, touristes et contrôleurs écorchent les loups disséminés sur la plaine. C'est le prix de l'essence.

Le dégoût met à la bouche de Cisco une salive acidulée. Parfois, il a envie de courir parmi les loups et d'abattre quelques chasseurs. Histoire d'équilibrer un peu la partie, quoi!

— Ces idiots, martèle Cisco. Si on s'sauvait? Dans leurs p'tits paletots d'coton, en deux heures, ces abrutis s'ront raides comme du poisson fumé. D'la bouffe à loups, termine-t-il, mauvais.

— Pas un loup toucherait à ces types, réplique Phil. Cisco s'esclaffe, croyant à un trait d'humour.

— T'as raison, ils mangent pas n'importe quoi.

— Pas c'que j'voulais dire. Le loup a peur des gens, morts ou vivants.

— Bah! Malgré tout... j'préfère encore voir ces bestioles de loin.

Les six passagers viennent de regagner l'avion, du sang jusqu'aux coudes. Les touristes semblent ravis. Ils viennent de connaître une « exaltante » expérience. Dans leurs sacs de toile goudronnée, les trophées sanglants dégagent une odeur douceâtre. Malgré son habitude, Phil n'a que le temps de faire glisser sa vitre latérale pour vomir. Cisco se mord la lèvre. Il craint de ne pouvoir contrôler sa fureur.

À cet instant, des bruits sourds ébranlent le petit appareil.

— Hé! il mène un drôle de train c'moteur. Phil, quand t'iras mieux, jette un coup d'œil au moulin. Te voir réparer en plein ciel me donne des sueurs froides.

Philippe crache dehors, prend un air espiègle.

— Le moteur? Il a rien.

— Que... mais, ces craquements?

— Simplement la glace qui s'fendille un brin.

— Zut... Dia... Enfin... le lac est plus loin, non?

— On est sur la rivière Waskanipi, un p'tit affluent de ce lac.

— *Madre mia, que mierda !* Tu pouvais pas l'dire ?

— J'le dis.

Ils sont en l'air. Deux passagers viennent d'être malades. À cause de la glace fendue, pas de la décapitation des loups.

— Phil, on dit pas qu'une rivière gelée peut supporter un train ?

— Pas si l'eau tourbillonne dessous. Là, ta glace sera très mince, fragile comme un papier de toilette. Avec la neige qui couvre le truc, on l'sait pas. On le voit rien qu'au printemps. La glace est bleutée. Tous les ans, des imprudents sont engloutis en auto, en motoneige, à pied…

— *Caraï !* Ça signifie qu'on aurait pu…

— Ouais !

Les deux amis éclatent de rire. Puis la bouche du pilote se plisse. Une grimace dégoûtée. Autour d'eux, il y a l'odeur de mort, accentuée par l'atmosphère lourde de la carlingue ; senteurs d'huile, de sang, de transpiration. Jamais Cisco ne s'habituera à cette écœurante manière de gagner sa vie. En fait, il se sent aussi coupable que ces brutes qu'il balade chaque semaine. *Diabolico trabajo !* Au diable le sanglant boulot. Dès son retour, il exigera un transfert dans une tâche moins déprimante. Pompier-volant lui plairait assez. Il en faut partout. Hélas, c'est un travail d'été. Dolores a besoin d'argent maintenant, pas dans six mois. Une impasse. Il doit absolument trouver autre chose. Il sent venir l'incident. Un jour, il va démolir un de ces imbéciles. Cisco est las de tout. Cette boucherie infecte, la solitude. Et ce froid ! Il en a plus qu'assez. Pendant ce temps, les jumeaux grandissent sous un autre ciel que le sien. Dolores dit qu'ils ressemblent à sa mère à lui. Il a hâte de voir ça. Un sourire détend ses traits. Des bambins solides, avec les yeux verts de Dolores, la tignasse brune des Banuelos et la peau mate des Indios du golfe du Mexique. Des enfants superbes. Des moricauds! Hélas, il ne les connaît qu'en photo. Ah, Dieu! La douce beauté de sa femme lui manque tellement.

Ils volent depuis deux heures quarante-cinq minutes. Cisco pense à sa famille. Dix-huit mois que les jumeaux ont vu le jour et il est là! Aujourd'hui, les siens habitent une jolie maison dont Cisco a façonné chaque brique ocre de ses propres mains, les cuisant à l'ancienne, au four à bois. Un décor grandiose, en plein cœur d'un lopin de vignobles à l'abandon, hérité de son grand-père, un indien Karankawa, et qu'un jour Cisco se promettait de remettre en état. Cisco avait quelques bonnes notions de viticulture. Le vin de Californie est réputé partout dans le monde, et le champagne, surtout au Canada. *Los niños! Dolores… Mierda de caraï!*

Les clients du pilote s'énervent. On perd du temps. Le temps c'est du loup, et le loup de l'argent. Le Suédois rugit plus fort que les autres. Il a sûrement encore des gens à étonner. Cisco enrage. Ce type a un sérieux problème de comportement.

— *Damn you!* Castagnettes, contourne le bois et pose ton oiseau sur l'autre versant de colline. Le reste de la meute s'y trouve sûrement, commande le Suédois qui semble avoir oublié la correction reçue.

Cisco fait non de la main. Il jette un coup d'œil vers son horloge de bord trafiquée. Il reste vingt-huit minutes à faire. À peine le temps de rallier la base située en bordure de la réserve indienne. Il brandit le bras, touche sa montre, déploie cinq fois les doigts. Pas le temps!

— Elle déraille ton horloge, se récrie un chasseur. Il reste une heure de vol. Fonce papa! On te paiera temps double, de notre poche, nom de nom! Pas vrai, Oxford? Son compagnon confirme l'offre d'un air maussade. Avoue, Cisco, qu'une p'tite prime en passant déplairait pas à ta Dolores?

Cisco s'irrite. Il réprime une grossièreté. Le nom de sa femme dans la bouche de ce type perdait toute sa poésie. Faire le coup de l'heure passée ne lui est pas nouveau. Chaque fois, les chasseurs paient. Pourtant, Cisco n'agit pas ainsi en fonction du profit. Il veut simplement raccourcir le temps du massacre et rentrer. Il déteste ce travail. Le Suédois tire par sa fenêtre demeurée ouverte. Dans la carlingue, le bruit est assourdissant. Encore une pratique permise par la direction de l'aéroport qui l'exaspère au plus haut point. Derrière lui, un cri de joie retentit. Sur la toundra un loup est tombé. Temps double? Cisco calcule. Vingt-cinq dollars!

Ça ferait pour l'aide ménagère dont a tant besoin Dolores, de santé fragile depuis la naissance des enfants. Il se résigne. Tuer des bêtes pour payer une femme de ménage; si Dolores le savait... *Los hijos de putas!* Derrière lui, un chasseur s'impatiente.

— Va, Sudiste. Pose ton...

L'homme ne termine pas. Sa bouche s'arrondit sur le dernier mot. Un son rauque, suivi d'un gargouillis, s'échappe de sa gorge. De ses lèvres tendues par l'incompréhensible douleur jaillit un flot de sang; au centre de son front dépasse une courte flèche noire, passée par la fenêtre. Le contrôleur faunique meurt assis. Ses compagnons ne réalisent pas immédiatement l'ampleur du drame. Il s'est produit trop vite.

Occupés à scruter la plaine, Cisco et Philippe n'ont rien vu. Mais lorsqu'un projectile fracasse l'altimètre, ricoche et traverse le pare-brise, le pilote a une réaction instantanée, dictée par ses missions de combat en Iraq, au-dessus des positions tenues par des guerriers moudjahidines, comme si se faire tirer dessus en plein ciel canadien était chose prévisible et normale.

— Attaque de flanc… On dégage!

Cisco déroute l'appareil d'un coup de palonnier, il tire le manche à fond, enlève son engin dans une brusque ascension, vire et plonge. Une autre flèche traverse sa porte de bois, frôle son visage. Délirant! On leur tire dessus! Un coup d'œil en tous sens. Il découvre derrière lui l'homme affalé au sol et les chasseurs livides de terreur. Cisco déglutit avec peine.

Il pousse la puissance au maximum. Le moteur rugit, s'engorge d'essence, manque s'étouffer. Enfin, l'avion reprend de la vitesse, la terre s'éloigne, les nuages se trouvent à portée de main. Sauvé!

— Mais… diable! Les satanées flèches nous suivent. Phil, on dirait même… Oui, elles viennent des nuages.

Cisco vire, effectue une brusque descente, remonte. Les terribles petites flèches passent sans causer le moindre dommage à l'appareil. Cisco utilise tous les trucs qu'il connaît pour parvenir à s'échapper. Il se contorsionne derrière ses commandes, s'aplatit et se jette de côté dès qu'apparaît une flèche, qu'il la voit venir dans sa direction. Et soudain… Hé! Phil, coup au but, dans l'aile. Je rêve! La flèche est plantée dans la traverse de métal. Personne peut faire ce truc-là? Seule une force surhumaine…

Cisco effectue plusieurs crochets brusques afin de déjouer les tireurs. Un sourire d'ironie tire sa bouche dans sa joue râpeuse d'une barbe de trois jours. «Pilote de brousse, un boulot peinard», affirmait-il à Dolores en quittant la maison. Ses yeux s'agrandissent, démesurés. Les cadrans s'affolent, le moteur cafouille.

— *Madre mia!* Ces gars-là nous ont eus, avec des flèches. Le cinéma! Phil, on tient plus l'air, on s'casse la gueule!

De nouveau, l'expérience du soldat prend le contrôle de la situation. L'avion se redresse, assez pour un atterrissage d'urgence. Des ratés…

— Me faire descendre au lance-pierres quand j'suis passé sans bavure à travers quatre-vingt-sept vols de guerre. *Caraï!*

Le sol se rapproche vite; trop vite. Les moteurs faiblissent, un volet stabilisateur ne répond plus. Cisco amène à lui le manche de toutes ses forces, debout sur les pédales. Cent vingt mètres du sol…

— *Cabron!* On s'écrase! Redresse ton nez, *hijo de puta!*

Il se mord les joues. La salive de Cisco prend un goût de sang. Cent mètres… Cisco décuple son effort. Aucun résultat. L'avion plonge. Cisco est à bout. À quinze mètres, la terre, l'écrasement. *Maldito!*

— *Madona! Santa Maria Madre de Dios… Dolores… querrida mia, los niños…*

La vision fugitive des jumeaux qu'il ne connaîtra jamais. Et voilà que…

La machine se redresse. Le moteur se remet à gronder. Cisco se parle, un truc de jeunesse, quand il s'était inventé un copain, à la mort de son jeune frère.

— Calme, Cisco. Corrige l'assiette en souplesse ou tu laisseras tes ailes dans le sillage. Beau, tout beau, relève la tête. Ce qu'il faut, pas plus. *Bueno cabron*, gentil. Là, pose tes grosses fesses, mon salaud… bon p'tit gars…

Il s'est posé au cœur d'un tourbillon de neige serrée.

— *Alegria! Jesus, gracias amigo mio.*

Une épaisse fumée se dégage du moteur. Cisco coupe le contact. Réflexe du soldat chevronné. La fumée diminue d'intensité. Phil n'attend pas l'arrêt complet de l'avion pour s'élancer dehors, une carabine à la main.

— Ça risque de péter, dégagez tous! envoie Cisco à ses passagers.

Un conseil dont ils n'ont guère besoin. La peur les propulse hors de l'appareil. Ils sautent à la suite de Phil avec plus ou moins de succès. L'un d'eux reste couché dans le sillage de l'avion. Cisco immobilise son appareil.

— Va l'chercher Phil! crie Cisco par sa fenêtre latérale. Y doit avoir une patte cassée.

Le mécanicien hausse les épaules en prenant la position du tireur couché. Le type à la patte cassée vient de recevoir deux flèches dans le dos. Il n'a plus besoin d'aide.

L'avion n'a pas explosé. Les passagers rescapés — le Suédois, deux touristes et un chasseur —s'abritent derrière une butte de neige. Cisco, armé d'une carabine fournie par la compagnie, s'allonge entre les patins de l'avion. Phil l'y rejoint. Devant eux, un homme reste debout, paralysé par la terreur.

— Couche-toi, crétin! le rabroue Phil.

— Montrez-vous, saletés d'Indiens! hurle le pauvre diable qui a totalement perdu le contrôle de ses nerfs.

Les derniers mots prononcés, une douzaine de minces flèches percent sa poitrine. Avec une sorte d'incrédulité, l'homme regarde les bouts empennés qui dépassent de son corps. Son cerveau, en pleine déroute, refuse l'impensable réalité. Une violente rafale de neige le dissimule. Une fois la tourmente apaisée, l'homme redevient visible. Il est mort, bras en croix dans la neige rougie.

— Que l'un de vous retourne à l'avion ; sous mon siège… y'a un colt 45 et des munitions ! commande Cisco.

Personne ne réagit. Tous sont terrorisés.

— On s'en sortira pas. Faut se battre, renchérit Phil.

Le chasseur se décide. Il bondit en hurlant. Deux flèches aiguisées comme des rasoirs glissent sur son cou, sectionnant les veines jugulaires. L'homme fait encore dix mètres, conscient. Il meurt en marchant. Il s'arrête, plie doucement les genoux et s'affaisse, bras en avant, comme pour ne pas heurter le sol trop violemment. À son tour, le Suédois approche de l'appareil en rampant. La mort est la plus maligne. Elle plante deux flèches devant son visage, tout près. Instinctivement, l'homme redresse la tête, offrant sa nuque aux tireurs qui se trouvent derrière lui. Trois flèches lui perforent le crâne, ressortant au milieu du front.

— *Maldito y caramba !* Un cirque pareil, au 21e siècle. V'là les Peaux-Rouges en révolte contre l'oppresseur blanc. Phil, t'as vu…

Mais le vieux compagnon ne parlera plus. Une flèche à plumes rouges transperce sa gorge de part en part. Les yeux de Cisco s'emplissent de larmes. Pris de panique, le touriste survivant s'élance vers le bois tout proche. Les flèches le suivent, se plantent dans ses traces. Déjà, il parvient aux premiers arbres. Trois pas encore. Il va réussir. L'ultime effort ! Il tend le bras, touche un sapin… Sauvé !

Dieu ! Une volée de flèches rejoint le malheureux, des dizaines de flèches, noires, rouges, jaunes, percutent son dos avec des bruits mats de branches cassées. Et Cisco a une abominable pensée. Il trouve les couleurs jolies !

Cisco est seul. Il n'a pas le temps de s'apitoyer sur le sort de ses compagnons. De tous côtés, les projectiles en bois coloré le frôlent, plongent dans la neige en un chuintement soyeux. Un tir rapproché, pourtant inefficace. Une incohérence se produit. Les impacts ne font que l'entourer. Une prison aux fragiles barreaux ! Après ce massacre, pourquoi semblable générosité à son égard ? Ça n'a aucun sens. Puis il comprend. L'ennemi le veut vivant. C'était la manière d'agir, en Iraq, quand on désirait un prisonnier afin de l'interroger.

Dès cet instant, les événements se déroulent à un rythme rapide. Le décor vient de changer. Une tornade blanche recouvre la scène. Cisco écarquille les yeux, tend l'oreille. Il ne voit rien à un mètre devant lui. Sur sa gauche, tout près, se produit un son feutré. On marche. Une présence hostile, il le sent, au plus profond de ses fibres. Ici, des hommes. Là, une odeur forte, musquée. Des bêtes ! Un hurlement aigu lui traverse la tête, long, si long… Cisco frissonne. Suit un cri bref, plus grave.

La bourrasque passe. L'odeur de pins du paysage revient doucement. Elle ne demeure pas ; une autre surgit, violente, infernale, qui couvre la première. Cisco la connaît bien. Elle est celle du sang frais, de la mort récente ; odeur suave, un peu celle de l'humus, de l'herbe pourrissante de l'automne. Lentement, autour du pilote, l'air se clarifie ; sous ses yeux exorbités se dévoile un spectacle intenable.

Les corps de ses compagnons n'ont plus de tête !

Cisco a fait la guerre, travaillé dans un hôpital de campagne ; il a vu la mort et la souffrance des hommes.

En toute bonne foi, Cisco croyait avoir tout appris de la folie humaine. La décapitation des cadavres le prend au dépourvu. De plus, se fiant aux cris perçus dans le brouillard, certains passagers vivaient encore lorsque le bourreau a accompli son ignoble besogne. Cisco reste longtemps sans bouger. Un désarroi total le statufie. Quels terribles motifs ont pu justifier ces crimes gratuits dans un cerveau dément? Cisco se lève, ouvre la porte de l'avion, sans but précis, simplement pour se donner l'impression d'agir, de prendre une quelconque initiative. Il enrage d'être ainsi obligé de subir ces coups du sort. Cisco chancelle, se cogne le front contre la carlingue… Il perd connaissance.

À cent pas de là, dans les fourrés, gémit la louve touchée par le Suédois.

CHAPITRE 3

La tempête s'éloigne. Les bourrasques anordissent. Tout se calme. La nature reprend son immobilité millénaire. Décor troublé de temps à autre par un froissement d'ailes dans l'air vif, un cri de bête qui vit, de bête qui meurt...

Le soleil effleure à peine l'horizon, et s'anime la plaine. Un homme quitte le couvert du bois d'épinettes bordant la clairière où s'est déroulé le drame. Six loups marchent dans son sillage, l'un derrière l'autre, d'une allure souple et majestueuse. L'homme est grand, solide, il est vêtu d'une courte veste de raton laveur qui fait presque oublier qu'alentour le tronc des arbres éclate sous la morsure du froid. Ses cheveux noirs, retenus par un bandeau frontal en cuir écru, flottent sur ses épaules avec les ondulations d'une fourrure de bête. Sur le côté droit de son visage pend une large plume rouge et noire. Un Indien. La longue foulée qui le rapproche des *wolfers* – chasseurs de loups – permet d'apprécier sa peau cuivrée par de pures origines et les froids soleils de l'hiver, caractéristique de ces gens du Nord, nés, disent-ils, de la terre et du ciel.

C'est un jeune colosse à peine sorti de l'adolescence. Sous sa légère tenue de peau, on devine des membres longs, aux muscles noueux. Un tourbillon blanc l'aveugle. Il rejette la tête de côté. Se découvre un visage surprenant, plutôt farouche, sculpté à coups de rudes détails, comme les cicatrices temporelles de quelque tragédie, lointaines questions de son enfance demeurées sans réponse. La bouche, elle, possède l'habituelle rigueur de sa race : commissures affaissées, expression dure, un peu hautaine, dessinée par la gloire et les souffrances de son peuple. Et, fait inusité chez un Indien, il y a ses yeux, d'un bleu d'azur, presque transparent. L'homme arrive à la hauteur de Cisco, le dépasse sans un regard. Devant la louve blessée, la colère déforme ses traits.

L'Indien se nomme *Nahadeh*, «Rivière magique». Les gens d'ici l'appellent «Celui-qui-hurle-avec-les-loups».

Le garçon s'agenouille près de la louve. Il lui parle. Un murmure. Elle s'apaise, ferme les yeux. Les gestes de l'Indien sont doux, assurés. Une longue habitude de la compassion les anime. Nahadeh s'active, absorbé par la tâche. Il fredonne la vieille mélopée indienne de Celui-qui-guérit. Parfois, un son rauque roule dans sa gorge. C'est un sanglot contenu. Les souffrances de ses frères loups lui sont intolérables.

La louve pansée, il l'enveloppe dans une couverture, laissant libre le bout du museau. Il la prend dans ses bras et se met en route, la précieuse charge serrée contre sa poitrine. Autour d'eux, la neige virevolte comme un pollen de printemps. Les babines noires de la louve remontent sur ses crocs, pareil à un sourire sur l'infortunée gueule de la bête.

Nahadeh pénètre dans le bois d'épinettes. À son passage, à peine frôlées, les branches s'ébrouent, se débarrassent de leur fardeau de neige, effaçant le cheminement de l'Indien et de ses loups, comme s'ils n'avaient jamais foulé le sol de cette vallée, alors que là-bas, entre les racines d'un arbre centenaire, la tempête recouvre sept têtes humaines empilées, égalisant le moindre détail. Tant que sera l'hiver, les Hautes-Terres conserveront la tragédie secrète.

À perte de regard s'étale un paysage apparemment sans vie, si ce n'était, par intermittence, ces lamentations de loups qui jaillissent, ici et là, ricochant d'un mont à l'autre, filant dans le lit des rivières, au-delà des crêtes tourmentées de ce bout du monde, à la poursuite des vallées, des torrents fous...

Un souffle d'air agite les sapins. Magique, s'élève la plainte d'un loup dans l'obscurité naissante. D'autres cris lui répondent. L'œil du jeune garçon s'anime. La meute de la vallée annonce son retour à la cabane.

Nahadeh est un indien Lakota, descendant des fameux Sioux qui, en 1880, ont suivi dans son exil au Canada Tatanka-Yotanka, «Taureau-assis», chef de guerre et homme-médecine fameux, après la grande victoire indienne de Little Big Horn[3].

L'Indien contemple l'étroite vallée qui glisse à ses pieds à travers les montagnes, attirant tout un décor dans sa fuite sinueuse, toute une vie, accompagnée par le mugissement de la tempête, tel un soupir...

De tous côtés, ruisseaux et cascades figés s'accrochent aux flancs des monts, ramifications aériennes des rivières immobiles. Intense, l'émotion bouleverse le jeune homme. Son Nord vénéré!

Toujours, la beauté du paysage l'entraîne dans le rêve. Avec brusquerie, le soir s'appesantit sur cet arpent de toundra, le maintenant ainsi, entre ciel et terre, au milieu d'un décor granitique. La «longue nuit» est engagée depuis quatre mois; encore deux mois environ d'une obscurité presque totale. Déjà, le soleil effleure l'horizon quelques heures par jour. Durant ces mois d'hiver, la nature au repos prépare son féerique retour de printemps.

De longues rafales blanches sillonnent les terres. Le vent hurle, avec des graves et des aigus dictés par les formes du paysage. Ici, la découpure d'une crête montagneuse, un cheminement de torrent, le creuset d'une vallée, déterminent sons et lumières en une profusion d'étonnants contrastes.

Rivalité des formes et des couleurs.

Déchirure au flanc des monts Mackenzie, dans les territoires du Nord-Ouest, comme un coup de griffe gigantesque, le parc de Nahanni se perd aux confins d'un monde étrange, là où naissent les légendes. Comme celle de la petite mère des loups.

Nahadeh connaît bien l'histoire. Tous les anciens en parlent. Vers 1890, les Blancs envahirent Nahanni à la recherche de l'or. N'en trouvant pas, ils repartirent les bras chargés de fourrures. Seule une barrière montagneuse préservait l'ultime royaume nordique. Une paix relative qui dura 25 ans, jusqu'à l'avènement de l'aviation. L'envahisseur avait alors franchi tous les obstacles d'un coup d'aile, faisant glisser sa machine sur la neige, la posant sur les lacs, en toutes saisons. Aucun obstacle ne fut à son épreuve. La bête à fourrure y perdit jusqu'à son moindre refuge. Ours, loups et caribous furent traqués, certaines espèces au point de l'extinction.

Voilà que 115 ans plus tard, tout recommence.

Et renaît la légende de «Celle-d'en-Haut», la reine vengeresse. Courroucée par les massacres, elle revient protéger ses créatures. Déjà, on a retrouvé deux avions abandonnés sur un lac et des cadavres sans tête, ici et là, comme avant...

Les vieux Indiens de la Vallée des Totems disent que les jours de ciel noir, quand le vent du Nord repousse la grisaille couvrant l'horizon, «Celle-d'en-Haut» apparaît dans la vapeur tremblante des chutes de Virginia.

Wo-Ne-Yah-Wah-Kon, «l'Esprit-de-Femme-Bénie», Celle-d'en-Haut est de retour. Sinon, lorsque meurt un étranger, comment expliquer le sommet des pins agités par un vent qui n'existe pas?

Au début, les chasseurs blancs ne virent en cette histoire que du délire de vieillards. Pas l'Indien. Lui, il savait. Dès lors, le natif des Hautes-Terres raviva ses croyances anciennes. La religion de Wovoka ressurgit de la nuit des temps. Le soir venu, les tambours retrouvèrent sans peine les rythmes anciens de la danse des fantômes, celle qui doit redonner à l'homme rouge la terre sacrée où reposent ses ancêtres. Et le Blanc parla de malédiction. Il se mit à y croire[4]. Celle-d'en-Haut revenait bien vers son Peuple.

Lorsque l'Indien nourrit les siens de viande, Celle-d'en-Haut s'en réjouit, car le chasseur a tué la bête par nécessité, avec un respect profond; mais son courroux céleste éclate lorsqu'elle découvre certains hommes détruisant, pour leur divertissement et par cupidité, la vie de ses forêts.

L'œil de Nahadeh s'adoucit devant le paysage. Un sourire découvre ses dents brunies par la chique de tabac qui, depuis deux ans, ne quitte pas le creux de sa joue. *Unci-Maka*, Grand-Mère-Terre. Son Nord ! Il a parfois la certitude que ce pays est un membre de sa famille. L'enseignement de sa mère, Taoya-Teduto, le Petit-Corbeau, et de son père, Nak-Piyaluta, le Nuage-Rouge, a été sans faille. Ses chers parents lui ont tout appris. Pourtant, Nahadeh a l'impression de ne rien savoir. L'histoire du Pays-d'en-Haut se renouvelle à l'infini. La Terre est source inépuisable de beauté à celui qui sait prendre le temps de l'écouter, de l'admirer. L'homme moderne hélas a perdu le goût du rêve. Petite-Mère-Nature s'épuise et se lamente, bientôt à l'agonie, et l'homme reste aveugle, sourd à sa détresse.

Les Anciens disent que, pour sauver Unci-Maka, malmenée par les ignorants, l'homme blanc devra un jour revenir humblement à la source, vers l'Indien, afin de retrouver dans la grande sagesse des Aborigènes, les vraies racines de la vie, les valeurs oubliées. L'ultime solution appartient au peuple rouge.

Nahadeh se souvient, c'était l'année du grand incendie d'Ouest qui avait ravagé la moitié du Yukon, à cause du feu de camp d'un chasseur imprudent. C'était l'époque de la migration bisannuelle du caribou qui passait dans la vallée. Nahadeh n'aurait manqué cela pour rien au monde. Chaque fois, il était là, admirant la transhumance formidable, le cœur empli de gratitude envers le dieu qui lui offrait ce spectacle grandiose. Cela durait des jours. Les caribous étaient des dizaines de milliers à enjamber Toh-Wok-Pah, «la Petite-Rivière-Bleue». En fait, un ruisselet enfanté par les chutes de Virginia. L'immense troupeau recouvrait la plaine, d'un horizon à l'autre. Tous les ongulés de la région se rassemblaient pour la migration. Ils empruntaient ce passage depuis mille saisons d'hiver. Hélas, les bêtes ignoraient que plus bas, l'homme avait cette année-là posé un barrage, négligeant de réserver un passage migratoire aux animaux sauvages. Le ruisselet était devenu rivière grondante. Le passage à gué n'existait plus. Les vieux caribous, les malades, les faibles, les jeunes, furent emportés. Seuls les robustes mâles et quelques jeunes femelles parvinrent à franchir le courant furieux. En quelques heures, la grande horde n'existait plus. Il y avait eu 24 000 noyés[5]! À ce souvenir, le cœur de Nahadeh se serre. Les souffrances de son Nord le mortifient. Homme blanc ignorant!

CHAPITRE 4

Cisco reprend connaissance ; désemparé, il scrute les alentours. Sur une colline dénudée par un feu récent, il aperçoit un homme qui chemine, des plumes pleins les cheveux. Un Indien ! une dizaine de grands chiens le suivent, apparemment des malamutes.

Cisco se questionne longuement. Serait-ce l'homme qui plus tôt est passé devant l'avion à travers l'insolite brouillard qui s'était abattu sur la plaine ? Cisco a un haut-le-cœur à l'hypothèse effrayante que formule son esprit. Cet étranger pourrait être l'auteur de la mutilation des corps ; pire, du crime au complet ! Que faire ? Dans sa situation délicate, Cisco n'a d'autre alternative que de le rejoindre.

– Diable ! Advienne que pourra, jure Cisco. Il se met en route dans le sillage de l'Indien.

Nahadeh va d'un pas long et souple, malgré la neige épaisse. Entre ses bras, la louve geint doucement. L'Indien semble infatigable, et pourtant, une grimace de douleur déforme parfois sa bouche, plisse ses yeux, alors qu'il ralentit et que sa jambe hésite, fléchit. Les mâchoires soudées du garçon repoussent le mal tenace. Nahadeh revient de la guerre d'Iraq. Il s'est engagé à

18 ans, sur présentation de faux documents dans l'armée américaine, peu regardante en vérité sur l'âge et l'origine de ses mercenaires. Réformé depuis une quinzaine de jours pour blessures, l'Indien renoue les attaches sacrées qui l'unissent à la terre[6].

La douleur, encore. Il se plaint sourdement. «La rebelle aux yeux bridés», comme il l'appelle, se promenait. Une balle de fusil-mitrailleur qui depuis six mois roule sous la peau du ventre, dans un recoin de muscle. Après une dure attaque sur la base par un groupe de moudjahidines, le chirurgien du régiment, débordé de travail, avait retiré quatre projectiles de sa poitrine, et oublié celui-ci, à l'aine. La maudite douleur ne le lâche pas. Certains jours, la souffrance est insupportable. Empoisonnement par le plomb, il le sait : un possible pourrissement des tissus pouvant mener à la gangrène, cela non plus, il ne l'ignore pas. Un semblable sort attend toutes les bêtes simplement blessées par l'homme.

Sa Guerre sainte, comme il le dit par dérision. Une insanité monumentale. Apporter à coups de mitrailleuses la démocratie aux gens. Génial! Depuis des milliers d'années, au cours de milliers de guerres, on affuble les habitants d'un même pays de costumes aux couleurs différentes, on leur affirme qu'ils sont ennemis malgré leurs liens du sang, et les voilà qui s'entretuent. Comme au Vietnam, en Corée, au Rwanda, partout! Dans chacune de ces guerres, ceux du Sud auraient dû déménager au Nord. Tous les champs de bataille devenus le Nord auraient manqué d'adversaires. Nahadeh serre les dents. La guerre et ses incohérences!

Et lui, le sot, qui avait osé participer à ce conflit aux côtés des Blancs, les *wasichus*[7]. Mais Nahadeh est excusable. Sa jeunesse avait besoin de voir du pays et surtout, de fuir la solitude qui l'accablait depuis la disparition tragique de ses parents, solitude qui l'avait conduit à la réserve de Rosebud, dans le Dakota, aux États-Unis, vers une famille qu'il n'avait jamais rencontrée. Dès le premier jour, il avait été conquis. Tout l'étonnait. Les maisons éclairées sans huile puante, les magasins débordant de victuailles inconnues, de vêtements froids, si jolis à contempler, et d'objets souvent inutiles mais très décoratifs.

Lorsqu'un de ses cousins s'était engagé dans la lutte fratricide entre musulmans – différenciés entre eux par une simple couleur de turban – Nahadeh l'avait suivi, par désœuvrement. Une date arrangée au bas d'une carte d'identité lui donnait sa revanche sur le monde. Ses ancêtres avaient été guerriers, il le serait aussi. Blessé, il fut renvoyé au pays. À l'aéroport de New-York, des jeunes filles accueillirent les blessés rapatriés en leur jetant des excréments de chiens au visage. La même réception que reçurent les soldats revenant du Vietnam, quelque 30 ans plus tôt. Le conflit iraquien divisait l'Amérique une fois de plus, mais de cela, elle était coutumière.

« *Tunka-Sila-Onsi-Mala-Yi*. Grand-Père, pitié… »

La guerre et ses folies… sa pauvre tête. Une rafale de neige se plaque sur son visage.

Au souvenir des combats, les yeux de l'Indien se couvrent de larmes. Il est désorienté. Certains jours, Nahadeh ne sait plus où il est ni ce qu'il fait. Il ne reprend ses esprits que longtemps après la crise. Nahadeh serre la louve contre sa poitrine avec un sanglot à peine réprimé. Aujourd'hui, vers quoi se tourner pour retrouver la joie de vivre ? Ses parents sont morts, noyés, cinq années passées. Ils sont si loin ! Sa mémoire est incapable de reconstituer les traits aimés de leurs visages. À présent, le souvenir ne se compose plus que de phrases, de parfums et de gestes familiers. Les siens sont devenus *Wiconi-Nagi*, «les ombres fugaces de la vie».

Ainsi, dans ses visions des temps anciens, sa mère est un sourire, une voix légère qu'enfant il appelait *Oh-doh-won Wok-pah*, «Chant-de-Torrent». De son père, il ne revoit que la grosse main calleuse rebondissant sur la peau craquelée d'un vieux tambour, mais aussi, hélas, les yeux remplis de terreur le jour où l'emporta le flot grondant. Ce regard poursuit Nahadeh comme un reproche. *Wiconi-Nagi*... Ombres tristes de sa tendre jeunesse. *Wiconi-Nagi*, sa famille dispersée dans un fouillis de souvenirs... Sur sa montagne, bouleversé par une guerre atroce et la disparition tragique de ceux qu'il aimait, Nahadeh ne retrouve rien d'heureux dans son passé. Tant de regrets... Nahadeh soupire. Il souffle un mot de paix à la louve, accélère son allure.

CHAPITRE 5

Perturbé par la tragédie, le pilote éprouve des difficultés à suivre l'Indien. Il vient de passer trente minutes à chercher ses traces, disparues sur une surface rocheuse. L'Indien n'est plus en vue ! Cette marche dans une neige qui lui arrive parfois à mi-cuisse l'anéantit. Le pilote décide de prendre du repos. Il s'arrête. S'il neige durant ce temps-là, jusqu'à la moindre empreinte de l'Indien sera effacée et sa situation deviendra désespérée. Il émet un petit rire sarcastique. Au point où il en est...

Cisco creuse un trou dans la neige, s'y installe en position fœtale afin de conserver sa chaleur et ferme les yeux. Après tout, il en a vu de pires. Au milieu des bois, la température est douce. Cisco s'assoupit. Il ignore qu'il est parvenu à rattraper l'Indien. Celui-ci, par contre, bivouaquant à une centaine de mètres de là, n'ignore pas la proximité du pilote.

Tout à coup, l'Indien tressaille, son visage prend une expression égarée. La guerre s'emparait de son esprit. Depuis son retour, Nahadeh replonge ainsi souvent dans l'enfer iraquien, en dépit de ses efforts pour oublier. L'aventure lointaine lui fait revivre ses plus intolérables minutes. Il retourne vers l'horreur, vers les mêmes regrets.

— *Tunka-Sila Onsi-Mala-Yi...* Prends pitié de moi, Père de toutes choses.

Malgré la paix de Nahanni, sa tête s'emplit du tumulte des batailles, du cri de ses camarades tombés sur un coin de terre aride, avec à la bouche le nom d'un père, d'un frère, d'un dieu. Le jour fuit rapidement. Les ombres se rapprochent, l'environnent, menaçantes. Lui, né à la manière indienne, son corps nu glissant sur un lit de feuilles, d'entre les cuisses de sa mère agenouillée, lui, craignant la douceur des bois? Sa louve au creux du bras, Nahadeh foule la neige épaisse de ses larges raquettes. Il a peur : peur de devenir une autre fois la proie de quelque divinité mauvaise, peur de ne plus être lui. Une légion de démons l'assaille de toutes parts. Ce sera donc l'incertitude d'un de ces jours maudits? Il perdra les notions d'espace et de temps, ne retrouvant ses esprits que loin de la cabane, suivant la fantaisie de l'esprit du mal.

Dans ces instants de désespoir, son âme folle hurle dans sa tête, prisonnière des fantômes grimaçants de toute l'histoire du monde, âme misérable, à la recherche d'un paradis perdu... Dieu, sa tête!

— *Tunkasila-Wiyohi-Yapata Wakan-Tanka, Onsi-Mala-Yi. Omakiya-Yi, Waceci-Ci-Yé!* Grand-Esprit, Grand-Père à l'Est, où le soleil se lève, aie pitié de moi, je prie vers toi...

La prière et les cris de Nahadeh se mêlent au grondement du vent, aux plaintes de la louve. Échos de son accablement.

La bête s'agite entre ses bras. Il retient ses larmes. La détresse de l'homme accablé et celle du loup supplicié se ressemblent. Elles s'expriment en hurlements comparables. Les hommes, les bêtes... Un jour, Nahadeh a dû choisir. Il a donné sa bienveillance aux loups. Durant ses délires, Indiens et loups se confondent. Lorsque Nahadeh perd ainsi contact avec le réel, il devient étranger dans son propre monde; les lois de ses ancêtres ne signifient plus rien. Il les refaçonne à son idée. Nahadeh ne réalise pas l'incongruité de ses nouveaux principes, ni leurs étranges vertus qui l'entraînent hors du cercle magique aux sept chiffres de la prière lakota. La crise passée, il s'abandonne à d'insolites puissances, emporté entre ciel et terre. Depuis une semaine, la chasse au gros gibier décime ses forêts. Les hommes blancs envahissent Nahanni! La haine de Nahadeh se cristallise sur eux. Cristal sacré aux six faces, les six flèches noires de la guerre...

Wah-Kon-Kon Ke-Che-Zay. Guerre diabolique!

Pourtant, il l'a aimée. Par tous les dieux, oui! Il s'est battu sans remords, le cœur vibrant de fierté, ému comme lorsque la grosse main aux veines saillantes de son père s'abattait rudement sur son tambour, en faisait jaillir les accents nostalgiques d'histoires mystérieuses à saveur de légendes. Le rythme envoûtant mettait chaque fois une de ces lamentations troublantes et magnifiques dans la gorge de quelques loups vagabondant sur une montagne lointaine. La guerre, le tambour de son père, la fierté des grands guerriers du passé... Sa tête hurle de souffrance!

Nahadeh ralentit le pas. Les terribles souvenirs l'épuisent plus encore que la pesanteur de la jeune louve qui à présent gémit sans interruption. Le sang tiède de la bête coule le long du bras de Nahadeh, jusque dans sa mitaine.

Damnés voleurs de peaux…

Le garçon évite une branche basse d'un pas de côté. Au passage, à hauteur de ses yeux, pépient deux mésanges à tête noire, blotties dans le cou l'une de l'autre. Craintives, ensommeillées, elles le regardent aller d'un œil rond, trop engourdies pour s'envoler. Nahadeh s'étonne. Il ne trouve pas d'apaisement dans la jolie scène. Ses montagnes ne lui procuraient donc plus la sérénité? Pour la première fois, son Nord se dérobait devant lui, sourd à ses pressants appels. La rupture avec Dieu se produisait…

L'épuisement met fin à la marche du jeune homme. Il s'arrête sous un pin immense dont les branches basses lui offriront un abri contre les tempêtes. Déjà le soleil se faufile entre les sommets bleutés des sapins et va s'enfouir dans les neiges d'un horizon inaccessible. Nahadeh prépare un brise-vent, fait du feu et installe au chaud la bête blessée. Il se couche sans manger. Dans sa tête, les douleurs sont infernales, plus encore que la balle sous la peau de son abdomen. Nahadeh pense au Blanc qui le suit avec une moue amusée. Un minable. Sans aide, il ne s'en sortira jamais. Au matin, Nahadeh ira le chercher.

CHAPITRE 6

Abandonnant son trou de neige beaucoup trop froid, Cisco a dormi dans un creux de rocher. Il ouvre les yeux avec peine. Le soleil qui se lève, éblouissant, le nargue de ses froids rayons. Le silence s'est appesanti sur la montagne, souligné de temps à autre par le trille d'un oiseau, un glapissement au loin, un hululement...

Cisco est glacé. Il a transpiré au cours de la nuit. Son corps est mouillé. Le froid, de ce fait, a plus d'emprise sur ses muscles. Cisco jure contre la maudite combinaison de vol molletonnée qui devait être « douce comme des fesses de nouveau-né, chaude comme un édredon d'oie norvégien et résister aux moins 60 degrés de ce maudit Nord », affirmait la veille encore, Philippe, son malheureux ami. *Basura de mierda!* Il rit. Nervosité. Une voix dure l'interrompt.

— *Eh-Chee-Choo!...* Les tueurs de l'oncle Sam viennent pisser jusque sur mon paillasson, on dirait[8].

Dépassé par les événements, Cisco se trouve en une sorte d'état second proche de l'hébétude. Et il y a de quoi. À dix pas de lui, un type immense est planté au milieu d'une meute de loups. Un Indien avec des tresses et une plume sur le côté ; habillé de peau, des franges un peu partout, il tient une carabine en travers de la poitrine, dans le creux du coude, comme au cinéma. *Por Dios!* Du vrai délire.

À nouveau, la même interrogation traverse sa pensée. Est-ce l'homme que Cisco suit depuis l'accident, l'homme aperçu près de l'avion? Est-il l'assassin? Cisco a une moue d'incrédulité. Ayant peut-être abattu sept hommes de sang froid, ce type aurait le front de le traiter de tueur, lui? Quelque chose ici ne cadrait pas avec la réalité.

Cisco reste muet, sans réaction. La voix gutturale réitère son ordre :

— L'Avion, j't'ai causé! Approche. M'oblige pas à venir t'botter l'derrière.

Cisco se lève, et là, alors qu'il s'apprête à obtempérer, l'impensable se produit. Ses pieds semblent collés au sol. Cisco est incapable de faire un pas. Même au cœur du désert iraquien, sous le nez des rebelles du dictateur, Cisco n'a jamais éprouvé un tel malaise. Il n'a pas peur, c'est autre chose d'inexplicable. Alors, il se met à rire; rire de lui, de l'impensable situation, de l'Indien de cirque qui lui fait face, flanqué d'une bande de prédateurs sanguinaires.

— Ça te divertit, ricane le colosse. Raconte ton histoire, qu'on rigole ensemble.

L'Indien a le soleil dans le dos — silhouette colossale de deux mètres au moins, découpée sur le gris du ciel. Cisco plisse les yeux, dans l'incapacité de distinguer les traits de l'Indien. La voix juvénile lui indique néanmoins son âge approximatif. Soudain, un début de panique fait frissonner Cisco. Il réalise que le canon de la carabine pointe résolument vers son visage. Tous ses muscles se tendent. L'angoisse l'envahit, totalement. Cisco lève les bras.

— Baisse ça. J'suis pas sur le sentier d'la guerre, gouaille l'Indien en détournant son arme.

— C'est toi que je suivais, hein… Tu t'en doutais ?

L'Indien plisse la bouche d'un air narquois.

Une boule dure bloque la respiration du pilote. Les loups se sont rapprochés de lui. Apercevoir un loup du haut du ciel lui semble tout à coup moins risqué que de venir lui tirer la queue. Malgré tout le bien que pouvait en dire Philippe, les loups sont des carnassiers. *Caramba!* Ils égorgent d'autres créatures vivantes. Prudence…

Un animal s'approche du pilote, renifle ses jambes. Cisco est figé. La bête touche sa main du museau. Cisco a un geste de recul. Nahadeh se moque d'un rire :

— Le loup n'attaque pas l'homme, il est trop timide. Bien déplorable.

— Avec ces gens qu'ils tuent chaque année, dans l'monde entier ?

Nahadeh ne réplique pas. Les maudits hybrides font tellement de tort au loup[9] !

— Il se passe quoi ici ? s'énerve Cisco. Mon avion se fait abattre par des flèches… Tu fais partie de la bande ?

Nahadeh se met à rire.

— Tu regardes trop la télé, mon vieux.

Cisco se laisse presque prendre à cette curieuse bonne humeur. Un comble ! Nahadeh dévisage le pilote. Inquisiteur, son regard pénètre Cisco, semble fouiller ses pensées.

— Je n'ai jamais tiré à l'arc de ma vie, le renseigne l'Indien.

Effaré, Cisco découvre de la douceur dans les traits du garçon, de la bonté même. Cette allure tranquille, ce visage qu'il devine harmonieux sous la rude broussaille qui lui couvre les joues, et ses yeux limpides, lui donnent une physionomie avenante. L'Indien attire la sympathie. Aberrant!

Cisco reprend un peu le contrôle de lui-même :

— *Bueno, que hijo de puta* a osé commettre une telle horreur? On massacre pas les gens com...

Il ne peut finir. Nahadeh l'arrête, pas du geste, ni de la voix; son regard devenu presque transparent a suffi. Il n'est que violence.

— Dis pas des choses que tu pourrais regretter, mon gars, prévient-il.

Cisco serre les poings. S'opposer par la force à ce gigantesque Sauvage serait loin d'être une sinécure, mais Cisco n'a jamais plié devant qui que ce soit.

L'Indien lui sourit, débonnaire. Cisco a rarement observé une telle assurance chez un autre homme. De la part d'un être si jeune, la chose avait de quoi surprendre plus encore. Autour du pilote, les loups se pressent en gémissant. Un mot de l'Indien et ils le déchirent sur place, c'est l'évidence même. Les jambes de Cisco tremblent un peu. Sans ces maudites bêtes, il tenterait sa chance. Il sait lutter, boxer. Bien qu'avec un pareil colosse, la boxe... Une rigole de sueur lui entre dans l'œil. Il l'essuie d'un geste brusque. Un loup tend le nez vers lui. Pour Cisco, c'est comme un signal. Il se jette sur Nahadeh. Une louve couchée plus loin bondit aussitôt. Elle vient de sauter trois mètres d'une seule détente! Abasourdi, Cisco se retrouve sur le dos, la louve perchée sur sa poitrine. Elle cligne des yeux, bâille largement, découvrant ses «dents de chien», des canines de sept centimètres de longueur. À sa plus vive surprise, Cisco la repousse sans effort de l'avant-bras. Retentit la voix moqueuse de Nahadeh :

— Je t'ai dit que les loups ne touchent pas aux gens[10]. Nahadeh rappelle la louve d'un claquement de la langue contre son palais. Je fais ça pour elle, pas pour toi. J'voudrais pas que tu la malmènes.

Cisco hoche la tête, sceptique :

— Comme si j'étais en état de supériorité !

Une bouffée d'air froid envahit les poumons de Cisco. Quelle émotion ! Il se relève, observe, incrédule, la meute au complet couchée autour de l'Indien. Cisco détaille son adversaire avec intérêt. Un Aborigène, meneur de meute. Histoire nordique banale, penserait un montagnard ; mais un citadin ? Quant au loup qui n'attaque pas l'homme... Allons donc !...

— J'ai pas tiré sur ton avion, l'informe Nahadeh. Pourtant, j'aurais de bonnes raisons de malmener un peu tous ces imbéciles qui envahissent ma terre. Si tu veux savoir, je t'ai regardé tomber, j'ai vu tes copains se faire démolir et j'ai pas pleuré.

Ces mots remplissent Cisco de rage. Il en frémit :

— Je dois emmener chez moi la louve que vous avez abîmée, le renseigne Nahadeh. Tu peux rester à pourrir sur place ou me suivre. Le «tueur» t'offre l'hospitalité de sa cabane.

Puis, sans plus se préoccuper du pilote, le jeune colosse fait volte-face et disparaît dans le bois. Impassibles, quelques loups demeurés sur place observent Cisco.

Sangre de Christo !

Une histoire de fous. Qui la croirait ? Le voilà égaré dans une forêt subarctique, prisonnier virtuel d'un Sauvage en pleine révolte. Tout ça, à dix heures du matin, dans une grisaille comme si la nuit tombait… Et, à présent, l'Indien de malheur lui impose son paquet de loups puants et fiche le camp, l'abandonnant en pleine montagne… À quoi ça rime ? *Granuja !* Ce jeune détraqué mental espère-t-il l'effrayer, l'entendre glapir comme un chiot aveugle ? Minute ! Avec son expérience des combats, cavaler dans la montagne de Nahanni ressemblera plutôt à une balade dans un parc à touristes. Quant à ses loups, qu'ils aillent se faire voir. Ce ne sont que de grands cabots, un peu plus crasseux que les vrais, mais des cabots tout de même. La promenade ne sera certes pas facile, mais après la guerre…

Cisco avance d'un pas. Un loup jappe, deux autres émettent des sanglots brefs. Un sifflement modulé met la meute sur le chemin du boisé, d'une allure souple et hautaine. Cisco ne peut s'empêcher de les admirer. Il aura tout vu !

Cisco est seul. Ses vêtements humides ont gelé. Raides comme du bois, ils rendent ses gestes malhabiles. C'est le matin, et déjà le soleil fuit vers l'horizon. Autour de Cisco naît une sorte de crépuscule gris, composé de silences et de bruits étranges. La tempête de neige augmente de virulence, le froid aussi, comme si la chose était encore possible. Le pilote est transi, nauséeux, mais la difficulté même de l'épreuve le stimule. Avant tout, il lui faut réfléchir posément. Le pilote ferme les yeux. Les bruits dans le bois se font plus précis : quelques cris de hiboux, la plainte d'un loup, une branche qui se brise sous son fardeau de neige. Lorsqu'il rouvre les yeux, comme au sortir d'un rêve insolite, le soleil a disparu dans son refuge nocturne, sa clarté rose effacée par les flocons virevoltants. Autour de Cisco, une solitude glacée, écrasée pesamment sur le décor; mille dangers peut-être se dissimulent, tapis dans la noirceur. L'inconnu. Malgré lui, Cisco s'énerve. Son cœur bat vite, fort. Que faire? Son esprit troublé ne discerne pas la moindre solution. Cisco respire doucement, emplit ses poumons à fond. La situation d'urgence lui fait instinctivement retrouver le yoga de sa jeunesse. Bientôt, son cœur s'apaise, ses pensées s'organisent. La nuit polaire laissant flotter sur le décor une luminosité laiteuse suffisante pour s'orienter, Cisco recherche les empreintes de l'Indien et de ses loups. À sa vive satisfaction, la besogne s'avère facile. Les traces sont nombreuses, profondes. Et Cisco laisse échapper un juron. Lui, la victime, il ne désire rien d'autre que se placer sous la protection de celui qui, jusqu'à preuve du contraire, vient probablement d'ôter la vie à sept personnes. Une aventure démente! Le pilote se met en route. Une marche pénible dans la neige épaisse.

Et alors que tout devrait le porter au désespoir, quand il est assailli par la faim, le froid, la sombre forêt le cernant de toutes parts, l'adversité liguée contre Cisco lui procure au contraire des émotions grisantes. Il met sa vie en jeu! Paradoxalement, tout à coup, Cisco se sent bien, reprenant pleine confiance en ses possibilités.

Il défiait le Nord! Quelle plus excitante épreuve aurait-il pu s'imposer?

Soudain, l'assaille une forte odeur de bête fauve. «Les loups de l'Indien!», présume Cisco. Le Sauvage ne doit plus être loin. Un grondement sourd dément aussitôt cette éventualité. Cisco s'immobilise, fou d'anxiété. L'odeur se rapproche, trop puissante pour être celle du loup. Et il l'aperçoit. À quinze pas de lui, silhouette gigantesque qui se dandine sur ses pattes épaisses. Un ours kodiak, un de ces monstres qui peut mesurer quatre mètres de haut et peser six cents kilos. Nom de nom! Qu'est-ce qu'il fabrique ici, celui-là? Les ours dorment l'hiver, non? Les bouquins l'affirment en tout cas! s'émeut le pilote.

L'ours sent l'homme, mais sa léthargie hivernale l'épuise. Il passe. Cisco reprend la piste. Deux cents pas plus loin, il pousse un cri de dépit. Les traces de l'Indien ont de nouveau disparu. Sous ses pieds, ne subsiste qu'un rocher lisse exposé au vent. La crainte le gagne. Elle le pousserait à courir, droit devant lui. Erreur classique de débutant. Courir en forêt, c'est tourner en rond. Cisco fait un effort sur lui-même. Hélas, il s'énerve. *Caraï!* Allons, il doit bouger. Avec cette température, le corps trempé de sueur, il sera mort en vingt minutes. Cisco marche longtemps, penché vers le sol. La nuit tombe vite. Il ne voit presque plus.

Maudite piste!

Dix fois il la retrouve, dix fois il la perd. À bout de forces, gelé, Cisco s'acharne. S'arrêter et dormir, ce serait mourir. Il faut continuer. Un détour de piste. Il fait halte, l'esprit en alerte. Là, tout près, il y a «quelque chose». Son cerveau engourdi le distingue vaguement. C'est indéfinissable, un fait connu, un souvenir... Quoi? Il se concentre. La réalité le fuit. Ce qui éveille ses sens n'appartient pas à la nature. C'est un ajout, une sorte de discordance. Il ne découvre rien. Son esprit est si las! Mais la sensation familière demeure...

Puis... Voilà! Une odeur, c'est une odeur... Cisco hume l'air à petits coups légers, comme s'il craignait de l'effaroucher. Une bouffée de vent tiède l'environne, venant de la plaine en contrebas. Il sent. Il sait. Il respire avec délice.

78

Un feu de bois. Probablement le bivouac de l'Indien. Et Cisco le découvre, étoile tremblante à flanc de colline. À ses pieds s'étale une vallée dans son décor sans fin, nichée entre deux rangées de pics aux formes torturées. Se sachant hors de danger, Cisco prend le temps d'admirer la vue, presque un regard de vacancier. Il en oublie son étrange aventure.

Cisco se faufile sans bruit à proximité du campement. Là, dans l'ombre complice, il observe l'étrange Indien qui lui tourne le dos, devant son foyer. À la droite du colosse flotte une luminescence verte. Elle ondule, se transforme, devient rosée, s'avive, s'estompe. Au même instant, le visage d'une jeune Indienne s'impose à l'esprit du pilote. Une image inventée par l'épuisement, se dit-il. Il n'a fait qu'y penser.

— Entre, l'Avion, le prie Nahadeh sans bouger la tête, reste pas à la porte.

Cisco tressaille. À croire que le montagnard a senti sa présence avant ses fauves. De plus, après les atrocités commises, comment ose-t-il faire de l'humour ?

— Viens chauffer ta p'tite peau claire. La soirée est fraîche.

Cisco sourit. Il doit faire dans les moins 40 et l'Indien n'essaie même pas d'être drôle. Le montagnard met sa rudesse nordique jusque dans les banalités de son dialogue. Le pilote se laisse gagner par l'instant privilégié qu'il vit. Tout ici, paysages et créatures, semble surgi d'une autre dimension, un monde à part, situé hors de l'espace et du temps. Les Terres-d'en-Haut ! Tout y est différent. Ses émotions figées au fond du cœur par l'implacable température, l'homme du Nord ne se livre pas. En vérité, le *northlander* est à l'image de sa contrée. Dieu semble l'avoir créé en même temps que ses paysages. Une union rude existe entre la nature et l'être humain. Une osmose véritable.

Cisco retrouve ici ces lectures scolaires sur le Grand Nord canadien qui, à l'époque déjà, le passionnaient. Elles prenaient en ce décor sauvage une envolée grandiose. Cet Indien, près de son feu, appartenait à la nation vaillante qui avait combattu, jusqu'à la quasi-décimation de sa race, l'envahisseur blanc. Les fameux Indiens existaient bien, mais les manuels de Cisco n'avaient pas dit toute la vérité. Comme la mère de Cisco, indienne Karankawa, ces gens vivaient misérablement dans des réserves, leur dernier refuge ; en somme, l'Indien est l'être vivant qui se rapproche le plus du loup. Cisco hoche doucement la tête. Il comprend cela, lui, *el metizo*, le métis du Rio Grande, méprisé par ses deux cultures d'origine. Mais ce passé douloureux des Indiens ne pouvait excuser le meurtre de sept hommes.

Bien que, pour sauvegarder leur héritage ancestral, ces malheureux natifs canadiens ne soient obligés de…

Cisco sursaute à l'idée folle qui a germé en lui. Non, rien ne justifie la violence. Alors pourquoi, en dépit du bon sens, Cisco ressent-il cette troublante attirance envers l'Indien ? Qu'il appartienne à une tribu meurtrière n'y change rien. Chacun, à sa manière, a souffert de l'intolérance d'une autre race, y réagissant à travers les expériences de sa vie, de sa culture. Certes, les Indiens de Nahanni dépassent les bornes dans leur quête de justice, mais Cisco ne parvient pas à les condamner sans appel. En réalité, ce jeune homme lui ressemble un peu.

Une impression troublante. Nahadeh dévisage le pilote. Ses yeux étirés vers les tempes deviennent des fentes minces au centre desquelles brille une lueur sans malice.

Cisco hoche la tête, découragé. Une histoire insensée!

— Tu rêves, l'Avion?

— J'venais et... j'croyais que tu dormais.

— Au pays d'l'ours, faut rester sur le qui-vive; pareil au serpent qui mue, quoi!

— J'vois pas le rapport?

— T'arrives pas du Sud, toi? Tu devrais l'savoir. Quand le serpent change de peau, il est aveugle. Regarde mes yeux...

— Bah quoi! Ils sont bleus.

— Pareil au serpent qui se dépouille. Le temps que la peau glisse devant l'œil, elle est bleue, et il ne distingue que des ombres. Là, le copain est dangereux. Il attaque tout ce qui passe.

— Je vois. Toi, en ce moment, tu changes de peau?

L'Indien se sert une bolée de café. Quelques loups s'agitent dans les buissons. Cisco perçoit des grognements, une brève algarade, puis une plainte aiguë.

— T'énerve pas, gamin; le loup connaît ses limites, il sait faire respecter sa hiérarchie sans verser le sang. Il est...

Cisco pince les lèvres, exaspéré. C'est bien sa chance. Il a fallu qu'il tombe sur un de ces naturalistes obsédés; de plus, apparemment un inconditionnel du loup. Lui, avec son genre d'emploi...

Cisco pénètre dans la zone de clarté du feu qui découpe un halo rouge sur la nuit. Deux loups s'approchent de lui. Cisco frappe dans ses mains. Les loups s'écartent peureusement. Cisco sourit. On se fait à tout. Il s'affale devant le foyer, fourbu par cette longue

marche à l'aveuglette. Il jurerait avoir fait cent kilomètres. En réalité, il en a à peine parcouru dix.

— Pourquoi ces massacres? demande l'Indien d'une
voix neutre.

— Je ne suis que pilote.

— T'es complice. Tu connais quoi de mes bêtes? Les
loups sanguinaires de Walt Disney? De 1960 à 2005,
dans les parcs d'Amérique du Nord, il y a eu près de
500 attaques de grizzlis, dont une cinquantaine se sont
terminées par une mort d'homme. Durant ce temps,
pas la moindre morsure de loup.

Cisco n'a pas envie d'en entendre davantage. Sa tête
tourne, il est à bout de nerfs, d'énergie. Devant lui, une
cafetière de cuivre noircie fume sur une pierre plate à
proximité du foyer. Sans façon, il empoigne le seul gobelet disponible à sa portée : celui de l'Indien. Il l'emplit
à ras bord et, à grands traits, avale le liquide brûlant.
Puis, sous le regard amusé de Nahadeh, Cisco arrache
une cuisse du minuscule lièvre qui grille sur un lit de
cendres rougeoyantes. Cisco vient d'accepter l'insolite
aventure. Se torturer l'esprit sur une quelconque solution ne changerait rien au problème. La viande, aroma-
tisée d'un judicieux mélange d'herbes, est savoureuse.

— T'aimes ça, l'Avion? s'informe Nahadeh en
remuant les braises d'une pointe de couteau.

La voix est grave; Cisco y décèle une intonation
cordiale — de celle que l'on entendrait dans une assem-
blée de vieux camarades.

Le pilote reprend du civet.

— Mange, y'en a des colonies entières dans les
fourrés.

La bouche dégoulinante de jus, Cisco émet un rot
sonore :

— Lièvre, écureuil? marmonne-t-il.

Nahadeh a un rire de gorge qui fait tressauter sa poitrine :

— Rat des marais!

— Excellent, admet le pilote avec une moue ironique.

Nahadeh, bien sûr, s'attendait à le voir recracher sa bouchée avec dégoût. L'Indien ouvre grand les yeux :

— Là, tu me surprends. Disons que j'admire... Ouais, j'admire.

— J'en ai vu d'autres, c'est tout.

— Balivernes! T'as rien vu, s'énerve aussitôt l'Indien.

— Si. Et de plus, moi, j'ai des valeurs.

— Laisse-moi rire. Vous les Blancs, un détail, une insignifiance, et vous les adaptez à la politique du moment, vos maudites valeurs. En réalité, elles ne servent qu'une minorité : les riches et les p'tits bourgeois. Vous oubliez les lois de la vie. Elles priment tout.

— Là, tu...

— Mes loups, à travers tes lectures pour enfants débiles, ils bouffent les p'tites filles, c'est ça?

— Encore tes loups!

— Chez nous, on dit que leurs yeux sont «la seconde chose humaine de cette terre». C'est même écrit dans vos livres.

— Tiens, tu sais lire? Mais un bouquin, pépère, faut le finir, sinon on rate le meilleur. Tu parles de règles? C'est quoi les vôtres? Démolir une poignée de chasseurs par-ci par-là vous rendra pas vos plaines à bisons. Réveillez-vous les gars; c'est fini les grandes chevauchées. Utilisez les mots, pas les balles explosives. Et pour ta gouverne, j'suis pas Blanc. Mon père est Mexicain et ma mère native karankawa, une petite tribu sur le Golfe du Mexique. Ouais! on est presque frères de race… Et d'abord, si tu veux à ce point aider ton Nord, pourquoi t'as pas étudié? Y'a des tribunaux pour vous exprimer.

L'Indien rit doucement. Ce discours moralisateur le divertit. Se remplir la tête des valeurs de l'homme blanc, lui!

— Nos droits? *Shit!* On est comme les rhinocéros, quasiment en voie de disparition.

— Alors tu prends partie pour les bêtes.

Nahadeh tend le menton vers Cisco, agressif.

— L'homme peut se défendre seul, pas l'animal. Va faire un tour dans la réserve de Kitzi-Sagig[11] au Québec, après tu pourras parler des Indiens. L'école? J'y suis allé. Une roulotte en plein bois de dix places assises, éclairée à la graisse d'ours. L'hiver, il faisait moins 30 à deux mètres du poêle à bois. Alors j'ai dit merde à vos bouquins, mais je peux te citer Spencer.

— C'est qui? demande Cisco, candide.

— Tu vois? La culture… pas très utile dans les montagnes.

— Bon sang, rien n'excuse le meurtre! Parlez, hurlez, mais arrêtez de cogner dans l'tas.

Nahadeh a un serrement à la poitrine. Il entend parler sa mère, qui persistait à trouver des qualités chez tous les êtres.

— Qui te dit que des gens de mon peuple ont tué tes copains?

— Bah, voyons! C'était peut-être les flèches de Cupidon? s'énerve le pilote.

— Crois c'que tu veux.

— À l'atterrissage, qui j'ai vu au loin? Toi! C'est quand même pas votre Grand-Esprit qui balance les flèches.

— Qui sait?

— T'es d'une drôlerie!

— Ici, c'est mon pays. Ah merde! Vous et vos fourrures!

— Ton manteau, tes bottes, c'est quoi, d'la peau d'fesses? Toi aussi, tu chasses la fourrure! s'insurge Cisco.

— Je tue pour manger, et moi, je ne pose pas de pièges, dit l'Indien doucement.

— Partout on les protège, tes bêtes.

— J'admire votre façon d'faire ça. Vos enfants commencent à la maternelle avec un filet à papillons. Ils balancent les insectes dans un bocal, sur une salade, et quand plus rien ne bouge, on jette et on remet ça. À l'adolescence, on leur fait disséquer des grenouilles vivantes endormies à l'éther. Il paraît aussi que dans un certain pays, les testicules des phoques massacrés à Terre-Neuve sont transformés en lotions contre la chute des cheveux ou une imbécillité du même genre. En Asie, ils mangent chats et chiens, mais avant, ils les martyrisent. Ça imprègne la viande de pouvoirs magiques, qu'ils disent! Soyons sérieux! Et ton joli petit col de fourrure, c'est quoi à ton avis? La peau des chiens canadiens vendus aux restaurateurs coréens et chinois, et qui vous reviennent sous forme de manteaux… Renseigne-toi. Faites plutôt de l'après-rasage avec les couilles des moustiques, on en est saturé ici. Gandhi affirmait que l'on juge un peuple à la façon dont il traite ses animaux. La note sur 10 des Canadiens doit pas être reluisante!

— D'où tu sors tout ça?

— Je sais lire, t'as oublié? Dans vingt ans, on n'verra plus la faune nordique qu'au cinéma.

— *Cabron.* Vous…

Il ne termine pas. Nahadeh l'empoigne à la gorge :

— Je te répète que les montagnards ne sont pour rien dans la mort de tes copains… *Mah-Kah She-Cha-M'nah Wasichu!*

Il lâche le pilote.

— Qu'est-c'que t'as dit, en clair? fait celui-ci éberlué.

— Mouffette puante en culottes courtes!

— *Maricon!* C'qui veut dire abruti.

À ces mots, le regard de Nahadeh prend un éclat dur.

— J'ai aucun regret pour tes copains. Celui qui respecte pas la vie mérite pas la sienne. La bête vaut souvent mieux que l'homme.

— Dieu! T'es malade!

Cisco rentre la tête dans les épaules, horrifié. Il fallait qu'il tombe justement sur ce genre d'Indien. Bavard, obsédé, dément! Cisco tente un peu d'humour afin de faire dévier l'absurde conversation :

— J'ai passé huit ans sur une réserve, et j'trouvais les *Indios* bavards. *Mierda!* Tu les dépasses tous! Pourtant j'en ai lu des choses sur ton peuple…

— Tu lis pas les bons livres. L'Indien aux lèvres tombantes, c'est celui qu'Hollywood a inventé. Entre nous, on rit, on chante, et surtout, on adore parler. Un peu partout, aux États-Unis, vous avez reconstitué des villages indiens pour les touristes. Au début, les tribus vivaient à la mode traditionnelle, celle de tous les jours. Mais ces idiots de touristes voulaient voir des Indiens avec des plumes, armés d'arcs et de flèches…

Nahadeh se tait. Il a envie de rire. Devant l'échec des villages à touristes, les Indiens ont compris que pour plaire aux Blancs ils devaient ressembler à l'Indien stéréotypé inventé par le cinéma : jouer les taciturnes, des plumes plein les fesses!

— Franchement, tu...

Nahadeh se lève brusquement et disparaît dans la noirceur. Il ne revient pas. Peu rassuré, Cisco veille le plus longtemps possible. La fatigue a raison de ses appréhensions.

Dans le bois, près de là, le jeune homme, agenouillé dans la neige, implore le ciel d'une voix entrecoupée de sanglots. La guerre à nouveau hurle dans sa tête. Il ne sait plus où il se trouve. Là-bas, il avait tué des hommes, et ici, dans ses montagnes, que se passe-t-il?

— *Ô, Oh-he-Dekah Wakan-Tanka, Wah-on-shedah, ohkeyah*, «Ô Puissant Dieu, pitié, aide-moi».

Nahadeh ôte son manteau de peau, son chapeau fourré et ses mitaines, puis il s'allonge dans la neige, le regard tourné vers la voûte céleste, royaume du Tout-Puissant. Vivre ou mourir lui importe peu à présent. À quoi bon vivre encore lorsque son esprit s'égare ainsi... S'il meurt, c'est que Wakan-Tanka aura jugé bon qu'il en soit ainsi.

Au matin, une odeur de cuisine tire le pilote du sommeil. Lui qui vient de passer six heures recroquevillé dans un trou de neige, le dos calé sur une souche de bouleau, il se réveille affamé, en excellente forme. Autour de lui, les arbres ployés sous la neige s'emplissent de cris d'oiseaux. Nahadeh s'occupe du petit déjeuner. L'Indien chantonne. Il est heureux.

À cause du froid terrible de la nuit, son visage est bleu, enflé, et il éprouve une grande peine à prononcer les mots de sa chanson, mais que lui importent son nez et ses joues à moitié gelés! Wakan-Tanka lui a laissé la vie. C'est bien la preuve que Celle-d'en-Haut seule est intervenue dans la chute de l'avion. Nahadeh a toutes les raisons de se réjouir. Gloire au Maître-des-Choses.

Le sort inéluctable des chasseurs de trophées a bien été scellé par Celle-d'en-Haut.

Elle protège son Nord, voilà tout.

Nahadeh s'occupe de sa louve blessée et prépare ensuite une bolée de café sucré à la mélasse verte. Le liquide brûlant est aussi épais qu'une soupe.

— Dans un bon café, la cuiller doit pouvoir s'tenir droite comme des oreilles de loup qui écoutent le vent, prononce l'Indien, mi-souriant, mi-grave, alors que de fines rides guillochent ses tempes.

Cisco se retient d'exprimer le plaisir que ce campement matinal lui met dans la tête. Lorsque le colosse pousse vers lui un plat d'étain où trois galettes d'orge baignent dans une graisse noire, il ne fait aucun commentaire et avale le tout sans sourciller. Gras de surmulot ou de caribou, tout ça a fini de le dégoûter. Aucun besoin de jouer la comédie, comme la première fois, alors qu'il faisait de louables efforts pour ne pas régurgiter la viande de rat qu'il venait d'avaler. Ce matin, il a faim. Nahadeh lui tend une sorte de gâteau brun :

— V'là du pain shoshone, petit, commence l'Indien, c'est...

— *Va a cagar, cabron!* Je m'en moque. J'en ai ma claque de me faire appeler l'Avion, et autres stupidités du même style. Mon nom est Francisco et j'suis pas ton p'tit. J'ai au moins dix ans de plus que toi.

— Possible, mais t'es jeune dans l'crâne. Tiens, déguste ça, tu m'en reparleras. C'est une recette campagnarde donnée à ma mère par un Canadien français du Pays-d'en-Bas.

Nahadeh, l'air appliqué, remue doucement les fèves qui mijotent dans une mélasse consistante comme un lard d'ours. Un sourire content détend ses traits. Il plonge un doigt dans sa préparation, le suce à petits coups, ponctuant le geste d'un grognement d'évidente satisfaction. Il se sert ensuite une généreuse platée puis se rassied :

— Moi, c'est Nahadeh, annonce-t-il, indifférent. Pis, finis ton assiette.

— Ho! va pas trop loin dans tes mots. J'suis pas en nourrice.

— Au pays, on gaspille pas. Ce p'tit bout d'terre est tout ce que mon peuple possède… faut qu'il dure.

Cisco tend les mains vers le ciel. Un geste d'exaspération. De quoi se plaint cet Indien? L'État lui a donné une réserve superbe, immense, et de plus…

— Vous payez pas d'impôts, s'exclame-t-il, satisfait d'avoir songé à cet argument «décisif» qu'utilise la majorité des Blancs.

Nahadeh bondit, poings serrés. Il veut frapper. Il se maîtrise. Va-t-il expliquer à ce crétin la réalité des Aborigènes dans les réserves de toute l'Amérique du Nord? Un cadeau, cette misérable parcelle de terre, ce tas de cailloux au milieu d'un pays qui fut indien durant vingt mille ans? Les territoires froids du Grand Nord, les déserts brûlants de l'Équateur, c'est pour eux, les déshérités à peau rouge. Le Blanc exempte-t-il l'Indien de taxes pour lui faire oublier son holocauste[12] et se faire pardonner? Diable! Les derniers massacres de femmes et d'enfants lakotas ne datent que de cent dix ans! Wounded-Knee, Washita, et combien d'autres… Et ce Mexicain ridicule, qui se dit Métis d'indien Karankawa ignorerait ces faits?

À ce moment, dans le bois, un raclement sourd se fait entendre. Cisco aperçoit en contrebas la cime d'un bouleau agitée dans un boqueteau de pins. Nahadeh surprend son regard. Il explique, afin surtout de se débarrasser de la colère qui gronde en lui :

— Relaxe, pied-plat. C'est pas un ours qui se gratte le dos, mais un cerf qui fraye. Il nettoie ses andouillers sur un tronc, le même, tout l'hiver...

— Les biches connaissent pas ce genre de contrainte, assure le pilote avec un petit air docte, puisqu'elles n'ont pas de ramures.

Nahadeh secoue la tête négativement.

— Erreur! mon gars, chez le cerf de Virginie, au moins une biche sur mille portera des andouillers.

La tension entre les deux hommes s'amenuise un peu. Cisco s'approche sans un mot de la marmite crasseuse, y plonge son assiette jusqu'aux doigts, se brûle le pouce. Dans l'âcre fumée du bivouac, ses yeux s'emplissent de larmes. Il se sert un gobelet de café et reprend sa place. Au fond de lui s'installe une paix telle qu'il en a rarement éprouvée. Cela ressemble à du bonheur; il pourrait sans effort en rire aux éclats. Ce campement, perché à mille cinq cents mètres d'altitude, entre deux falaises rocheuses, cette odeur de bois épicée au petit goût de sucre, ces loups somnolant çà et là... Il soupire d'aise. *Dios!* Il sursaute, rempli de colère. Les terribles pensées qui le pénètrent! Oublierait-il déjà ses compagnons abattus? Entre Cisco et l'Indien se dresse un obstacle monstrueux qui devrait annihiler l'amitié. Pourtant, cet Indien-là, avec son aura de mystère, exerce sur Cisco une sorte de fascination. Tant de choses insolites rendent le personnage digne d'intérêt.

Le pilote se prend à observer les gestes de Nahadeh, gestes sûrs et précis du montagnard expérimenté. Chez l'Indien, tout semble calculé, longuement mûri. L'homme agit d'instinct, par atavisme. En fait, il n'a

90

rien découvert de lui-même. Cent générations passées d'ancêtres vigoureux ont appris pour lui. Dans ce pays, l'homme ne fournit aucun effort inutile : il économise sa vie, tout simplement. Cisco détaille Nahadeh, complaisant. Il découvre de la candeur dans ses yeux pâles, une certaine douceur. Cisco voudrait tellement croire que l'Indien n'est pas coupable. Il en serait apaisé, libéré d'un poids abominable, ce qui le rendrait alors capable de profiter, pleinement et sans honte, de l'aventure hors du commun qu'il vit. Cisco ôte ses bottes, les enfile sur des bâtons qu'il pique à un mètre du feu.

– Pourquoi si loin ? s'informe Nahadeh.

– Plus près, le cuir va racornir et... comme si tu l'ignorais.

L'œil de Nahadeh s'emplit de rire.

– Toi, mon p'tit père, il t'en faudrait peu pour t'habituer au pays, à la vie dure.

Le compliment va droit au cœur du pilote, néanmoins il plaque violemment son assiette au sol.

– Y'en a assez de ta façon d'me parler, s'insurge-t-il.

À nouveau, le regard de l'Indien pétille de malice. Il comprend. Avec ses mots hargneux, le pilote «marquait son territoire», pareil au loup urinant aux limites de son domaine et qui, d'un hurlement, l'indique alentour. Nahadeh laisse échapper un grognement appréciateur. Il devra pisser à son tour, à droite et à gauche, afin de montrer au pilote à qui appartient ce coin de montagnes...

Nahadeh songe à Rothman, ce chercheur russe qui disait que «les loups qui urinent ensemble restent ensemble». Et les hommes alors ? Nahadeh sourit à l'image qui se forme en lui. Cisco et lui urinant aux quatre coins du paysage pour prendre possession d'un ruisseau aurifère. Tout un combat! Cisco lit la moquerie dans les yeux du colosse.

— Tu peux t'éclater, mon p'tit maudit, mais fiche-moi la paix. Quant à me faire à ton genre de vie, laisse-moi rire. J'ai fait un an de montagnes bourrées de rebelles. Deux blessures. Médaillé d'la Valeur militaire, fait officier en plein combat... Autre chose qu'une balade en forêt d'épinettes avec ta bande de chiens sauvages collée aux caleçons. Moi, j'ai eu les Moudjahidines sur le dos. Alors, ta brousse...

Nahadeh devient attentif.

— Hé! Hé! Hé! Francisco. Quelle année, quelle arme?

— Les Marine's, 101e aéroporté, août 2003, hélicoptère-infirmier, répond-il fièrement.

Cisco est heureux. L'Indien l'a appelé par son nom.

— Et t'avais l'sergent aviateur Monier, médaillé d'honneur du Congrès pour avoir sauvé douze hommes d'une embuscade, en mars, si j'ai bonne mémoire? spécifie Nahadeh.

Cisco est ébahi.

— *Diablo!*... tu sais ça?

— Évidemment! Ç'avait été annoncé dans tous les bataillons, même le journal «Combat» en avait parlé. Un tel héroïsme!

— C'est vrai qu'on donne pas cette médaille au premier venu. Alors... tu... tu y étais?

— Yep! Premier bataillon aéroporté, troisième section.

Le visage de Cisco s'allonge :

— *Prodigio!* Les «Green Devils», les Diables Verts. Chez nous, on vous appelait les «bouffeurs de sable». J'en reviens pas!

Cisco n'en dit pas davantage. La surprise. En fait, bouleversé, il savoure l'instant à sa juste valeur. L'homme qui a préparé son repas n'est autre que «Dakota», le fameux lieutenant parachutiste créateur du non moins célèbre commando des Diables Verts. Le magazine *Time* leur avait consacré trois pages couvertures en trente mois, un record pas même égalé par Elvis Presley. «Dakota» avait même été cité à l'ordre de la Nation par le Président lui-même.

Je salue Dakota, Américain modèle qui a lutté pour la liberté des peuples et la grandeur de son pays.

Américain modèle, lui, Nahadeh, l'Aborigène canadien. De quoi rire.
— Nom d'un chien, c'est bien toi, l'Indien! *Mierda de cabron...*
Cisco se retrouve pris au piège des souvenirs de guerre. Il parle de combats, de missions. Bagdad, Nadjaf, Kirkuk! Leurs batailles... Son excitation grandit. Nahadeh, recueilli, s'exprime en phrases courtes, avec des bruits de gorge. L'indéfinissable sourire qui étire ses lèvres jusqu'à leur donner la finesse d'un trait ne trompe pas. Il se sent bien. Ses cauchemars s'estompent. Cisco a aussi fait la guerre d'Iraq et il vit, il peut rire, parler de choses ordinaires. Après la guerre, une vie normale est donc encore possible. Et alors que Cisco puise avec reconnaissance dans ses instants de gloire passée, Nahadeh s'accroche de toutes ses forces à une petite lueur, vacillante depuis des mois. Elle ravivait son éclat. L'espoir revenait.
— Dakota et moi... dégustant un rat aux herbes. *Sangre del Christo!* Sacrée plaisanterie, lâche Cisco en s'esclaffant.

Il n'y a plus autour du feu que deux compagnons d'armes. Ils ont connu les mêmes engagements sanglants, les mêmes camarades. Ils sont frères d'armes. La guerre efface leurs différences les plus marquantes. Mais dans l'esprit de Cisco se mêlent des émotions violentes qui l'épuisent, le laissent souffle court, cœur battant la chamade. L'amitié qui se développe entre les combattants d'une semblable cause pousse irrésistiblement Cisco vers l'Indien, alors que d'un même élan, le souvenir de la tragédie, pris dans un enchaînement de circonstances étranges, emplit sa tête d'images épouvantables lui présentant l'Indien sous des traits monstrueux. Il en est étourdi...

CHAPITRE 7

Ils sont en route depuis l'aube. Une tempête assourdissante les accompagne. Le froid est mordant ; la bise agressive pénètre sous leurs vêtements. Ils marchent longtemps dans la neige épaisse, sans s'adresser la parole. Ils deviennent amis. Ils sont encore un peu ennemis. Parfois, de longues bourrasques leur projettent au visage une poussière cristallisée qu'ils ressentent comme autant d'aiguilles. Si le pilote, éreinté, modère son pas, la silhouette massive de l'Indien s'estompe aussitôt dans la blancheur environnante. Alors Cisco s'énerve et force l'allure, rattrapant son compagnon avec un plaisir sagement dissimulé.

Les journées d'hiver sont courtes. Le soleil effleure déjà l'horizon ; il glisse quelques instants sur la toundra et disparaît. Les deux hommes cheminent quelques heures supplémentaires, puis ils font halte et préparent leur campement.

Un lièvre à raquettes déboule sur le sentier, grimpe sur le sac de Nahadeh, s'y arrête, désorienté ; il jette des regards affolés en tous sens, bondit et s'enfuit dans un buisson. Une louve le prend en chasse, par jeu. Elle a mangé la veille ; environ huit kilos de viande, à l'étonnement du pilote.

La tourmente cesse graduellement. Le temps s'adoucit avec une singulière brusquerie. La neige accumulée sur les pins entourant le bivouac fond doucement, chaque goutte d'eau entraînant dans sa chute un peu de l'éclat d'une flamme. Durant toute la marche, Cisco a passé des instants épouvantables. Il a revécu la guerre, pas celle de l'amitié et des copains dont il parlait avec Nahadeh, mais l'autre, celle qui s'accompagne immanquablement des mauvais souvenirs, des souffrances et de la mort atroce d'une jeunesse innocente puisée sans égards au sein des peuples trop confiants.

Devant Cisco, la louve sort des buissons, le lièvre sanglant pend dans sa gueule. Elle le dépose près de Nahadeh. À la vue du petit animal sans vie, Cisco frissonne, de répulsion. Nahadeh le voit, se méprend :

— T'as une couverture dans l'sac brun, indique-t-il, amical. Cisco s'en émeut. C'est d'un ton embarrassé qu'il le questionne.

— Pourquoi tout ça ?

Nahadeh met des brindilles dans le feu, d'un geste lent :

— Tu veux des galettes ?

Cisco fait non de la tête, fixant Nahadeh.

— Pourquoi ? Bah ! tu ne comprendrais pas, fait l'Indien.

— Essaie toujours.

— C'est l'Esprit-d'en-Haut, la protectrice du loup. Elle prend soin du pays. La nature sans le loup[13]…

Le reste du repas se poursuit en silence. Un des loups couchés près du pilote se lève d'une détente et vient flairer son visage. Cisco le repousse d'une taloche sur le museau. Il observe en spectateur la scène qui se déroule sous ses yeux las. De l'autre côté du feu, enroulé dans ses fourrures, se tient un jeune fanatique ne vivant que pour son Nord, et plus loin, des loups, affalés dans tous les sens. Sacrée aventure! À supposer que Nahadeh soit l'assassin, il ne pourrait se permettre de laisser la vie au seul témoin de ses crimes. Lassé un jour de sa présence, il le tuera. Pas d'autre alternative. *Pessadilla!* Un cauchemar.

Cisco regarde Nahadeh avec un sourire condescendant. Celui-ci tourne le dos, gêné, et s'accroupit devant le feu. À côté de Cisco traîne une grosse branche. La nuque de l'Indien s'offre à lui. Il suffirait d'un coup bien appliqué. Cisco en connaît des quantités... il serait libre et ses compagnons vengés.

Mais la réalité s'impose.

Cisco est incapable de haïr Nahadeh. Qu'il soit ou non un meurtrier n'y change rien. En Cisco s'épanouit un sentiment fraternel ahurissant. Il serre les poings sur une sourde colère, un sentiment déplaisant de culpabilité. Comment peut-il éprouver une semblable sensation de détente après tout ce qui vient de se passer?

— J'imagine, Nahadeh, que la guerre t'a juste permis d'exprimer ton penchant naturel pour la violence.

— T'imagines mal, mon gars.

— Les décorations dont tu m'as parlé... Bravoure! Ça veut dire quoi? Tu as démoli quelques pauvres types. Y'a bien que l'armée pour décorer les criminels!

Cisco regrette aussitôt d'avoir prononcé semblables mots. Il a souhaité être blessant sans raison bien définie.

— Tu veux me faire pleurer? gronde Nahadeh. D'abord, c'est quelle armée? La tienne, celle de gars qui se croient tout permis. Au lieu de jacasser, va plutôt rincer les gamelles au trou d'eau chaude, derrière la butte, pis emballe-les dans l'sac brun. Et un conseil : pousse pas ma patience mon petit vieux, la pousse pas trop.

Cisco, sans bien le réaliser, est sous l'emprise du déroutant personnage. Il s'exécute sans rechigner. Un regard dur, un mot sèchement lancé, et Cisco redevient l'infirmier-pilote matricule 19785, aux ordres d'un légendaire lieutenant parachutiste. Ça n'est que penché sur le trou d'eau, avec la vaisselle, qu'éclate sa rancœur.

— *Por la Madona, que hiro de cretino este Indio!* Y s'prend pour qui, à la fin?

Cisco lance devant lui les plats d'aluminium qui disparaissent dans l'eau sulfureuse, aussitôt entraînés sous la glace par le courant vif. Cisco se présente au bivouac, mains dans les poches.

— Les gamelles? s'étonne Nahadeh.

— Tu les voulais pas dans l'eau?

Nahadeh se dresse, menaçant. Dans la tempête de neige qui fait rage, l'Indien ressemble à une apparition fantastique. Cisco fait face, maître de lui. Pourtant, quelque chose l'intrigue dans l'allure de Nahadeh. Malgré son air belliqueux, les yeux de l'Indien pétillent de malice.

Visiblement, la situation le divertit. Cisco ne s'attend donc pas au formidable coup de poing au visage qui l'envoie au sol. Vite remis sur pied, il réagit avec la rapidité d'un expert du pancrace, cet art ancien du corps à corps. Il lance le poing, parti de la taille. Une vitesse phénoménale! Surpris à son tour, Nahadeh ne peut esquiver. Sa lèvre éclate sous le violent impact. Un flot de sang envahit sa bouche. Devant le regard ahuri du pilote, le jeune garçon reste debout, inébranlé.

— Pas mal, articule péniblement l'Indien, esquissant un sourire.

Sa réplique, fulgurante, est tout aussi inattendue. La pommette de Cisco se fend. Cette fois, il a compris ; l'Indien est plus coriace qu'il ne l'escomptait. Au prochain coup, le pilote sera prêt. Campé sur ses courtes jambes de lutteur de foire, Cisco, déterminé, attend l'instant favorable. Cette bagarre lui plaît, l'excite véritablement. Cisco se mesure au héros de sa guerre. Un privilège rare.

Narquois, Cisco évite sans peine l'attaque suivante, d'une simple torsion du buste, les bras collés le long du corps. Une insolence. Nahadeh apprécie en connaisseur l'attitude de Cisco : le Mexicain relève honorablement le défi. L'Indien poursuit le combat avec une attention accrue. Bien lui en prend. Une double attaque manque le prendre à défaut. Pied et poing droits se détachent en même temps du corps râblé du pilote. Nahadeh ne bloque que le talonnage. Le revers d'un poing l'atteint à la tempe. Une lumière intense jaillit dans sa tête. Il titube, sur le point de tomber.

Cisco n'exploite pas son avantage. Nahadeh s'en étonne. À la place de Cisco, il n'agirait pas ainsi. Cisco a ses règles, son code de l'honneur. Enfantin. Le guerrier doit achever l'ennemi à terre. Nahadeh le disait à ses soldats. Vrai, le petit gars est un romantique, mais il a de la classe. Nahadeh commence à bien l'aimer, ce satané Mexicain.

L'air amusé de Nahadeh déconcerte Cisco. Son attaque suivante est impétueuse, maladroite. Nahadeh voit avec satisfaction se produire l'ouverture dans la garde trop basse de son adversaire. Il s'apprête à y entrer un coup direct, lorsque trois loups s'interposent entre les deux hommes.

— *Por el Christo Santo! Estos lobos embrutecidos.* Tu te caches derrière eux?

— L'abruti, c'est toi. Je t'ai dit que les loups ne s'attaquent jamais à l'homme, même si tu mettais ma vie en danger, ils bougeraient pas d'un centimètre. Tu pouvais traverser le groupe sans dommage. Ils sont entre nous parce qu'on les énerve et qu'ils ne savent pas quoi faire.

Cisco maugrée. En dépit de ces paroles rassurantes, plus question pour lui de s'opposer à Nahadeh avec ces animaux dans les parages.

— Maintenant, crétin volant, va récupérer ma vaisselle! jette Nahadeh sans aménité.

— Elle a filé dans l'courant.

— Va j'te dis. J'ai qu'celle-là et l'épicier du coin est à trois semaines de marche.

— Comment…

— Plus loin, y'a un barrage de castors, à droite d'une petite source chaude. Les gamelles y seront… sous la glace. Va falloir casser.

— Avec quoi?

— C'est ton problème. Tu as jeté quatre-vingts pour cent de l'héritage que je destinais à mes enfants. Quand on fait des stupidités, faut réparer.

Au bivouac, Cisco ne portait qu'un chandail à col roulé; il cherche du regard sa combinaison de vol. Un loup en a fait sa couche. Cisco s'agenouille précautionneusement, tire sur une manche. Le loup gronde, crocs découverts. Cisco bondit en arrière :

— Le fumier va me mordre.

Nahadeh s'esclaffe :

— C'est rien qu'de la timidité mal exprimée.

— Possible, mais j'tiens pas qu'il me la plante dans l'postérieur sa timidité. Fais bouger cette peau fétide que je m'habille, rage Cisco.

— T'aurais le cœur de priver la pauvre chérie d'une paillasse si douillette? Vas-y comme tu es... et dis plutôt merci. Aller-retour, ta balade fait six kilomètres. Vu l'épaisseur de neige t'y seras en deux heures à peine. En cinq minutes, t'auras déjà trop chaud. T'as fait une blague...

— Je sais, faut réparer.

Malgré son nouveau courage face aux loups, Cisco n'ose pas faire décamper l'animal couché sur son vêtement. Il part en râlant.

— Tiens! le rappelle Nahadeh. Je suis bon gars. Prends mes raquettes de rechange.

— Quelle générosité! *Cabron maldito!* l'insulte le pilote.

— Bonne journée à toi aussi!

— *Va a cagar, hijo de embrutecido!*

— Hé, le Blanc! Nahadeh lui tend une hachette. En revenant, ramène quelques branches pour le feu. Profites-en pour tailler ton coin de rivière avec... Et puis, garde-la donc. Demain t'en auras besoin. Faut du p'tit bois de réserve quand les nuits sont froides.

Cisco glisse l'outil dans sa ceinture et s'éloigne en affirmant à haute voix que Nahadeh est bien un abruti et sa vengeance mesquine. Voilà qu'en plus du reste, Cisco devra faire la corvée de bois! Cisco lance à tous vents les pires mots de son répertoire, mais l'Indien n'est pas dupe. Il a bien vu les yeux du pilote rire de plaisir.

CHAPITRE 8

Cisco et Nahadeh suivent une piste étroite, coincée entre deux falaises granitiques. La neige s'y est accumulée en abondance, rendant leur marche pénible. Légère, peu solide, ils s'y enfoncent jusqu'aux genoux malgré leurs raquettes. Coiffant la forêt, effleurant parfois la cime des arbres, l'aurore boréale fait glisser à travers l'espace un arc-en-ciel déchiqueté aux couleurs sinueuses. Depuis le départ, à l'aube, le colosse n'a pas prononcé trois mots. Le pilote a les pieds perclus de froid dans ses bottes trempées. Il n'est pas chaussé pour la montagne. Cisco a été plusieurs fois tenté de s'enquérir de leur destination, mais à quoi bon cette futile curiosité. Ici ou ailleurs, pour lui, ce sera toujours n'importe où. Qu'il s'estime heureux d'être en vie.

– Oh! Loup-Gris, on s'arrête? J'en ai assez d'avaler ta poussière.

C'est sa quatrième tentative de dialogue. Le colosse l'ignore. Il ne s'est d'ailleurs pas retourné une seule fois depuis le matin, ne serait-ce que pour s'assurer de sa présence. Nahadeh sait pourtant bien que Cisco, raquettes aux pieds, est un néophyte en la matière. Maudit Nahadeh et ses enjambées impensables! Le pilote ne tient plus la cadence. Le voilà distancé. En deux courtes minutes, l'Indien est hors de vue. Cisco se met à rire. Le destin lui ferait-il un clin d'œil? Ce serait le moment de retourner chez lui. Pourquoi en fait suit-il cet inconnu bardé de plumes? Il n'est pas prisonnier, alors?

Cisco, sur une impulsion, geste hardi s'il en est, afin surtout de prouver à l'Indien qu'il n'est pas du genre à se laisser dominer par le premier venu, fait demi-tour, satisfait de sa décision. Il est libre! La réalité le rattrape au premier détour du sentier. Cheminer dans la montagne, l'hiver, sans allumettes, sans arme à feu, ni la moindre notion de survie en terres nordiques? Partir, et dans quelle direction?

Tenter l'aventure en été ne poserait aucun problème. En Iraq, il a déjà survécu dix-sept jours dans la montagne, subsistant d'écorces, de grenouilles crues et d'insectes. Ici, hélas, il a besoin de Nahadeh. Une constatation renversante. Cisco est prisonnier sans chaîne. Il presse le pas pour rejoindre son geôlier. *Caraï, que aberracion!*

Cisco pénètre dans un bois de pins blancs. Un tumulte indistinct lui met soudain l'esprit en alerte. Il se déplace avec prudence, sur la défensive, tous ses sens à l'écoute de la forêt. Puis il comprend. Sur le chemin, devant lui, hors de sa vue, prend place un de ces incidents nordiques souvent inévitables et toujours navrants. Cris humains et grognements de bêtes le statufient. Il frémit en reconnaissant la voix rauque de Nahadeh. L'Indien est en danger. *Por todos los Santos!*

Sans réfléchir, Cisco ramasse une branche noueuse et s'élance aussi vite que le lui permettent ses lourdes raquettes. De loin, la scène fantastique lui apparaît à travers les troncs serrés d'un bouquet de mélèzes aux branches dénudées. Nahadeh et sa meute affrontent un ours grizzli gigantesque. Ironie cruelle, la carabine de Nahadeh, toujours pendue en travers de son sac, ballotte en tous sens et gêne ses mouvements.

Dans la neige souillée de sang, la lutte est confuse ; les diverses actions s'enchaînent avec une rapidité stupéfiante. Cisco ralentit, horrifié, un peu envoûté aussi. La scène, dantesque, semble surgie de la nuit des temps. La préhistoire…

Couvert de sang, l'Indien plonge à coups redoublés son long couteau de chasse dans le flanc gauche et le dos de l'ours, seuls endroits que sa posture lui permet d'atteindre. Pourtant, les attaques du garçon paraissent sans effet contre cette bête colossale capable d'assommer un grand cerf du revers de la patte. La résistance farouche de l'Indien permet néanmoins aux loups d'intervenir avec une efficacité indubitable. Raison d'ailleurs pour laquelle Nahadeh est encore vivant. Les loups bondissent, mordent, se replient. Une furie déjà chèrement payée : deux bêtes éclopées s'esquivent de la mêlée en claudiquant, pendant qu'une autre, le crâne fracassé, agonise dans un buisson. D'une hardiesse hors de toute compréhension, le reste de la meute poursuit la lutte, harcelant l'adversaire de son ultime énergie. Maintes fois refoulés, les loups reviennent à l'assaut, encore et toujours, avant d'être balayés par des coups de pattes dévastateurs, éventrés…

Cisco est abasourdi. La louve blessée par le Suédois est là aussi, mordant les pattes de l'ours, mettant dans l'action toute sa force vacillante. Elle ne résiste pas longtemps. Le corps brisé, apparemment au bout de sa vie, elle se traîne à l'écart afin d'y mourir. Cisco s'arrête malgré lui, ébranlé par la férocité de la scène. Elle exerce sur lui, ose-t-il s'avouer, un effroyable attrait. C'est alors qu'une pensée atroce lui envahit l'esprit, le bouleverse jusqu'à la nausée. Souhaite-t-il la mort de l'Indien afin de venger ses compagnons décapités ? En l'occurrence, l'instant serait idéal pour l'abandonner à son triste destin. Cisco hésite. Risquera-t-il sa vie pour ce garçon étrange ? Son âme généreuse lui dicte sa conduite. Cisco allonge le pas.

Le jeune colosse est plaqué au corps du mastodonte, enveloppé par le lien vivant des formidables pattes griffues, acérées comme des becs d'aigles. Seule la tête ensanglantée de Nahadeh fait saillie dans la masse de muscles furieusement agitée. Nahadeh, étroitement mêlé à l'ours, semble en être partie intégrante. Les quatre loups encore valides chargent en silence, sans répit, l'ennemi féroce, qui, pour leur infortune, demeure inébranlable.

Sa meute bientôt décimée, Nahadeh, mené par la seule rage, tente avec opiniâtreté de s'arracher de l'étreinte du grizzli. Il en est incapable. Cette fois, c'est la fin. Étonnamment, il n'a même pas songé à la peur : manque de temps. Tout va trop vite. Hélas ! Trois de ses loups sont morts ; un autre, lancé à plusieurs mètres de hauteur, se disloque l'épaule contre un arbre. Un tel massacre attriste Nahadeh. S'il n'était pas en danger, les loups éviteraient ce genre de combat, par trop inégal.

Lorsque Cisco parvient sur les lieux de l'affrontement, l'Indien est à bout de résistance. Les griffes de l'ours ont creusé trois sillons sanglants sur son visage, de l'oreille au menton. Sa veste en lambeaux laisse voir sa poitrine lacérée, les muscles déchirés. Tremblant d'appréhension, Cisco s'avance en brandissant son gourdin. Il réalise vite ce que son geste a de vain. Une «badine» contre un tel ours! Ridicule. Puis il se souvient. La hachette. Il l'arrache de sa ceinture avec un cri et se dresse face au grizzli.

Por Dios! Effrayé, Cisco frappe la bête une première fois, avec une sorte de retenue. Puis il s'enhardit, envoie un second coup, plus puissant. Il prend alors de l'assurance, frappe encore. Enfin, hurlant à pleine gorge, Cisco cogne à grands coups. Des gestes amples, vigoureux, ponctués de grognements sourds, une lueur folle au fond des yeux. Soudain, Cisco exulte. Il vit!... L'action de Cisco, et surtout ses hurlements, déconcertent un court instant le grizzli. La diversion permet à Nahadeh de se dégager. Une brève accalmie s'ensuit. Entraînés par les cris, la fièvre de l'action, les derniers loups s'unissent, attaquent avec une ardeur décuplée, si la chose est encore possible.

Les deux hommes luttent côte à côte, criant de toute leur âme... Ils sont guerriers, camarades de combat, plus que des frères.

Et c'est la catastrophe!

Un coup violent à l'épaule ébranle Nahadeh. Déséquilibré, il glisse, lâche son arme et s'abat sur le dos. La réaction de l'ours est foudroyante. Il se précipite, et, dans la seconde suivante, se penche sur Nahadeh avec un grondement féroce. Cisco, sans même songer à la folle témérité de son geste, s'interpose entre l'homme et la bête. De tout son corps, il repousse la patte énorme qui déjà frôle le visage de l'Indien. Dans le même élan, le pilote ramasse le coutelas de Nahadeh et le plonge jusqu'à la garde dans la poitrine de l'ours.

L'animal se fige, ses gestes perdent toute coordination, son cri cesse graduellement. Il s'affaisse peu à peu sur les genoux. Il meurt... La fortune a servi le pilote. Le poignard s'est fiché en plein cœur.

Épuisé, Cisco se laisse tomber sur une butte de neige. Que ce soit simple hasard ou habileté de sa part durant cette échauffourée, Cisco n'a pas subi la moindre blessure. Près de lui, la tête sur les genoux, Nahadeh pleure la perte de ses loups. Il en reste quatre de vivants, tous dans un état affligeant.

Le calvaire de Nahadeh est engagé. Son cerveau, qui n'est plus sollicité par l'action, se met à recevoir des informations de ses nerfs sur l'état lamentable de son corps. D'un seul coup lui arrivent de partout des vagues de souffrance épouvantables. Il a envie de hurler. Il se contient. Il n'ose pas. Pour contrer le mal, lui restent ses mâchoires ; là réside toute son énergie, la dernière. Et Nahadeh serre les dents avec la force du désespoir. Cela lui permet de souffrir en silence, un silence glorieux. Seule hurle son âme.

Cisco a finement saisi le drame intérieur de Nahadeh. Il comprend toute l'importance pour l'Indien de mener seul cette lutte intérieure. Malgré son bouleversement, Cisco la respecte, ne faisant aucun commentaire, mais surtout, il ne propose aucune assistance à son compagnon. Sans un mot, il s'affaire à la confection d'un feu au pied d'un groupe de sapins et, sur la prière de Nahadeh, place un chaudron de neige au milieu des flammes. Ce travail accompli, il coupe les branches basses de trois grandes épinettes rapprochées, formant ainsi entre elles une cavité qui les protégera des intempéries.

Durant ce temps, Nahadeh retrouve peu à peu le plein contrôle de son esprit. Déjà, en lui le mal régresse, comme tenu à distance par la volonté du Maître-des-Choses qu'il invoque dans un murmure continu. Cisco en perçoit le bourdonnement implorant. Nahadeh peut alors s'occuper de ses bêtes. Cisco n'intervient pas pour l'en empêcher. Il discerne les raisons profondes qui motivent son compagnon. L'Indien entasse une couche de branches à proximité du foyer, y étend ses loups. Il fait ensuite ramollir dans l'eau chaude une boule d'argile rouge trouvée dans sa poche à remèdes puis il nettoie les blessures des bêtes à l'alcool de bouleau et les recoud à l'aide d'une effilochure de nerf d'orignal. Il agit vite, avec des gestes doux et précis, confectionnant ensuite des bandages dans un pantalon de rechange qu'il extrait de son sac. Nahadeh recouvre les plaies d'argile puis les bande. Les loups ne bronchent pas. Cisco s'extasie sans retenue. Il trouve la scène magnifique, empreinte de noblesse. Voir ce garçon couvert de contusions et de plaies prendre soin de quelques animaux sauvages en détresse met au cœur du pilote une autre vision du monde. Son existence prend une dimension nouvelle. Le Bien, le Mal… Dieu ! Que sont ici les principes vieillots de la société et son banal vocabulaire livresque ? Les choses ne sont pas toujours si aisées à définir. Ce jeune Indien et ses loups ? C'est l'amour de la vie, tout simplement. Le matin même, Cisco aurait appelé folie tout acte de semblable nature. En cette minute, il conçoit sans peine l'attachement du garçon pour ces admirables prédateurs. La fidélité du loup, l'avait informé Nahadeh, est plus considérable encore que celle du chien. Cisco aurait mauvaise conscience de le contredire à la lumière de l'aventure passée.

Après deux heures de besogne ininterrompue, le jeune homme vacille. Ses mains tremblent et ses yeux se ferment seuls, brûlant de fièvre. Il lui reste deux loups à soigner, mais le jeune garçon n'a plus la moindre énergie. Il s'adosse à un pin, sa tête roule sur son épaule et il bascule sur le côté. Cisco se précipite. Nahadeh a perdu beaucoup de sang. Il est à demi inconscient. Cisco l'installe près du feu sur un lit de ramilles de cèdres confectionné entre-temps et dénude sa poitrine. Les plaies sont profondes; certaines au visage laissent voir la boîte crânienne et l'os de la mâchoire.

Nahadeh tente de repousser le pilote qui s'impose d'un ton sans réplique. Ce dernier récupère le fil et l'aiguille qu'utilisait Nahadeh pour recoudre les loups. L'Indien lui saisit doucement le poignet.

— Cisco... Pauvre ourse... Y'a ses p'tits dans les buissons, à côté... faudra les élever... Ils... mourraient. Sûr qu'eux... ils seront pas nourris... aux chaussons aux pommes[14].

— *Momentito, caraï*. Laisse-moi te réparer. Ce truc-là, c'est mon domaine. Je nettoie, pis je couds. Ça va chatouiller un peu... Pour commencer, je désinfecte.

Cisco applique une crème sur la poitrine de Nahadeh.

— *Hé!... E-Cha-h'dah, Wakan-Tanka!* Avec quoi tu frottes? Ça brûle comme une folie.

— Un onguent trouvé dans ton sac, petit frère. J'imagine que...

Un rire faible l'interrompt :

— L'idiot! Ma pâte de vinaigre pour... assouplir les peaux.

— C'est donc excellent pour ton cuir de montagnard. Un genre de révulsif-désinfectant, quoi! Ça peut qu'faire du bien. *Espera un poco, chico*, pis bouge pas, *por la Madona*. Serre les dents, pis les fesses, j'fais ma couture.

– *Tunkasila-Onsimala-Ye!* Dieu me garde d'un ami comme toi.

Cisco travaille le plus vite et le plus doucement qu'il le peut. Nahadeh résiste sans une plainte près de trois minutes, puis il s'évanouit. Depuis que Cisco a commencé à coudre les terribles entailles, il perçoit son jeune compagnon différemment. Les maints événements survenus depuis qu'ils cheminent ensemble ont refaçonné son jugement. L'Indien n'est plus à ses yeux qu'un gamin solitaire et malheureux envers qui l'existence n'a pas dû être très généreuse.

Cisco s'affaire jusqu'au crépuscule sur le visage du jeune garçon. Durant la chirurgie, celui-ci reprend conscience une fois, le temps d'un cri, puis d'un rire, un rire heureux, alors qu'il répète à plusieurs reprises : «Cisco, tu m'as appelé… ton frère… moi, ton frère…».

Sa tâche délicate achevée, Cisco ajoute du bois à la flambée de pin, tend une toile contre le vent, afin de mieux capter la chaleur du foyer, et couvre son compagnon de fourrures. Ensuite, surpris lui-même par sa témérité, il examine les deux loups que Nahadeh n'a pu soigner. Il referme leurs plaies, les panse et remet en place une patte déboîtée. Toutes ces opérations représentent une entreprise plus simple qu'il ne le présumait. Les bêtes ne bougent pas, conscientes que l'homme agit pour leur bien. Cisco hoche la tête avec orgueil. Il vient de soigner des loups sauvages, lui! Dire que son chien Rex l'avait mordu alors qu'il lui ôtait une épine de la patte. Diable de loups!

Pendant tout ce temps, Nahadeh le dévisage de sa couche. L'Indien est content. Il découvre ici, avec une stupéfaction d'enfant, toute la vigueur de l'amitié. Alors, ce mal qu'il ressent en chaque muscle de son corps, il l'accueille avec reconnaissance, puisque souffrir lui vaut ces attentions fraternelles de la part de Cisco, son nouvel ami.

– Merci... Francisco, murmure-t-il en fermant les yeux.

Ces mots remplissent Cisco de joie. Il ressent en réalité des émotions similaires à celles de son jeune camarade. Entre les deux hommes s'affirment un respect nouveau, une estime sincère. Cisco ne peut plus le nier. Ils viennent de lutter ensemble, chacun pour la vie de l'autre. Des souvenirs communs existent déjà qui les unissent. Cisco éprouve de l'affection pour Nahadeh. Si le jeune homme demeure en de si bonnes dispositions à son égard, Cisco parviendra peut-être à le convaincre de livrer les responsables de la tuerie aux autorités. Mais connaissant les attaches solides qui lient les Aborigènes, la tâche promet d'être difficile.

Cisco se prépare une soupe tandis que Nahadeh somnole, terrassé par la fièvre. C'est alors que le regard de Cisco est attiré par un buisson qui s'agite près du lieu de la bataille. Un lièvre en quête de nourriture, se dit-il tout d'abord. Mais le temps passe et le manège se poursuit, accompagné cette fois de petits bruits apparentés à des criaillements de chiots. Lièvre ou raton-laveur? Cisco s'empare de la carabine de Nahadeh, introduit une balle dans la culasse et s'apprête pour ce qu'il imagine un coup de fusil facile. À trois pas du buisson, rien encore ne s'est manifesté. N'importe quel animal sauvage aurait détalé à son approche. Curieux, il écarte les branches et ne peut retenir un cri de surprise. C'est la louve que le Suédois avait abattue. Elle vit! L'inimaginable endurance de cette bête laisse Cisco pantois.

Cisco emporte délicatement la malheureuse bête près du feu. Nahadeh le voit agir. Ses yeux brillent de contentement.

— La bonne petite… Sauve-la, Cisco!

— J'ferai de mon mieux bonhomme. Ensuite, on va s'payer deux petites semaines de… hum! vacances sur place. Faut que tu reprennes des forces… ainsi que tes bêtes, s'empresse-t-il d'ajouter. Le programme te va?

— C'est toi… l'patron, Cisco, prononce placidement l'Indien.

Il observe son ami avec intérêt. Une expression impassible se dessine à peine sur ses lèvres fendues par un coup de griffe. Assurément, la paix qu'il savoure vaut bien tout ce qu'il endure.

Cisco examine la louve. Le projectile du Suédois a traversé le haut de l'épaule et la partie basse de la cage thoracique, ressortant au sternum, apparemment sans dommage pour les organes vitaux. La respiration est rapide, mais ne siffle pas; le poumon est intact. Cisco a peine à croire que dans ce lamentable état la malheureuse bête ait eu le cran d'affronter l'ours.

Ce coup de fusil, plaisir d'une fraction de seconde d'un chasseur de trophées, demandera des semaines de soins patients et de longues souffrances à l'infortuné animal. Peste de «sport»! Cisco soulève le membre meurtri entre ses mains rugueuses. La louve gronde, le panache rouge de sa queue s'agite doucement.

— Ça va aller, ma fille…

Cisco agit avec la louve comme il l'a vu faire par Nahadeh. Il applique sur la plaie un emplâtre d'herbes médicinales, le recouvre de glaise et fait un pansement.

C'est terminé. Cisco est éreinté par cette journée ahurissante. Il ajoute quelques rondins au foyer et s'étend à proximité, les mains croisées derrière la tête. Au-dessus de lui, la voûte de branches serrées lui procure une étonnante impression de confort et de sécurité. Les deux oursons, après avoir pleurniché une heure, juchés sur la dépouille de leur mère, dorment roulés en boule devant le feu, près de Nahadeh, confortés par sa présence. Le jeune homme, un peu ivre, s'agite dans son sommeil. Il a bu de l'alcool de bouleau en assez grande quantité afin d'atténuer son mal. Il geint doucement, lèvres frémissantes. Et voilà que subitement, Cisco a envie de rire ! Il conçoit, bien sûr, l'inconvenance de pareille pensée, son côté paradoxal. Il n'y peut rien. Cisco se sent bien. Il n'est pas d'autre mot pour exprimer son état d'âme. S'il n'y avait eu plus tôt ces péripéties funestes, ces tourments subis par les hommes autant que par les bêtes, eh bien ! il serait enchanté, mieux, heureux, oui, heureux. Même en comptant son temps de guerre, jamais encore Cisco n'a vécu avec une telle exaltation, si ardemment que durant ces dernières heures. Plus, en fait, qu'au cours de sa vie entière. À nouveau, sans le savoir, ses sentiments rejoignent ceux de son jeune camarade. Cisco doit en effet admettre que la tragédie qu'ils viennent de traverser ensemble n'est pas cher payée pour tout ce qu'elle lui apporte de lumineux. Le pilote clôt les yeux. Il s'endort aussitôt.

Et le rêve, bienfaisant, vient le visiter, apaisant quelques regrets d'enfant qui le visitent encore si souvent.

Il connaît ainsi, durant le sommeil, un bonheur certes factice, mais réconfortant. Cisco se promène sur une colline verdoyante couverte de fleurs multicolores alors que jusqu'à l'horizon, c'est encore l'hiver. La neige volette autour de lui. Il se sent bien, en parfaite harmonie avec la nature environnante. Dolores marche à ses côtés, sa main dans la sienne. Cisco est heureux. Il se penche vers elle et l'embrasse dans les cheveux. Son parfum le surprend. C'est une douce senteur de feuilles et d'herbes sèches, de celles que l'on cueille dans les bois. Mais alors… et sa compagne tourne son visage vers lui. Il pousse un cri de surprise. Cette femme n'est pas Dolores. C'est une Indienne!

Un bruit de branches cassées le réveille en sursaut. Une partie de la nuit a passé. Le feu n'est plus qu'un tas de braises rougeoyantes. Les ténèbres, impénétrables, assaillent Cisco de toutes parts. Le silence est simplement troublé de temps à autre par le cri lointain d'un oiseau nocturne, un hurlement de loup en maraude, un battement d'ailes. Activités de la vie nocturne qui accentuent davantage la grande sérénité nordique. Cisco sourit. Dire que certaines personnes trouvent ce silence angoissant.

Il neige un peu. Durcis par le froid mordant, les flocons cristallisés produisent à l'impact un son mat sur le toit de branchages de leur abri. C'est alors que Cisco perçoit une présence à proximité du bivouac, sans pouvoir en définir la nature. Peut-être un homme, peut-être une bête…

Curieusement, il n'éprouve aucune crainte. Sans pouvoir se l'expliquer par des phrases, Cisco sait que «ce qui approche» ne lui est pas hostile. Pour le guider dans sa certitude, il note d'abord l'indifférence des loups. Même invalides, ils s'opposeraient résolument à l'arrivée d'une créature belliqueuse quelconque. Et puis surtout, il y a cette agréable odeur de sucre et de cannelle qui flotte dans l'air, tout autour de lui, comme un parfum de gâteau, apportée par le visiteur. Elle le pousse à s'étonner, plutôt que vers la crainte. Cisco constate avec ahurissement que les loups ne se sont même pas réveillés. Et ils auraient l'ouïe la plus fine de ces montagnes, ainsi que l'affirme l'Indien? Un regard vers sa couche lui apprend que le jeune garçon n'a pas bougé non plus. Nahaded dort, marmonnant des mots qui mêlent souffrance et amitié. Dans son cas, le sommeil est compréhensible, mais les loups nom de nom! Quant aux oursons, ils ronflent bruyamment. Bah, au diable l'apathie des loups, des ours, et le sommeil fiévreux de l'Indien! se dit Cisco. Il veut savoir. Il force sa vue, regarde plus haut que la chose à découvrir ainsi qu'on le lui a enseigné à l'armée durant les combats de nuit. Peu à peu, ses yeux s'habituent à la pénombre. Il discerne une lueur verte, vaporeuse. Elle va s'intensifiant, esquisse une aura mouvante autour d'une forme claire verticalement dressée.

Cisco pousse un cri étouffé. Un être humain?

– Qui… qui est là? lance Cisco d'une voix qu'il souhaiterait plus assurée.

Le visiteur ne répond pas. Dès lors, Cisco s'inquiète. Une seconde option s'offre à lui. Par le Christ! *L'ours debout ressemble lui aussi à un être humain!* Rendu prudent, sans geste brusque, Cisco envoie parmi les tisons une poignée de rameaux de pins. Ils s'embrasent instantanément en grésillant, répandant alentour une odeur de résine chaude.

Et Cisco la voit!

Son cœur manque un battement. Devant lui se tient une jeune Indienne d'une beauté remarquable, étourdissante, doit-il reconnaître, et le mot n'est aucunement exagéré. Elle s'agenouille, assise sur ses talons, à trois pas de Cisco. Il la détaille avec autant de stupéfaction que de plaisir. Ses traits sont fins, délicats, d'une pureté comme il n'aurait jamais pu en concevoir. L'attirance immédiate qu'elle exerce sur lui est indéniable. Cisco tente une parole de bienvenue. Son émoi se traduit en termes confus. Il bafouille d'un ton lamentable. Curieusement, Cisco ne s'interroge même pas sur cette visite singulière d'une frêle jeune femme, dans une forêt envahie par les bêtes sauvages, au cœur d'une nuit obscure. La beauté de l'Indienne rend stérile tout argument logique. Une apparition ! Une princesse. Réfléchir devient superflu. Cisco vit des instants privilégiés. La jeune fille lui tend la main. Il la prend dans la sienne, mû par une force plus impérieuse que sa propre volonté. Il la dirait céleste… Voyons, rêve-t-il toujours ?.

– Viens, lui dit-elle simplement.

L'Indienne lâche sa main, se lève et disparaît dans la noirceur. *Por el Christo !* Cisco ne peut se résoudre à perdre l'exquise apparition. Que l'aventure nocturne guide ses pas ! Qu'elle l'emporte donc vers la nouveauté ! Il jaillit de ses fourrures avec un gémissement affolé et, sans même enfiler son parka de vol, il saisit une branche enflammée et pénètre à grands pas dans le bois à la suite de l'Indienne. L'image de Nahadeh abandonné sans feu le rappelle à l'ordre. Il fait volte-face, retourne ajouter deux grosses bûches dans les tisons ardents et pose une provision de bois à proximité de l'Indien. L'esprit vibrant d'excitation, il se jette ensuite sur les pas de son Indienne. Il la rejoint avec un soulagement dont l'intensité le stupéfie. Une telle attirance envers une étrangère est inconcevable. Mais le temps de Cisco est devenu trop précieux pour qu'il le gaspille à l'analyse des causes possibles de ce phénomène. Les événements lui ôtent toute faculté de raisonner sainement. Cisco chemine sans réticence derrière la jeune fille. La curiosité l'emporte, certes, mais aussi un trouble profond, une stimulation de ses sens qui lui font mépriser tout le reste. Ce qu'il est, d'où il vient…

Ils vont en silence dans la neige duveteuse. La jeune femme ne se retourne pas pour vérifier s'il est là. Elle le sait. Ils parviennent en quelques minutes à un tipi de peau installé au centre d'un boqueteau de cèdres centenaires. Elle écarte l'écusson en cuir écru de la porte, entre avec un geste d'invite au pilote. Cisco pénètre à son tour à l'intérieur de la petite habitation indienne. Un feu de mélèze brûle au centre, dégageant une agréable odeur. La jeune fille s'assied devant le foyer. Cisco l'imite, se plaçant vis-à-vis de sa jolie compagne. Des torsades de fumée bleutée s'élèvent entre eux. La chaleur du feu agite les plumes vertes et rouges ornant les tresses de l'Indienne. Elle observe Cisco avec bienveillance. Ses yeux étincellent, parcourus par les reflets dorés des flammes. L'atmosphère du tipi est confortable. Cisco s'engourdit, au summum du bien-être. Une sorte d'extase le fait vibrer. Il doit se contrôler pour ne pas pleurer de contentement.

— Je suis Ween-Yon Wah-Kon, prononce-t-elle d'une voix harmonieuse.

Un mot, et le voilà amoureux. Cisco se laisse entraîner par l'enchantement qui surgit des flammes et le fait pénétrer dans un autre univers, un peu comme si la scène n'existait que dans son imagination. Ce dont il se défend bien. La réalité ne fait que rondement dépasser le rêve, rien d'autre. Son esprit flotte dans sa tête, à la limite du délire. Cisco trouve sublime une pareille sensation. Une félicité ! D'un sac de peau pendu à un piquet, l'Indienne extrait une poignée d'herbes et de graines odoriférantes qu'elle laisse filtrer entre ses doigts, parmi les flammes. Les épices grillent en restituant l'arôme de la forêt. Cisco en reconnaît aussitôt le parfum suave qui accompagnait l'arrivée de l'Indienne à son campement ; ses vêtements en étaient imprégnés. La jeune fille l'examine avec gravité. Cisco en perd complètement la tête. Sur une impulsion, il se lève, contourne le feu, s'agenouille devant elle. Leurs yeux se croisent avec une même acuité. Elle se retrouve entre ses bras, tout naturellement et, avec une même simplicité, leurs lèvres s'unissent. Un baiser au goût de miel et de fleurs sauvages. Cisco est extatique. Les instants qui suivent se fractionnent bientôt en autant d'images saturées de sensualité. Elles défilent, langoureuses, dans l'esprit de Cisco, un peu comme s'il assistait à la scène en spectateur. Il visualise en fait les gestes de l'homme et ceux de l'amante en train d'élaborer les souvenirs futurs. Ces images vont trop vite, hélas. Cisco aimerait les savourer subtilement, même revenir en arrière sur une tendre scène. Il est incapable de les retenir, d'en freiner la succession. Il manque de temps pour les apprécier comme il le souhaiterait. L'histoire est trop belle. Pour son infortune, Cisco en discerne déjà l'épilogue malheureux. Contre sa poitrine frémit un corps menu à la peau veloutée, lui offrant des instants de tendresse tels qu'il n'en a jamais connus...

Dieu, fais que jamais cela ne cesse !

Ils se sont endormis dans les bras l'un de l'autre. Lorsque Cisco ouvre les yeux, le trou à fumée au sommet de la tente découpe un cercle bleuté sur le ciel. Le feu est éteint. Le froid vif l'enveloppe dès qu'il a rejeté la peau d'ours blanc qui le couvrait. L'aube soulève déjà l'horizon d'un trait pâle. Cisco est seul. L'Indienne est partie. Machinalement, Cisco promène sur le décor environnant des yeux inquisiteurs. Il veut comprendre. Le départ de la jeune fille le déconcerte, lui occasionne dans la poitrine un mal lancinant. Il n'imagine rien qui justifierait sa disparition. Puis, la réalité s'impose à lui, effarante. Incrédule, Cisco découvre les vêtements de l'Indienne à l'endroit même où elle s'est dévêtue la veille. Ses bottes sont là aussi... et son manteau en peau d'orignal. C'est un cauchemar. Pénétrer nue dans cette nuit glaciale et elle sera morte dans la minute qui suit. Cisco s'habille en hâte, chausse les raquettes de l'Indienne plantées devant la tente et se lance à sa recherche. Mais la tempête a sévi. Devant le tipi, la neige est uniforme. Cisco parcourt le bois de cèdres, sillonne les alentours, sans découvrir un seul indice susceptible de le mener vers la jeune femme. Il attend vainement son retour une partie de la matinée. Un grand accablement le submerge. Seigneur, où est-elle allée ? Ne reste à Cisco que l'évocation de leurs gestes... Il ne s'en prive pas, ne prenant aucun répit à ressusciter l'aventure tendre et déchirante. Ça n'est que lorsque le soleil effleure le sommet des pins sur la colline que Cisco a une pensée pour Nahadeh, la première depuis que l'Indienne est venue le quérir sur sa couche. Nahadeh ! Cisco imagine son inquiétude. Quelle sorte de perturbation mentale a pu à ce point lui faire négliger le malheureux garçon ? Cisco a peine à y croire.

Suivre une inconnue, lui, un homme marié, heureux en ménage, père d'enfants adorables ! Il retourne à son campement aussi vite que le lui permet la neige épaisse. Son désarroi est total.

Cisco parvient au bivouac en deux minutes à peine. Il a l'impression qu'il vient de suivre un chemin raccourci des trois quarts. Il s'en étonne. L'Indienne et lui auraient-ils pris une autre route ? Cisco se glisse dans la chaleur rassurante de ses fourrures. Le feu brûle toujours et Nahadeh dort encore. Cisco préfère cela. Il n'aura pas à expliquer son absence.

C'est l'instant que choisit le réel pour se manifester à son cerveau encore tout imprégné de l'exquis visage de l'Indienne. Cisco constate une chose effarante.

C'est la nuit !

Une obscurité absolue, quand il vient à peine de voir le soleil levant. Cisco fixe alors le foyer avec la même perplexité. Il y avait mis deux bûches en quittant le campement avec l'Indienne, et en avait posé six autres à portée de la main de son camarade, pour le reste de la nuit. Elles s'y trouvent toujours, dans le même état, toutes les huit. Le bois placé dans le feu ne s'est pas consumé, comme s'il ne s'était rien passé, le temps s'étant soudain arrêté.

Cisco ne sait plus que penser. Avec dans la gorge une envie de crier, comme un enfant qui refuserait le dénouement de l'histoire qu'on lui a contée, Cisco contemple le gouffre du ciel suspendu au-dessus de sa tête. Afin de ne pas glisser dans un sombre désespoir, Cisco choisit avec soin les plus tendres scènes de sa nuit d'amour. À volonté, il les fait ressurgir, à ce point réelles qu'il en gémit de regrets. Il s'y accroche de toute son âme et les fait revivre sur l'écran de la nuit, encore et encore, sans la moindre lassitude… L'imaginaire lui appartient. Cisco s'endort. Un sommeil sans rêve. À présent, à quoi bon les rêves?…

Il se réveille le premier. Pendant que tout dort au bivouac, impatient, il enfile son parka de pilotage et reprend dans la forêt sa piste de la nuit. Ses traces sont nettes, faciles à suivre. Et voilà que soudain, il y en a en tous sens, formant des pistes qui se croisent, se suivent, lui donnant la désespérante illusion de s'étirer à l'infini. Il avait oublié sa panique de la nuit, alors qu'il parcourait le bois à la recherche de la jeune fille. Devant ses yeux brillants de larmes sont creusées des centaines d'empreintes de raquettes, partout! Il s'affole. Dans sa poitrine oppressée, son cœur bat à coups sourds, accompagné d'une douleur accablante. Cisco ralentit l'allure, parvient à recouvrer son calme. Il reprend sa quête. Peu après, un cri joyeux lui échappe. Il vient de reconnaître le coin de forêt où se dresse le tipi. C'est là, au détour du chemin. Il ralentit. L'énervement lui donne des crampes douloureuses à l'estomac. S'il s'était trompé de route?

Non, devant lui, parmi les sapins, il distingue une trouée baignée d'un soleil pâle. La clairière est bien là… Un pas encore, il tourne sur sa gauche.

Dieu du ciel, elle est déserte! Mais le plus consternant est qu'il ne subsiste aucune trace du campement de l'Indienne. Ainsi, rien n'aurait existé! Il secoue la tête à plusieurs reprises à droite et à gauche, essayant d'en chasser le spectacle navrant. La confusion hélas demeure en lui.

De dépit, de tristesse, il se met à pleurer. Plus tard, un peu remis de cette faiblesse émotive, Cisco regagne son bivouac. Accablé, il va les épaules arrondies, la tête basse. L'allure d'un vaincu. À son arrivée, Nahadeh est réveillé. L'Indien ne le questionne pas. Cisco ne dit rien. C'est mieux ainsi. Il n'a ni l'énergie de mentir, ni celle de chercher des excuses, et encore moins le désir d'expliquer sa troublante expérience. Jamais Nahadeh ne le croirait, et pourtant, tout s'est bien produit tel qu'il se le remémore, Cisco en est intimement convaincu. L'absence de traces dans la clairière ne signifie rien. Il a neigé, voilà tout. Neigé! Soudain, Cisco se mord la lèvre pour ne pas crier. S'il avait neigé, ses propres traces provenant du tipi de l'Indienne auraient également disparu! Ce qui n'est pas le cas puisqu'il les a suivies.

Por el sangre del Christo! La démente histoire!

Cisco n'en peut plus. Il doit s'occuper la tête à autre chose, promptement, s'il ne veut pas voir son esprit chavirer dans la déraison. Faire la cuisine. L'idée en vaut une autre. Il se penche sur le sac aux provisions et en tire les ingrédients du petit déjeuner. Dans le mouvement qu'il fait pour se retourner, une des branches qu'il a taillées la veille pour faire le toit de leur abri accroche son épaule, crève le mince tissu de sa combinaison de vol. Une dizaine de plumes d'oie sont extraites de la garniture en duvet de son vêtement. Cisco ronchonne en les voyant voleter devant son visage. Encore un travail de couture en perspective! Les plumes voltigent, en volutes, maintenues en l'air par la chaleur qui monte du foyer. Puis, une à une, elles s'abîment dans le feu…

Nahadeh en suit la chute avec intérêt. La dernière surtout retient toute son attention. Comme animée de volonté, elle virevolte longuement, plane, évolue suivant la fantaisie des flammes cabrées en tous sens. C'est une petite plume rouge et verte, de celles que les jeunes filles lakotas se mettent dans les cheveux le jour de leurs noces. Nahadeh observe le vol de la plume avec une émotion qui s'apparente beaucoup à de l'euphorie.

Il n'y a pas un soupçon de doute en lui. « C'est arrivé ! »

Il pose dès lors sur Cisco un regard neuf ; s'ajoutant à la gratitude et à l'estime, on peut discerner dans ses yeux clairs une lueur de grande satisfaction. L'expérience qu'a vécue son ami le comble de joie. Car l'Indien sait, à n'en pas douter. Son instinct lui dicte les faits. Un phénomène s'est produit, indiscutable. Cisco, privilégié entre tous, est en voie d'apprendre le Nord de la plus noble façon qui soit : par l'enchantement d'un pur amour. La chance s'offre à Cisco de découvrir une autre de ces valeurs transcendantes ne subsistant qu'en la Nature sauvage, inaccessibles à qui n'est pas initié.

Un souffle d'air froid rabat la plume vers le feu. Elle y disparaît avec un grésillement infime. Cisco n'a aucune connaissance de la banale petite scène. Il n'a d'ailleurs rien remarqué du prodige ayant pris naissance, dans la forêt, sous un tipi de peau, et que cette plume insignifiante vient de confirmer. Nahadeh referme les yeux. Le bonheur gonfle sa poitrine. Il exhale un long soupir…

CHAPITRE 9

Pour Cisco, les deux semaines suivantes s'évanouissent à la manière d'une rêverie, le mot prenant ici sa définition la plus absolue. En effet, le pilote flotte littéralement entre ciel et terre, malhabile à rendre cohérente la plus anodine conversation, maladresse dont Nahadeh se divertit sans honte, lui qui connaît la raison véritable de ce trouble du pilote. Seul un travail ininterrompu, poussé jusqu'à l'épuisement total, permet à celui-ci, l'espace de quelques heures au cours de chaque journée, de taire en lui son amour contrarié. Cisco craint parfois que d'un comportement inaccoutumé, bien involontaire, il n'éveille la curiosité de Nahadeh, s'attirant par là des questions gênantes auxquelles il n'aurait ni l'énergie ni le cran de répondre. La moindre de ses explications ne pouvant que le livrer sans défense aux sarcasmes de l'Indien.

Sans compter, se dit encore Cisco — afin de justifier plus avant son silence à ses propres yeux — qu'un homme d'honneur ne vulgarise pas insolemment une tendre histoire d'amour, surtout lorsque celle-ci revêt un aspect si fantastique.

Durant leur séjour forcé à ce bivouac forestier, Cisco partage son temps entre d'innombrables tâches. Il prend soin des loups blessés, des oursons, et de Nahadeh – en dernier, ainsi que l'exige le jeune homme; de plus, le pilote chasse, cuisine et ramasse le bois, fait fondre la neige afin d'obtenir l'eau nécessaire pour le café, la soupe et la toilette. Pour lui, ces deux semaines passent à un rythme d'enfer, à sa plus vive satisfaction, s'il est besoin de l'exprimer. L'esprit de Cisco, saturé par les besognes coutumières, les décisions à prendre et les imprévus qui émaillent parfois leur quotidien, n'a pas le temps de s'apitoyer sur lui-même. Le soir venu, éreinté, Cisco s'abat sur son lit de branchages et s'endort aussitôt.

Le pilote n'en a pourtant pas terminé avec le doux rappel des baisers de son amante d'un soir. Surgis d'une clairière qu'il pourrait sans hésiter certifier enchantée, ils sont là, à portée de sa déraison…

Sans manquer, à chaque réveil, lorsque la fatigue l'a quitté, que son œil s'ouvre sur le jour nouveau, que son corps dispos s'apprête en vue du labeur quotidien, «elle» est là! Tendre tourment. Cisco prétexte alors ses parties de chasse afin d'agir à sa guise. Dès l'instant où son pied foule la neige tassée du bivouac, une pensée unique l'anime, primant sur toute autre considération : retrouver la jeune fille. Espérance illusoire. Il a déjà sillonné les environs dans toutes les directions imaginables, s'y épuisant en vain. Puis, le temps et sa magie ont fait leur œuvre, timidement, mais sûrement, agissant sur la partie blessée du cerveau de Cisco, là où se nichent les sentiments d'amour. Il retrouve ainsi, peu à peu, son équilibre de naguère, non sans avoir versé, pour y parvenir, maintes larmes durant ses promenades solitaires.

Ainsi la détresse de Cisco se dissipe-t-elle, absorbée par les vibrations mystérieuses qui imprègnent ces montagnes où il y a tant de choses à faire, tant de sublimes paysages à voir, tant de minutes inoubliables à vivre. Toujours, la tristesse s'y dilue, malgré elle, en dépit de son ampleur. La beauté nordique ne permet pas aux larmes de s'écouler sans fin...

CHAPITRE 10

Le départ vers Virginia, la montagne de Nahadeh, est fixé à ce matin. Une perspective qui fait reconquérir à l'Indien l'insouciante joie de vivre de sa petite enfance. Grâce aux soins compétents de Cisco, il se sent en bonne condition physique, mais le plaisir de Nahadeh vient principalement du fait que tous ses loups blessés ont survécu. Même la «bonne petite louve» se promène déjà aux alentours, bien qu'un peu chancelante encore sur ses pattes.

Depuis l'incident, Cisco n'appelle plus son jeune compagnon que «Petit» et même parfois «Gamin». Le jeune homme ne s'en offusque plus le moindrement. Même, il en rit. Près de Cisco, il redevient l'enfant que par le passé il a si rarement eu l'occasion d'être; de cela, le pilote est conscient, ce qui l'oblige à mesurer ses paroles et ses façons d'agir. Il met donc des formes à sa manière d'être et bien des égards. Tout homme à cœur d'enfant est fragile, plus facilement blessé.

«On dirait que Nahadeh accepte enfin son passé, songe Cisco avec amertume. Le pauvre garçon n'a pas vécu. Il commence à peine…»

Cisco termine son café, s'enquiert de l'état de son compagnon et empoigne la carabine. Il n'en a pas demandé l'autorisation. À quoi bon à présent ? Le combat contre l'ours a quasiment comblé les vides que leurs cultures respectives et la tragédie creusaient entre eux. Ils sont devenus amis, comme des soldats en première ligne.

Cisco chausse ses raquettes. Sa fierté ! Il les a fabriquées lui-même. Elles ne sont pas jolies, mais fonctionnelles.

– Bonne chasse, Cisco, lance Nahadeh avec un geste amical de la main.

Du plaisir plein la tête, Cisco s'éloigne, sifflotant entre ses dents. Vivant ici une expérience unique, Cisco la savoure sans réserve, avec gratitude. Parmi ces monts superbes, il renoue avec le temps lointain qui a mis dans ses veines un peu de sang indien. Cisco traverse un petit bois et suit les traces récentes d'un ongulé. Soudain, il ralentit, s'arrête, immobilisé par une crainte obscure. Il ne se retourne pas, il n'ose pas. Mais derrière lui, il y a «quelque chose», une présence, un prédateur ! À l'odeur, ça n'est pas un loup. Une impression fugitive. Il joue sa vie dessus. Son cœur bat à coups redoublés. En une fraction de seconde, dans un même mouvement, il arme sa carabine et fait volte-face.

Alors Cisco éclate de rire. Les oursons ! Chacun d'eux est assis dans une des empreintes profondes laissées par ses raquettes. Ils s'apprivoisent comme des enfants…

La poitrine de Cisco se serre inexplicablement. Ses yeux brillent d'émotions diverses. Seigneur ! A-t-il jamais été si heureux ? Il ne lui manque que… Hélas, elle est si jeune. Et puis cette fille appartient à une autre réalité…

L'heure est arrivée. Une neige légère agite le paysage jusqu'à l'horizon. Il fait doux. «Moins vingt-cinq environ», lui précise l'Indien. Un froid qui fait éclater le tronc des sapins. Quel pays! Cisco rit. Voilà son enthousiasme retrouvé, même sans «elle».

C'est Nahadeh qui a décidé de rentrer chez lui. Il n'est pas tout à fait remis de ses blessures, mais les bêtes ont besoin de soins plus appropriés. Nahadeh, ainsi qu'il le dit, possède à la cabane les herbes nécessaires pour accomplir ce genre de tâche, sans compter que le jeune homme s'ennuie de son domaine montagneux.

Cisco le suit. La force des choses. Étrangement, durant ces semaines passées en tête-à-tête, le pilote n'a pas abordé la question de son retour vers la civilisation. Il a certes toujours envie de partir mais sans éprouver cette hâte de la première journée. Depuis sa mémorable nuit avec l'Indienne, ses projets d'avenir semblent s'être modifiés un peu malgré lui. Dans ses récentes découvertes, par exemple, le Nord et la jeune Indienne forment un tout indissoluble. Une osmose. Cisco aime sa nouvelle vie plus qu'il ne veut l'admettre. Une impression déroutante. Cette existence rude, gorgée d'émotions grisantes, lui plaît, en dépit de tous les faits lointains, singuliers ou monstrueux, le perturbant parfois, mettant alors sa raison à rude épreuve. Cisco ne réalise pas que la personnalité nouvelle qui se développe en lui est sur le point de surpasser l'originale.

Cisco prépare le bagage pendant que Nahadeh assemble le travois sur lequel il transportera la «bonne petite louve» et le loup dont l'épaule a été disloquée. Celui-ci, encore handicapé, ne pourrait marcher longtemps. Puis, sans se préoccuper du pilote, l'Indien passe un baudrier de cuir à son épaule et se met en route, tirant son précieux fardeau.

— Pauvres bêtes, murmure Cisco.

Nahadeh l'entend. Un sourire content adoucit ses yeux limpides. Cisco s'engage sur la piste, derrière Nahadeh. Les oursons suivent. Cisco a envie de siffler. Il s'en abstient. Il devine que dans un proche futur, il ne parviendra plus à dissimuler sa joie.

Les deux compagnons font halte avec les derniers rayons d'un soleil flamboyant qui crève une forêt d'épinettes noires, y ciselant une aura auburn. Une brise céleste fait onduler l'aurore boréale naissante. Les tons bariolés du ciel s'agitent, pris de frénésie. Le brise-vent est tendu, le feu pétille en chuchotant. L'air est doux, suave. La neige a cessé. Quelques flocons glissent pourtant dans l'atmosphère tiède du bivouac. L'air chaud qui flotte sur le feu les fait parfois remonter vivement vers le sommet des arbres, comme si le ciel reprenait sa tempête. Dans l'esprit de Cisco, cet instant paisible souligne davantage son aventure insolite. Tant d'interrogations sans réponse logique l'assaillent. Inexplicablement, le découragement s'empare de lui. Il n'y oppose aucune résistance. À quoi tout cela rime-t-il? Il doit rentrer au pays, à tout prix. Mais il y a la fille…

— Alors, Cisco, on s'en sort bien tous les deux?

Le pilote fourrage dans sa tignasse noire. Une fois de plus le doute l'agresse, monstrueux. Sans y avoir participé, Nahadeh pourrait-il être impliqué dans ces meurtres?

— Pourquoi suis-je encore vivant, Nahadeh? Rappelle-toi, les flèches m'encadraient. Elles ne cherchaient pas à me toucher.

Nahadeh hésite, cherche longuement ses mots :

— À Kaboul, avec six de mes gars, on doit la vie à un pilote d'hélicoptère qui est venu nous chercher sous un tir de mitrailleuse, malgré les ordres contraires. Il a risqué sa peau pour nous. Alors quand j'ai vu ton avion tomber, j'ai pensé à lui et j'ai crié afin qu'Elle... qu'Elle t'épargne. Ta vie paie un peu ma dette envers ce brave type. Tu saisis?

— Pas un mot. Une histoire pour enfants de six ans. Cendrillon et Blanche Neige font équipe pour tirer ton traîneau. «Elle», c'est qui «Elle»?

— Bien... c'est... «Celle-d'en-Haut». Elle m'a entendu et a permis que tu vives. Un conte de fées, dis-tu? Croire aux choses naïves et pures n'est pas un truc pour enfants. Il existe sur terre et dans le ciel, au milieu des montagnes et dans les rivières, une «Force», appelle-la comme tu veux : le pouvoir des dieux, le surnaturel, genre de sorcellerie. Elle a fait le monde et le conduit vers sa destinée. C'est la magie primitive, originelle, celle du début, de cette époque où il restait toutes les choses à créer. Celle-d'en-Haut est l'espoir de mon peuple. Refuser les rêves, c'est vivre dans les ténèbres.

Cisco serre les dents sur la raillerie virulente qui lui vient aux lèvres. Nahadeh et ses visions... Celle-d'en-Haut! Une beauté spatiale qui descend les zincs à la sarbacane; et quoi encore?

«*Big Mama*, la Déesse au lance-pierres.» Un titre de film débile... Cisco vit parce qu'un Indien mauvais tireur a raté sa cible. Point! Il faut admettre ça, rien d'autre. Ces faits sont malheureusement en défaveur de Nahadeh. Et voilà l'Indien redevenu coupable aux yeux du pilote. Ça n'en finira donc jamais? Dans la pauvre tête de Cisco, c'est le chaos!

— OK, Peau-d'Ours : ta copine de l'espace me laisse la vie et, devant le grizzli, je la risque à ton profit. On est quitte.

— Quand j'étais inconscient, pourquoi tu m'as soigné ?

— Conduis-moi dans un endroit civilisé. Tu m'le dois.

— *Deh-Cha-Nah E-Du-Oh-Nah She-Cha-M'nah…*

— *Habla ingles, maldito bandido !*

— À tes souhaits. « Jeune vagabond puant », voilà mes mots… *Embrutecido !* termine-t-il dans la langue du pilote.

À cette insulte en espagnol, Cisco s'esclaffe, sans raison précise. Nahadeh l'imite. La tension accumulée entre eux s'estompe :

— Nous deux, Francisco, en d'autres circonstances, on pouvait être de bons copains. Un gâchis d'amitié, quoi !

Ces paroles ont sur le pilote un effet surprenant. Il s'attendrit. L'Indien lui parle d'amitié. Toute sa vie, Cisco a recherché un ami véritable, quelqu'un qui remplacerait un peu ce jeune frère mort trop tôt, qu'il n'a pas eu le temps de bien connaître. Les mots de Nahadeh chassent sans peine les détestables images encombrant son esprit. L'émotion lui monte aux yeux, s'accumule sous ses paupières. Quel genre d'homme est donc Nahadeh ? Cisco a une intonation moqueuse :

— Je devrais la vie au hasard de mon boulot ? Si j'avais été coiffeur en balade touristique dans ta vallée…

— Qui sait ? Probable que t'aurais ramassé une flèche en plein front. Tantôt, tu causais de ta liberté ? Vas-y, mon vieux, personne te retient. Bah ! t'auras jamais le cran de filer seul dans ces montagnes… infestées de loups sanguinaires. Mais n'oublie pas : en cette saison, les ours se réveillent. Ils sont si maigres que la peau de leur ventre pend sur leurs genoux. Et ils ont faim. Ton p'tit cul mexicain gras comme un manche de pioche tiendra pas longtemps dans l'coin. *Mah-Toh-See-Dung*, t'es pas taillé pour le Nord. Ici, on bouffe des racines.

— Je l'ai fait. Pis toi, l'expert en art culinaire nordique… essaie ce truc-là.

Il tend la main vers un excrément de loup.

Nahadeh sourit :

— Chez le lièvre, c'est tout végétal, monsieur le malin. Les déjections du carnassier permettent la prolifération de bactéries. Dans ces déchets, tu trouveras souvent les œufs d'un ver parasite, une sorte d'ascaride qui…

— Tu parles comme un bouquin, le coupe Cisco, moqueur.

— Pas plutôt vos bouquins qui causent comme nous ? Pourtant, si tu restes ici, assez discutaillé. Mange, arrange le barda sur une pierre, qu'il se garde au sec, pis couche-toi. Demain, on a cinquante kilomètres à faire.

Le ton est péremptoire. C'est un ordre.

Cisco s'apprête à l'exécuter. Il ramasse quelques objets : un réflexe de soldat discipliné. Mais sa colère l'emporte. Jetant dans un proche buisson les affaires de l'Indien, il se plante résolument devant lui :

— J'en ai ma claque de tes manières de sauvage. Sur la piste, je porte, je tire. Au bivouac, je range, je lave. *Hombre podrido !* J'ai accepté tout ça de bonne grâce quand t'étais invalide, mais avec toi, c'est toujours du pareil au même. J'suis pas ton domestique. J'marche plus.

— Alors tu manges pas.

— M'en moque. Et si j'décide de plus avancer, tu vas faire quoi ? Me porter ou m'balancer une balle dans l'oreille ?

Nahadeh sourit :

— Essaie, tu verras.

L'Indien émet un rot sonore et tourne le dos à Cisco. Il remonte sa fourrure jusqu'à ses épaules. Cisco crache dans le foyer. Une colère froide l'anime, difficile à contenir. Ah ! Il n'aura pas le cran de s'en aller ? Ce maudit gamin le prend pour une lavette ou quoi ? Sa décision est vivement prise. Cisco partira, cette nuit même. Ces pensées d'amitié qui lui traversent l'esprit sont une énormité. Leurs deux cultures s'opposent sans la moindre chance de réconciliation. Jamais ! Sur cette montagne, Cisco vit dans une autre dimension, un monde parallèle, ni plus ni moins.

Partir. L'instant favorable ne tarde pas à se présenter. Les loups valides chassent dans le bois, Nahadeh et les blessés dorment, et les oursons, gavés par une carcasse de daim, sont affalés sans réaction devant le feu. Avec des gestes mesurés, Cisco s'empare de la réserve de nourriture, s'enroule autour des épaules une couverture en peaux d'écureuils et quitte le campement. Il est heureux, certes, de recouvrer sa liberté, mais aussi, pourquoi se le dissimuler, il éprouve une certaine nostalgie. Cisco ressent pour Nahadeh une indiscutable amitié. Il aurait aimé faire quelque chose de bon pour ce jeune Indien perturbé. Hélas, le temps lui manque, mais aussi les compétences. Au nom de la fameuse liberté, Cisco doit laisser derrière lui tant de choses qu'il a appris à tant apprécier…

CHAPITRE 11

Le pilote se met en route. Si la survie en forêt n'a plus de secret pour lui durant la belle saison, la neige venue, l'expérience devient un événement marquant, empreint de menaces diverses. Ces quelques jours en compagnie de l'Indien viennent de lui enseigner une poignée de bons trucs, mais sera-ce suffisant ? Il fait doux, une température idéale pour les chutes de neige. Dans l'air sec flottent de vieux parfums d'automne, de ceux qui à San Diego donnaient à Cisco l'envie de rire, d'embrasser les jolies filles. Les filles... Son amour d'une nuit. Comme elle a su aisément lui mettre le cœur à l'envers cette petite Indienne ! Où est-elle à présent ? En quittant le bivouac, Cisco a deux autres regrets : ne pouvoir emporter la carabine − l'Indien dormait dessus − et abandonner les petits ours qu'il commençait à bien aimer. Cisco les a attachés afin qu'ils ne le suivent pas, en espérant que ne leur prendra pas l'envie de se mettre à geindre.

Cisco marche d'une bonne allure malgré le fardeau étonnamment pesant brisant ses épaules. Devant lui s'ouvre une piste bien frayée, éclairée par une lune généreuse. Un tourbillon de neige légère adoucit le décor. Au début de son escapade, Cisco se retourne fréquemment. L'Indien n'appréciera sûrement pas le vol de ses provisions de bouche. Mais Cisco n'éprouve aucun remords. Nahadeh a une carabine. Il peut chasser.

Désirant mettre le plus de distance possible entre lui et son compagnon, Cisco marche sans repos la nuit durant, puis le jour suivant. L'Indien l'ignore. C'en est presque vexant.

En bonne forme physique, Cisco compte rejoindre son avion dès le lendemain. L'énorme sac lui casse les reins, mais il accueille l'épreuve d'une pensée teintée d'humour, songeant à son «boulot tranquille dans l'Arctique canadien».

Le soir tombe vite. Une nuit claire, parsemée d'étoiles comme il en a rarement observé, recouvre la montagne d'un dôme rassurant. Cisco brouille sa piste à l'aide d'une branche, puis il quitte le chemin et s'enfonce dans le bois. Il fait halte au milieu d'un bouquet de cèdres, y flotte une odeur porteuse de tendres images, et se faufilent en son esprit les adorables traits de l'Indienne. Cisco doit mettre à contribution toute sa volonté afin de les en chasser. Lorsque le souvenir est trop beau, qu'il appartient à des instants inaccessibles, on s'épuise à l'évoquer sans aucun résultat concret. Éreinté, il s'adosse à une souche moussue. Le bon tour qu'il joue à Nahadeh met un sourire sur ses lèvres craquelées par les intempéries. Sur une branche basse, à portée de main, discutent deux geais gris, mâle et femelle. Ils sont ensemble pour la vie. Leurs petits cris de gorge ressemblent à des rires en cascade. L'homme sifflote. Un des oiseaux répond. Pris au jeu, Cisco lui parle. Le geai vient se percher sur le sac, à deux pas de l'homme. Au premier geste du pilote, il retourne dans son arbre. Malgré le froid que le soir intensifie, Cisco s'abstient d'allumer un feu. L'Indien pouvait rôder dans les parages. Prudence. Cisco décide de manger cru son cuissot de chevreuil, comme les Inuits. Il dénoue les cordons du sac...

NON!... *Indio condenado! Por el sangre del Christo!* Il a hurlé.

Ses yeux se dilatent d'horreur. Cisco est anéanti. Il a transporté un sac de terre gelée!

C'est impensable! Cisco a pris sa décision de partir à l'improviste. Comment l'Indien a-t-il pu deviner, et surtout, quand a-t-il eu l'occasion de remplacer la viande par de la terre, alors que les deux hommes ne se quittaient jamais? Et cette terre, dure comme l'acier, ensevelie sous un mètre de neige, où Nahadeh l'aurait-il prise? Bah! peu importe la façon; le résultat est là. Ce salaud devait bien se divertir!

Avec ça, Nahadeh espérait quoi? Voir accourir Cisco pleurnichant, en cabot bien dressé? Néanmoins, l'affaire a son infime bon côté. Sa fuite découverte, Cisco n'éprouve plus la nécessité de se priver du réconfort d'un feu. Mais se consacrer à cette besogne au milieu d'une tempête de neige devient une épreuve délicate, quasiment insurmontable. La première chose : ôter ses gants. Et s'ouvrent toutes grandes les portes de l'enfer! En quelques secondes, ses doigts devenus gourds lui refusent les plus anodins gestes de son entreprise. Cisco perd bientôt toute sensation dans ses deux mains. Conséquence inévitable, il s'y prend mal, ne parvenant à faire démarrer son feu qu'après avoir gaspillé toutes ses allumettes. Cisco contemple les courtes flammes d'une moue désabusée. Afin de soustraire au mieux sa présence, il a utilisé du mélèze, un bois qui ne fume pas et dégage une faible odeur. L'ironie d'un semblable excès de prudence ne lui échappe pas. Un homme tel que Nahadeh ne peut être leurré par ce genre de précaution; le choix de ce bois n'aurait été qu'une vaine dépense d'énergie. À dix mètres près, l'Indien, bien entendu, n'ignore rien de l'endroit où Cisco se dissimule. *Caraï y caramba!*

Cisco dresse un paravent de branches afin de récupérer davantage de chaleur; de plus, on ne peut ainsi l'apercevoir du chemin. Il ne devait tout de même pas trop faciliter la tâche de Nahadeh.

Le pilote frissonne longuement, réprimant une toux sèche derrière son poing. Puis il éclate de rire. Cisco Banuelos, pilote de brousse en vol de routine! La bonne blague.

Cisco hume l'air, fronce le nez d'un air dégoûté. Les effluves déplaisants de son corps sans hygiène, que le froid escamotait, sont restitués par la chaleur de la flambée. Le pilote sourit derechef. Si, comme disait son camarade, un loup peut déceler sur la piste l'odeur que dégage la glande située sous le pied d'un caribou, lui, avec sa repoussante odeur corporelle, tous les loups de la région devaient connaître l'emplacement exact de son bivouac.

Cisco passe une nuit agitée. La température est glaciale. Il a dû avoir un accès de fièvre durant lequel il lui a semblé entrevoir la jeune Indienne rôdant entre les arbres en compagnie de trois loups. Un pâle soleil le tire de sa somnolence.

Podedumbre! Pourriture, jure-t-il entre ses dents. Son feu n'est plus qu'un petit tas de cendres tièdes. Cisco s'épuise inutilement à le ranimer. Il est fatigué, à bout de nerfs. Il a faim, froid, soif. Nahadeh assure que par temps rigoureux, si l'on veut tenir le coup sur la piste, il faut s'alimenter au moins cinq fois par jour. Cisco n'ayant que des écorces de bouleau et des insectes à se mettre sous la dent se demande combien de temps il survivra à ce régime. L'envie de fumer le tenaille, et, bien entendu, ses cigarettes sont dans l'avion. Tout se ligue contre lui. Tant de calamités à cause d'une bande d'Indiens névrosés qui soi-disant protègent leur territoire. Cisco accomplit quelques exercices physiques de réchauffement et se met en route. Derrière lui, un coup de vent rallume son feu. Une lueur verte flotte sur le décor ; un souffle d'air léger y cisèle le visage rieur d'une jeune fille à l'admirable visage. La brise disperse la douce apparition.

Une neige épaisse ralentit le pas de Cisco. Il s'y enfonce profondément malgré le port de ses raquettes. Cheminant avec peine, un sanglot dans la gorge et des larmes plein les yeux, autant à cause du froid que de la détresse naissante qui vient de l'assaillir, Cisco pense à Dolores, à ses deux enfants, puisant dans le souvenir la détermination essentielle à sa réussite. Cisco ne doit d'ailleurs plus se trouver très éloigné du lieu de l'atterrissage. Et s'il parvenait à remettre son avion en état de voler ?

CHAPITRE 12

Amusé par le départ de son compagnon, Nahadeh poursuit son chemin vers sa cabane. À quoi bon s'inquiéter de ce pilote ignorant. La montagne saura bien lui offrir la leçon méritée, se dit l'Indien, non sans une pointe de curiosité. Après tout, Nahadeh aimerait quand même savoir de quelle manière l'autre s'en sortira. S'il s'en sort.

Le même jour, Nahadeh arrive chez lui.

Environné de crêtes au dessin tourmenté, l'endroit est d'une beauté paisible et vigoureuse. C'est un plateau tout en longueur, étroit et bombé, accroché en plein ciel à un éperon de granit – un repaire d'aigle royal! Çà et là, en tous sens, des arbres en touffes, épinettes et bouleaux se mélangent, appuyés contre la paroi de roc. Loin au-dessus, au seuil même du royaume des dieux, une montagne carminée, croc de bête sanglant, jaillit vers l'espace. Dans une déchirure de la montagne, sorte de niche garnie de mousse, une cabane...

Le domaine de Nahadeh.

En surplomb des chutes de Virginia, un décor étourdissant, sans discipline, et pourtant d'une harmonie parfaite, immuable, égale à l'équilibre d'un cristal.

Dans la vallée s'étire la rivière Nahadeh, celle qui a emporté ses parents. Sa rivière! En adoptant son nom, il a tissé entre lui et les disparus un lien spirituel qui vaut toutes les images oubliées.

Ainsi, au gré du temps, suivant les caprices des saisons, les siens deviennent clameurs de torrent, montagnes et forêts ou, plus simplement, un air tiède porté jusqu'à lui par le chinook, ce vent tumultueux soufflant du Pacifique.

Nahadeh laisse errer son regard sur le paysage familier qui l'enchantait déjà quand il n'était encore que *Hou-Ty*, «l'enfant sans nom», ainsi nommé dans la langue shawnee de son grand-père maternel. Devant lui, une majestueuse chaîne de montagnes à la peau ocre, une vallée. La vie…

Nahadeh est né ici. Si Dieu le permet, il y mourra. Au loin, devant la maisonnette de rondins gris, se produit un mouvement. On l'attend.

La vallée s'emplit de jappements, courtes paroles de loups se déchirant sur quelque crête avant de couler doucement vers lui. Amarok, le vieux loup noir, et sa meute, manifestent leur plaisir de bêtes. Le cœur de l'Indien connaît un instant de vrai bonheur.

Ici, il est dans son monde.

Nahadeh serre contre sa poitrine la louve blessée par le Suédois. Il l'avait retirée du travois peu après le départ. La profonde blessure de la malheureuse, trop agitée par le sol rocailleux, s'était rouverte.

— Doux ma fille, nous voilà rendus.

La bête grogne, cligne des yeux sous les flocons qui virevoltent.

Nahadeh pousse du pied la porte de sa cabane, étend la louve sur sa couche – un cadre de bois rempli de branches d'épinettes, recouvertes d'une peau d'ours. Il allume un fumeron de terre cuite, bourre la cheminée de petit bois et installe les autres loups devant la flambée. Il fait ensuite dégeler de la viande. Sur le lit, la louve gémit doucement. Ses babines se retroussent. Une sorte de sourire. Nahadeh lui répond en claquant la langue contre son palais. La louve s'apaise. Nahadeh se rassérène. Aucun autre animal que ses chers loups n'exprimerait si bien ses émotions, du corps et de la voix. La louve gronde, le panache noir de sa queue s'agite doucement.

— Calme-toi, ma belle… Ça va aller.

Nahadeh nettoie la plaie, applique ses remèdes et met un bandage en peau de daim très fine. À ce moment, un bref jappement lui fait tourner la tête. Sur le seuil de la cabane restée ouverte, deux loups gris l'observent.

Soon-Kah-Shoong-Tok-Cha, «Ses frères Loups».

Soudain, Nahadeh étouffe. Il sort, s'appuie contre la porte. Devant lui, trois loups, craintifs, vont et viennent à petits pas, osant à peine le regarder malgré la longue amitié qui les unit à l'Homme. Sous la paupière du jeune garçon, une larme se force un passage. Le vent siffle, fougueux; une rude mélodie de montagnes et de steppes l'accompagne. Elle est chant du diable, hymne du Créateur, suivant la saison, ses tourments, ses bienfaits.

La lune s'échappe d'un chaos de nuages, recouvre le paysage d'un voile léger. Un hurlement au loin fait dresser l'oreille de la louve blessée. Elle essaie d'y répondre, n'y parvient pas.

Flamboyante, l'aurore boréale s'empare du ciel.

CHAPITRE 13

Cisco présumait à tort de son sens de l'orientation. Il a suffi de trois heures à peine, et déjà, la piste sous ses pieds n'existe plus. Il est perdu, et de plus, la neige ayant recouvert ses propres traces, rebrousser chemin lui est dorénavant impossible. Sans nourriture ni allumette, Cisco, en homme réaliste, n'ignore pas qu'il vit probablement ses derniers instants.

Le crépuscule arrive vite, écrase la montagne ; ajoutant une calamité de plus aux maux du pilote, se lève un vent d'ouest glacial qui cingle son corps épuisé, le pénètre jusqu'aux os, ébranlant ce qui en lui subsiste de détermination.

C'est la nuit, insondable, sans vie apparente, venue à dessein le tourmenter d'une légion de masques grimaçants, souvenirs d'une enfance pas toujours heureuse qu'il espérait avoir oubliée. En un état proche de l'hébétude, Cisco se glisse entre les racines torturées d'un bouquet d'arbres. Imprégnés d'humidité, ses vêtements gèlent à demi, l'empêchant de fermer l'œil. Cisco est parvenu à un point de lassitude morale affligeant. Tous ses vœux tendent vers le seul écoulement rapide de cette nuit. Elle le fera tout au contraire languir comme à plaisir.

Et vient le jour. Le soleil hélas disparaît sitôt levé, assailli par des traînées de lourds nuages. Cisco éprouve des difficultés à ordonner ses idées. Même réfléchir à l'aspect banal d'une journée de marche devient malaisé. Le froid intensifié lui donnerait l'envie de hurler. De cela, il n'a même pas la force.

La température doit bien avoisiner les moins soixante. Une mise en route pénible. Il va, tête basse. Est-ce la fin? Cisco est sur le point d'abandonner la lutte, d'abandonner sa vie. Il s'arrêterait, se laisserait engourdir par le vent glacé… Mourir gelé? Il paraît qu'on ne sent pas la mort approcher. Il s'endormirait, confiant comme un enfant…

Ah, Dieu! Il y a Dolores, les jumeaux… Et d'un seul coup… Elle! Le visage de l'Indienne glisse furtivement devant ses yeux fiévreux. La jolie bouche semble l'encourager d'un mot… Va! Il se lève, se met en route. Va! murmure-t-elle encore à son oreille.

Plusieurs fois dans la journée, Cisco croit reconnaître le chemin qui mène à son avion. Il se trompe, mais la raison de cette erreur est d'une simplicité terrible de sens : Cisco est déjà passé par là. Il tourne en rond. Le comprendre lui arrache un hurlement de dépit et de rage.

Situation démentielle!

Parvenir sur le site de la tragédie lui demande trois jours d'efforts inénarrables. À sa plus grande consternation, il y trouve l'épave du Norseman calcinée. En vain, Cisco tente de concevoir ce qui a pu occasionner l'incendie. Quand, à la suite de l'Indien, il a quitté l'endroit où se produisit l'accident, l'avion était intact.

Alors? À présent, que faire? Son dernier espoir réside dans les recherches que la compagnie d'aviation Northern Air Traffic n'a pas dû manquer d'entreprendre. La compagnie détenant son plan de vol détaillé doit pouvoir facilement le retrouver et…

– Seigneur, c'est pas possible! balbutie le pilote au bord des larmes.

Ce qu'il découvre le pétrifie. Voici donc une autre de ces incohérences qui jalonnent son séjour sur les hautes terres. Sa faculté de réfléchir est rudement mise à l'épreuve. Un malaise affligeant emporte son esprit dans un tourbillon rapide. Cisco promène un regard halluciné sur les lieux de l'atterrissage.

Les corps décapités ont disparu! Le sort s'acharne sur lui. Les secours sont venus. À moins que les charognards… *Madre de Dios!*

Désemparé, Cisco se met à genoux et joint les mains. Visage tendu vers le ciel, il implore Celui qu'il néglige depuis si longtemps : l'Être suprême. Une vie familiale heureuse ne prédispose pas à la prière. Pourquoi se tourner vers Dieu lorsque tout va bien?

À présent, ne lui reste plus la moindre chance de quitter ces maudites montagnes. Cisco ne connaît la région qu'à travers les récits d'un adolescent névrosé et quelques dépliants publicitaires trouvés dans la boîte à gants d'un avion préhistorique; un bagage bien léger en vérité pour entreprendre un tel périple. Et son avion qui flambe sans raison. Nahadeh serait revenu sur ses pas durant la première nuit? Irréalisable. Leur bivouac se trouvait au moins à six heures de marche du lieu de l'atterrissage. Malgré lui, Cisco reprend le jeu épuisant des suppositions. Jusque tard dans la nuit, il imagine de la sorte vingt scénarios, tous plus délirants les uns que les autres. Le sommeil l'enlève d'un coup à ces pensées obscures qui ne lui prédisent que souffrances et mort prochaine. À l'aube, il a moins faim, ce qui ne l'étonne pas ; demeuré vide trop longtemps, l'estomac rétrécit. Cisco a connu cela bien souvent durant sa petite enfance, dans la réserve de Big Bend, sur le Rio Grande : le corps mal nourri consomme ses graisses. Cisco a un rire sarcastique. De la graisse, lui, que ses copains de jeunesse surnommaient «la queue de cerise mexicaine», à cause de sa maigreur.

Lorsqu'il estime avoir quelque peu dominé sa lassitude, Cisco fouille l'épave du Norseman. À son vif regret, il n'en subsiste rien d'utilisable. Son dernier espoir s'évanouit. Et ce froid démentiel qui l'agresse de toutes parts. Son corps accablé laisse fuir sa chaleur, s'affaiblissant de minute en minute, si vite. Cisco perd peu à peu ces notions d'espace et de temps, d'ombres et de lumières, qui passent pour être les abstractions nécessaires au maintien de l'âme humaine en un parfait équilibre. En fait, il va mourir, debout, sur cette toundra balayée par un vent démentiel.

Vers le milieu de l'après-midi, Cisco, effaré, réalise à ses empreintes dans la neige, qu'il a fait le tour de l'avion une dizaine de fois. Cisco est las. Il a passé le point où l'être s'apitoie sur lui-même. Ne lui reste qu'une pensée : lutter ! Que ce soit pour sa famille ou son ridicule orgueil, aucune importance. S'il rejette la simple idée d'espérance, le vent, en quelques rafales, en quelques minutes, aura raison de sa vie. Mais sa tête tourne, ses jambes se dérobent... il s'affaisse sur les genoux, sa vue se trouble. Cisco jurerait que la plaine devant lui s'anime. Il y distingue une bande de loups, entend leurs clabaudages, le rire sarcastique de Nahadeh. L'Indienne est à ses côtés. Le délire! Désespérément, Cisco recherche les traits de Dolores dans sa mémoire. Il est impuissant à les reconstituer. Bêtise! Il va périr, loin de sa terre natale, et ne parvient même plus à retrouver le souvenir des siens. À la place, le visage de Nahadeh s'impose à sa conscience, l'obscurcit, lui volant son ultime dialogue avec sa famille. *Indio maldito!*

À la lisière du bois, la meute de loups évolue devant ses yeux fiévreux, entrant et sortant des zones d'ombre, pareils à des branches agitées par le vent qui disperseraient la lumière. Nahadeh, souriant, les dirige de la voix et du geste dans ce qui ressemble fort à une parade de cirque bien orchestrée. L'Indienne, debout sur une souche, les bras tendus vers le ciel, est en imploration fervente… D'un seul coup, tout disparaît. Folie que cela!

Cisco rit à gorge déployée… Mais le rire n'éclate que dans sa tête. Il connaît bien les symptômes préliminaires de ce qui se prépare. Tous les ingrédients nécessaires se réunissaient, mettaient en place la satanée crise. Le paludisme. Un mal des tropiques par moins 60. Presque comique. Et le maudit virus qui lui balance ses fantômes en pleine figure. Bah! durant ces instants au moins, hors de la réalité, le corps se fabrique une chaleur factice. L'enfer. Jusqu'à ce que…

Avec au fond des yeux le sourire d'une Indienne ravissante, le pilote sombre dans l'inconscience.

La tiédeur du soleil le réveille. Il s'étonne d'être toujours en vie. Dans le froid arctique, un corps fatigué meurt en cinq minutes, dit-on. Il ne fait donc pas assez froid. Ironie. Sa faiblesse générale l'immobilise au sol. Par manque d'habitude, ne sachant sur le moment quel dieu implorer, il se tourne vers sa famille. Pour eux, il

151

lui faut contrecarrer les projets obscurs de la mort. S'aidant d'une tige de métal traînant près de lui, utilisant ses dernières forces, Cisco parvient à se lever. La faim, intolérable, le met au supplice. Alors, il s'enfonce dans la bouche tout ce qu'il trouve de mangeable : des écorces au goût âcre, de l'herbe gluante conservée sous la neige, et enfin, avec à peine un geste de répulsion, une poignée de crottes de lapins, «fraîches du jour». Il en a connu de belles durant sa guerre, mais là, il se surpasse. Voilà que lui, le gourmet qui trouvait trop grasses les paellas de Dolores, il se met aux «légumes d'intestins», ainsi qu'il baptise, «*estos excrementos de coneros de campo*», les excréments de lapins. Ah! s'il était donné à sa chère épouse l'occasion de l'admirer dans sa nouvelle fonction de dégustateur de crottes campagnardes... elle aurait de quoi se gausser de lui durant les vingt prochaines années.

Son esprit vagabonde. Lui vient l'humour. Heureux procédé qui permet de mieux admettre certaines déplaisantes réalités de la vie : se moquer de soi-même. Il se voit, distingué maître-queue, goûtant sa «friandise nordique», dans un taste-vin d'argent.

Un vent léger, presque tiède, lui caresse le visage. Cisco se sent mieux. «Varier son menu est salutaire», se moque-t-il à nouveau. S'appuyant sur sa canne improvisée, il refait le tour du Norseman. Tantôt, il a pu négliger un détail? La brise lui met aux narines une odeur douceâtre. Quelques pas dans les buissons écrasés sous la neige et il découvre la source de la pestilence : une carcasse de cerf pourrie. Il ne se souvient pas l'y avoir vue plus tôt. Qu'importe.

Il hésite peu. Cette viande décomposée représente la vie – sa vie. Il se penche sur l'ignoble nourriture, mange. Son estomac se contracte. Un vertige le jette au sol. Une douleur violente le convulse. Respirer lui devient pénible :

— *Dios ! Lastima.* Pitié. Je dois me calmer.

Mais la chose est ardue. Le cerveau semble oublier que le processus de la respiration est un acte naturel, automatique. Cisco a l'impression d'être en train de mourir. L'affolement le gagne :

— *Por favor, Santa Maria, no ! Quiero vivir.*

Des spasmes le secouent, le laissent nauséeux, au bord de la syncope. Sous son crâne oppressé éclate un mal fulgurant. Il vomit la viande avariée, s'étouffe. Son cœur s'emballe. Cisco hurle comme une bête prise au piège. Il perd une nouvelle fois conscience.

CHAPITRE 14

Cisco se réveille subitement, la respiration bloquée. Un poids l'écrase. Une puissante exhalaison le fait grimacer ; celle d'un fauve ? Il ouvre les yeux. Vision d'épouvante ! Une gueule béante est posée sur son visage, visqueuse de bave. Et là, tout près... des crocs blancs, une langue rouge ! Un hurlement démentiel monte de son ventre ; il ne passe pas sa bouche, faute d'énergie. C'est fini. Le monstre fléchit sa tête, la tient sur le côté... Seigneur, un ourson ! Appuyé sur sa poitrine, la petite bête regarde le pilote, reniflant et clignant des yeux, s'apprêtant pour le jeu habituel. Nahadeh se tient derrière. Il remue vigoureusement le pilote du bout de son pied.

— Notre gentil Mexicanos a pas les boyaux bien accrochés, on dirait. Quelques jours au pays et le voilà changé en *See-Dung-Mah-Toh*. Tiens, voilà ton nom indien Cisco : *See-Dung-Mah-Toh*, «Merde d'ours».

Cisco plisse les yeux, rote ; un relent de viande pourrie lui emplit la bouche. Il tousse à s'en faire saigner la gorge.

— À tes souhaits, rigole le colosse. T'as bien mangé ?

155

Cisco retient ses insultes et les mots de joie qui se mêlent sur ses lèvres à la vue de Nahadeh. Jamais encore il n'a éprouvé un tel plaisir de revoir quelqu'un. L'Indien se penche, tapote sa joue :

— Milord apprécie pas l'cerf faisandé?

— Pauvre débile!

— Trois jours de plus et t'aurais tout avalé. J'ai pas eu la patience. Tu m'as fait perdre assez de temps.

— Tu m'suivais depuis le début?

— Une piste d'éléphant, avoue.

— Ça t'plaisait?

Nahadeh lâche un grand rire :

— Sûr que j'rigolais.

— Riche expérience.

— C'est toi qui parles de riche expérience, toi le p'tit merdeux élevé au filet mignon, qui vient de s'envoyer une ordure que toucherait même pas un ours au printemps?

Cisco aimerait pouvoir crier son mépris et sa rage. Les forces lui manquent. Le sang frappe ses tempes à coups redoublés. Deux sentiments contradictoires perturbent Cisco. Il a envie d'appeler Nahadeh son frère et, en même temps, de lui envoyer son poing en plein visage :

— Tu vois, «Merde-d'Ours», t'es pris avec moi.

— On va me rechercher.

— M'étonnerait.

— J'te dis qu'ils...

Le sourire malicieux de Nahadeh affole Cisco :

— Qu'est-ce que t'as manigancé, dis?

— Tu as divagué deux jours, mon vieux. Un vrai délire tropical. Tes copains se sont posés à cent mètres d'ici, y'a pas deux heures. Pourquoi ils reviendraient puisqu'ils ont trouvé sept corps carbonisés dans l'avion? Ils ont embarqué les restes. Il a suffi de quelques poignées d'os empruntés dans un cimetière indien…

— T'as creusé deux mètres de terre gelée? Laisse-moi rire.

— Certaines tribus exposent leurs morts sur des plates-formes. J'ai eu qu'à gratter la neige et choisir.

— T'as aucune morale, salaud!

— Ça, tu me l'as déjà dit. Bon, suffit les papotages. J'ai fait du feu là-bas, viens bouffer un morceau et on file.

— J'imagine que t'as pas osé mettre les vraies dépouilles de mes compagnons dans ton feu de joie à cause des têtes manquantes!

Nahadeh hausse les épaules. Il a menti, et alors? Les coyotes, les ours sortant de leur sommeil hivernal, et d'autres prédateurs n'avaient rien laissé des cadavres. L'Indien n'éprouve pas le besoin d'entrer dans ces détails.

Cisco lui lance un regard haineux. Sa dernière possibilité de fuite s'évanouissait. Sous ses paupières baissées, ses yeux le brûlent, couverts de larmes : larmes du désespoir mêlées au plaisir d'être vivant. À présent, le voici totalement sous l'emprise de l'Indien. Son cœur prend un rythme plus lent, comme apaisé d'apprendre la vérité, aussi déplaisante soit-elle. Cisco se lève péniblement et suit son compagnon d'une allure vacillante. Le bivouac est installé à proximité, à l'abri du vent, au milieu d'une dizaine de pins blancs. Nahadeh tend à son compagnon une poignée de pemmican, des lanières de viande séchée à la mode indienne. Cisco refuse. La nausée le reprend. Il se met à parler, vite, dit un peu n'importe quoi, au seul profit, dirait-on, de divertir Nahadeh :

— Quand t'as trop faim, l'estomac prend des vacances, l'informe Nahadeh. Bois au moins du café.

Le pilote en ingurgite une pleine potée, sucré à la mélasse. Soudain, Cisco est agité de frissons. La fièvre orientale obscurcit sa faculté de raisonner, déformant la réalité de son environnement. Encore ses hallucinations. Il voit un ennemi agenouillé devant lui, le dos tourné. Coup de folie! Cisco imagine l'action fulgurante qui sauvera sa vie. La carabine de Nahadeh est appuyée contre une souche, à trois pas. Ça y est! L'arme est entre les mains de Cisco — des mains fermes, en dépit de son état. Toute son énergie se cristallise sur ce geste unique. Le levier d'armement est abaissé, silencieusement actionné. Voilà! Son doigt caresse la queue de détente. Une fraction de seconde, l'adversaire sera hors de combat, et lui, enfin libre. Dans sa position, Nahadeh ne remarque pas son manège. Il couche sur les braises une tranche de viande assaisonnée aux herbes de forêt. Sans se retourner, le colosse émet un petit rire distrait.

— T'as peur d'appuyer, Cisco, ou t'as égaré le mode d'emploi? fait-il doucement par-dessus son épaule. J'oubliais, t'étais docteur. T'es donc pas un géant dans le maniement des armes. En un sens, les gens comme nous sont faits pour travailler en équipe. Au combat, tu soignes ceux que j'ai descendus, afin qu'ils aillent se faire tuer plus loin, en bonne santé. Drôle, non?

Nahadeh se lève. D'un geste décidé, il arrache l'arme des mains de Cisco :

— *Indecente, puerco!* s'exclame le pilote à qui l'incroyable scène a fait retrouver sa maîtrise de soi habituelle.

— T'as l'monologue peu imaginatif, mon p'tit père.

Nahadeh appuie l'arme sur la poitrine de Cisco et presse la détente. Un cliquetis métallique infime se fait entendre. L'Indien éclate de rire :

— Tu m'croyais si stupide, après ta p'tite escapade ?

— Voyez la légendaire témérité indienne ! D'la foutaise, ouais ! jette méchamment Cisco.

L'œil farouche, Nahadeh lui redonne la carabine, sort des munitions de sa poche, les tend au pilote.

— Vas-y, étonne-moi.

Cisco se force à rire :

— *Basura!* Tu l'sais que j'ai besoin d'toi, pas vrai ?

— Exact. Allez, mange un morceau et en route !

Cisco n'a plus l'énergie de se chamailler avec son étrange compagnon. Il s'adosse à un jeune pin. Le choc léger contre le tronc fait dégringoler dans son cou la neige accumulée sur les branches basses. Une brume froide l'environne. Il ferme les yeux, son esprit s'engourdit aussitôt, à la limite de la somnolence. Dans sa tête retentissent des cris d'enfants, un rire féminin, celui de sa femme. Il laisse filtrer un soupir discret entre ses dents serrées. Dolores reprenait sa place d'épouse, usurpée par une petite Indienne sortie tout droit d'un conte extravagant. Pourtant Cisco se lève, la bouche tordue par la colère.

— *Por la Madona, hijo de puta de bandido maldito!* Arrête de m'parler comme si j'étais ton domestique. J'veux du respect, compris ?

Il disait de la sorte sa lassitude, son désarroi aussi, avec des insultes vigoureuses et le nom de la Vierge insolemment mêlés.

— Vous les étrangers, on peut dire que vous fichez la merde partout où vous passez. Je connais que deux Blancs dans cette région, toi et un idiot qui vient ici abattre des loups simplement pour me faire enrager. Ah, si je le tenais celui-là! Tu dois même le connaître, il est client de Northern Air Traffic. Un certain Mickael Jay-Chêne.

— Ouais! j'l'ai déjà pris en course. Il tire bien. Que des loups! Mais moi, j'ai jamais tiré sur…

— Cisco, t'es un bon gars, mais tu me casses les pieds, lâche Nahadeh avec un sourire malin. Tu vois, ce qu'il me faudrait vraiment en ce moment, c'est pas un copain, même s'il est magnifique… comme toi, hum! C'est d'une femme dont j'ai vraiment envie, une femme jolie, intelligente, travailleuse, modeste et courageuse.

Cisco se met à rire de bon cœur.

— Hé bien! toi au moins, t'es pas difficile.

— Ouais, et je suis certain que quelque part dans la région il y en a une comme ça, exactement comme je la veux…

— T'as pas oublié la couleur de ses yeux?

Nahadeh hoche la tête d'un air entendu.

— Bleus, évidemment.

Ainsi vont les choses…

CHAPITRE 15

Trois jours plus tard, les deux hommes arrivent à la cabane de Nahadeh. Une surprise de taille y attend Cisco. Sur une étagère, entre une boîte de cartouches et un pot de «café des forêts» — simples graines sauvages torréfiées — il découvre un troublant mélange de livres : Kent, Spencer, deux albums en anglais d'Astérix le Gaulois, et plus surprenant, un téléviseur.

— Ça alors. Et tu fais quoi avec ce machin ? s'enquiert le pilote.

— Devine !

— Elle marche ?

— Appelle-la.

— Zut ! Elle «fonctionne» ?

— Un charme.

— Car bien entendu, à mille mètres d'altitude, t'as l'électricité ?

— Gros comique, j'ai une génératrice.

— On pourrait la regarder ?

— La génératrice ?

— Hé ! Bozo l'clown, c'est pas ton cousin ?

— Installe-toi, j'envoie la sauce.

Cisco est survolté comme un enfant. Il va avoir des nouvelles de la civilisation. Nahadeh revient en traînant un fil qu'il branche à l'arrière du poste. L'écran grésille. L'image apparaît, floue. Cisco jure, la règle en riant.

— Ça y est, impeccable ! s'exclame-t-il. Tu parles d'une netteté ! Je l'avais pas si belle chez moi.

— Tu veux que…

— On tourne ! Hé ! Les nouvelles nationales. Et s'ils parlaient de moi ? J'oubliais. Ton micmac dans le cimetière indien…

La présentatrice Chirlaine Gramhass discourt comme à son habitude, inefficace et volubile, sur une guerre en Afrique, puis il y a la visite d'un ministre australien en France, un accident d'avion en Russie.

— La civilisation. Ça fait du bien ! applaudit le pilote. Incroyable, mais on dirait que la grosse Chirlaine a maigri… même qu'elle fait plus jeune. La bêtise, ça conserve !

Sur l'écran gris, les images de l'autre monde se succèdent, enthousiasmantes, magnifiques.

— Nahadeh ! Ce truc… Je m'en souviens. J'étais là quand c'est arrivé… douze morts. Et cette histoire… mais non, la grosse Gramhass pédale dans l'beurre d'arachide. Les journaux annonçaient neuf blessés, pas trois disparus. Elle est plutôt ridicule, cette fille !

Nahadeh ne suit pas le monologue de son compagnon. L'exaltation de Cisco suffit à son propre divertissement. Flegmatique, il sculpte une crosse de carabine dans un bloc de cèdre. Il doit faire de louables efforts afin de ne pas rire à gorge déployée, certes pas pour se moquer des réactions puériles de Cisco, mais au nom du simple plaisir. Nahadeh se réjouit tout simplement de sa nouvelle vie qui s'ébauche avec son ami.

Des scènes de guerre en Asie occidentale font crier Cisco d'excitation.

– Ho! Vise un peu, notre guerre. La satanée histoire, s'insurge Cisco.

– Tu t'y es engagé, il me semble?

– Toi aussi.

– Et j'le regrette chaque jour, murmure l'Indien. Les pays riches écrasent de pauvres gars qui se défendent au lance-pierres, montés sur des ânes, et les médias présentent les massacres comme de grandes réussites. Beau la démocratie.

– Là, tu pousses. L'Amérique essaie honnêtement de préserver la paix dans le monde entier. Regarde Israël.

– Quel bel exemple : en Iraq, j'avais deux bons copains. Un Arabe et un Juif justement. Inséparables, les types. Tous les matins, juste après le lever des couleurs, à la seconde où le drapeau atteignait le bout du mât, les deux gars avaient pris l'habitude de gueuler… «Allez vous faire voir les racistes. Nous, on est frères.» C'était devenu une coutume qu'on prenait tous très au sérieux. Un matin, on ne les a pas entendus. Ils s'étaient fait descendre. L'Arabe avait été blessé en terrain découvert. Presque rien. Une balle dans le mollet. Le Juif est allé le chercher. Ils y sont restés ensemble. À partir de ce jour, après le drapeau, il se trouvait toujours quelqu'un parmi nous pour crier un truc du même genre. «Les racistes, allez vous faire voir!» Aucun journaliste n'en a parlé. C'était trop beau.

– Dans ta bouche, on dirait que la guerre est voulue.

– Certain. Faut occuper les chômeurs, les journalistes, et permettre au président d'écrire son nom dans les livres d'histoire. Tu savais que Franklin Roosevelt connaissait des semaines à l'avance l'attaque japonaise en préparation sur Pearl Harbour ? Mais monsieur voulait qu'éclate la colère du peuple. Il a donc laissé faire. Ouais, l'armée est une sacrée stupidité ! Tiens, un bel exemple, Cisco. Comment vous appeliez vos femmes officiers ?

Cisco comprend où son ami veut en venir. Il se trouble :

— On dit… enfin, tu sais.

— Ouais ! On s'adresse à la dame avec un « *Sir, yes Sir !* » Monsieur, oui Monsieur ! Mais tu te rends compte ? Appeler monsieur une femme officier ! La raison de cette ineptie ? Humilier les filles, leur faire comprendre qu'elles ne seront jamais de véritables chefs.

— T'arrives à quoi là ?

— L'armée rabaisse les humains, rien d'autre.

Cisco n'en revient pas. Nahadeh avait sûrement abattu des dizaines de rebelles moudjahidines avec son commando et il se permettait de critiquer l'armée américaine en ces termes infamants.

Cisco aimerait répondre, mais la présentatrice commente un fait qui l'intéresse.

— Nahadeh, mon hôpital ! Tiens, le commandant Picard. Je l'ai eu comme patron. Il vieillit pas. Dire que j'étais là ! Quoi, les troupes ne sont pas entrées à Bagdad ? Elle débloque cette Gramhass. On a l'impression qu'elle parle de la guerre du Koweït, en 1991. Imbécile ! crie-t-il au poste de télévision. J'le sais bien, j'étais caserné à Samarra, sur le Tigre, nom de nom !

Nahadeh travaille son bois sans cesser de sourire. Apparaît l'image d'un petit homme obèse, arborant une queue de cheval au sommet du crâne. Il est entouré d'animaux sauvages.

— Nahadeh, s'exclame Cisco, voilà un bonhomme que tu vas adorer. Il protège les loups dans une réserve du Québec. Les journaux l'appellent le Seigneur des Loups. Viens voir.

— Je l'connais. C'est Gros-Ventre-à-Bières, son nom indien. Trappeur pendant trente ans, recyclé dans le sauvetage des animaux. Le tueur en série qui se fait pasteur. Alléluia! Ce fumier, pour payer sa bière, massacrait plus de 300 bêtes par saison de chasse. Si tu comptes deux litres de sang par animal, tu arrives en trente ans de massacres à 18 000 litres de sang versés pour un martyre de 9 000 bêtes à fourrure. C'est le «Saigneur des animaux» avec un A, celui qui saigne, qu'il faut appeler le maudit chien. Aujourd'hui, ce pourri a le Club animalier le plus populaire du Canada. Ils ont fait un héros de ce stupide primitif qui signe son nom avec une croix et tue cent renards par an juste pour se saouler la gueule! Pis regarde son p'tit chignon de fille...

— Hé! Toi aussi, t'as les cheveux longs.

— Chez nous, c'est un ornement guerrier. Plus les cheveux sont longs, plus l'homme est vieux, donc sage.

Le début d'un combat de boxe met fin à la discussion.

Sur le petit écran bleuté, le champion du monde des poids moyens, Carter Bronx, affronte le géant suédois Jahnsberg. Cisco est euphorique.

— Incroyable! Un combat revanche. Bronx a déjà battu l'autre, il y a... zut, au moins dix ans. Ces types!... Ils vieillissent pas. Le sport conserve, mon gars.

Cisco suit le combat avec une jubilation croissante. Pour le champion du monde, la fin approche. Il est à bout de souffle; la lutte devient critique, haletante. Cisco est en transe. Il hurle, se lamente, encourage son favori, se fâche, avec les pires mots… lorsque soudain, au début de la huitième reprise, l'image disparaît…

— Diable! se lamente Cisco. Gars, fais quelque chose, vite!

L'Indien quitte la cabane avec une mimique moqueuse que Cisco ne voit pas, trop absorbé par son match interrompu. Cisco reste cinq minutes devant l'écran vide du récepteur avant de sortir, exaspéré par la lenteur que met son compagnon à régler le problème. Il trouve Nahadeh derrière la cabane en train de fixer des courroies sur un traîneau à chiens.

— Bah!… Et mon image?

Nahadeh hausse les épaules.

— Rien d'alarmant, ça lui arrive parfois. Tu peux arranger ça toi-même. Regarde dans la boîte, sous la télé…

Cisco se précipite, farfouille un instant. Un cri jaillit de sa gorge, suivi d'un chapelet de jurons. Il hurle son dépit, mais aussi sa frustration de s'être ainsi laissé abuser. Sous le poste de télévision, il vient en effet de découvrir un lecteur de cassette-vidéo en train de se rembobiner automatiquement. Il éjecte la cassette. Dessus, une date : 1991, et un titre, la guerre du Golfe. Il refait passer le début. Les mêmes images défilent. Il en tremble de rage. Cisco sort à grands pas, se plante devant Nahadeh.

— Vas-y, je t'écoute, articule paisiblement l'Indien.

— T'as bien rigolé au moins?

— Avoue que c'est drôle. Tu as toi-même reconnu les incidents. «J'y étais! J'y étais! J'ai vu ça, pis ça…» Ils montraient le Koweït, mais tu voyais l'Iraq. T'as décrit des scènes, des lieux. Les erreurs ridicules de Gramhass t'étonnaient à peine.

— Ça rime à quoi, cette comédie?

— Les nouvelles, c'est du baratin touristique, de l'attrape-nigaud. Toujours les mêmes, chaque jour, d'une année à l'autre... La Corée, l'Algérie, des petits pays à l'âge de la pierre contre des bombes atomiques. Palestine, Israël, Liban, Iran, Sierra Leone, Gabon, Rwanda et Katanga... Autant de massacres. Des petits que les gros écrabouillent en braillant qu'ils sont des dieux. Toujours les mêmes qui se font casser la gueule sur leurs chameaux et leurs vélos rouillés pour la gloire mesquine des présidents en place. Les pauvres crèvent et les riches s'enrichissent. Quant aux nouvelles, elles sont fabriquées au goût du jour.

Cisco soupire, convaincu par la justesse de l'argument.

— Bref, t'as copié 25 minutes de souvenirs d'une autre époque.

— Et j'en ai pour la vie. Un dinosaure sera toujours un dinosaure.

Les deux hommes éclatent de rire.

CHAPITRE 16

Une minuscule cabane dans un creux de la Vallée des Ombres. C'est la nuit. La tempête hurle. Bête d'apocalypse ! Toute la fureur de l'hiver s'est rassemblée en ce coin du monde. Les murs de rondins du logis, calfeutrés de mousse et de boue, craquent sous la morsure d'un froid venu de l'Arctique, par vallées et canyons, jusqu'au pied des monts Mackenzie.

La neige tombe depuis deux jours, enfouissant la petite demeure sous une carapace arrondie. Excroissance immaculée lui donnant l'apparence d'une bête endormie sous la neige. La cheminée rouillée, épine brune fichée dans le flanc pentu du mont Sunblood, tranche sur le velouté de la neige, pareille à la queue de l'hermine qui reste noire en hiver.

Solitude dans le grand silence nordique…

En forêt jaillit le cri d'un coyote. Dans l'obscurité de la cabane, quelqu'un s'agite. Bruissement des rameaux de pins garnissant une couche, un bâillement, une toux sèche réprimée derrière le poing. Quelqu'un se réveille.

On bat le briquet. La flamme vacillante d'une *koolik* – petite lampe inuite – fait sortir de la nuit le visage d'une jeune Indienne. Elle foule la neige de son dix-septième hiver. Elle se nomme Tahiné.

– Dieu du ciel, pourquoi ne me donnes-tu jamais une journée de vrai repos? implore-t-elle d'un murmure, en plissant le nez sur sa couverture d'un air dégoûté.

Tissée avec la laine des chiens malamutes qui tirent le traîneau familial, la couverture est confortable comme une fourrure d'écureuil, mais quelle puanteur! S'ajoute à l'atmosphère lourde de la cabane le relent âcre des peaux de bêtes saignantes qui pendent un peu partout. Ce mélange d'effluves parfois intolérables met la nausée au cœur de Tahiné. Le dégoût s'accroche à elle nuit et jour. Sa famille estime que cela fait partie du quotidien, d'un mode de vie. L'Indien ordinaire ne discerne pas les odeurs puissantes stagnant en son logis. On ne s'étonne pas du soleil levant. Pourquoi alors cette jeune fille remarque-t-elle les odeurs déplaisantes jaillissant de chaque recoin de sa demeure? Tahiné n'est pas semblable aux autres, du moins, elle ne l'est plus. Elle a changé. On peut subir des contraintes une vie durant sans pour autant se complaire en leur compagnie. Il est vrai que sa vive intelligence ne l'aide guère à l'acceptation aveugle des choses. Tahiné sait finement analyser son monde nordique. Elle apprécie, l'été, les parfums de forêt, sucrés et doux comme les fruits sauvages; elle aime les multiples fragrances d'arbres et d'épices qui enivrent et font chavirer la tête de plaisir. Tahiné apprécie semblablement l'arôme discret du cèdre ployé sous sa blanche parure d'hiver, et toutes les senteurs mêlées de fleurs, d'herbes, de bois et de bêtes qui imprègnent le vent. Ses parents n'ont plus de temps à consacrer à ces détails. Ils amassent des biens matériels, objets souvent inutiles que fabriquent les Blancs.

Misère. Les gens de son peuple s'éloignent de la nature, des vraies valeurs de l'existence. Son père, par exemple, porte des pantalons et une chemise manufacturés. Et voilà qu'il s'est mis en tête d'acquérir un fusil de chasse. Il le paiera avec la vie de dizaines d'animaux, non pour la viande qui réchauffe le sang des familles, mais simplement pour les peaux. Le fusil acheté, il continuera son massacre dans le seul but de garnir la maudite arme de munitions. Des vies de bêtes paieront les balles qui tueront d'autres bêtes, sans aucun résultat positif. Cela n'a aucun sens. Un cercle sans fin, cruel, inutile...

C'est comme user ses mocassins sur une longue piste dans le but d'aller acheter une autre paire de chaussures. Ainsi la mère de Tahiné possède-t-elle un de ces chemisiers que fabriquent les machines et qui se déchire rien qu'en le mettant. Par contre, le rude vêtement indien dont on a mâché le cuir à la veillée, il durera une vie entière, sans un accroc. Sa mère, toujours avide de nouveautés, après un séjour dans une réserve moderne pourvue d'une télévision communautaire, ne jure plus que par les pots et casseroles des Blancs. En réalité, ils affadissent les aliments.

Ces colifichets laissent Tahiné indifférente, elle qui conserve l'écuelle en bois de son grand-père et sa belle spatule arrondie, taillées dans une racine de chêne.

D'un bond, la jeune fille rejette sa couverture. Le froid est plus rapide. Il saisit son corps nu qu'un reste de pénombre habille du reflet rosé né de la lampe à huile. Elle pousse un léger cri au contact du sol de terre battue. Malgré le bourrelet d'herbes tressées appliqué au bas de la porte, un souffle d'air glacial fait entrer l'hiver dans les moindres encoignures du logis, enveloppant l'adolescente des jambes à la taille. Elle a, chaque matin, la même réaction d'impatience. Dans la pénombre, le froissement de la peau de bête qu'elle enfile, des mocassins au cuir raidi qui craquent…

La journée va bientôt commencer. Au creux de la lampe, la flamme s'empare avec peine de la mèche prise dans la graisse de caribou figée. Elle s'anime, prend de l'ampleur, grésille, mettant en évidence les formes délicates de la jeune fille. La flamme se contorsionne ; d'un caprice, elle sculpte les ombres, dépose une clarté orangée sur les traits de Tahiné. Le vétuste intérieur émerge de l'obscurité, un décor fait de bois et de peaux raides de sang coagulé. Entassés devant la réserve de bûches, des contenants de plastique jaune forment une tache claire.

Au fond du logis, les parents de Tahiné s'agitent sur leur paillasse. Ils dorment, la tête sous les fourrures, à la manière des Inuits du Grand Nord. Au moins cinq centimètres de glace sont collés sur le parchemin en intestin de caribou tendu au cadre de la fenêtre en guise de vitre. Le poêle à bois ne chauffe que l'air environnant. La famille au complet dort autour. La jeune fille promène un regard las sur les objets familiers. Dans l'ombre, un bruit infime lui met un sourire aux lèvres. Un peu partout se font entendre craquements et criaillements aigus. Une petite colonie de rongeurs a élu domicile dans la réserve à bois. La nuit, ils se promènent dans la cabane. Tahiné les devine, trottinant en tous sens, se disputant la possession d'une miette de nourriture. De temps à autre, elle voit briller les lucioles de leurs yeux jaunes. Sa mère les déteste. Elle les chasse à outrance, souvent avec succès. Ces jours chanceux, les repas s'agrémentent de «croustillantes gâteries qui fondent dans la bouche», précise la vieille d'un air chafouin.

Tahiné a une moue désenchantée. Durant son enfance, il n'y avait pas tant de rats dans la vallée. Depuis que le gouvernement a mis les loups et les coyotes hors-la-loi, les éliminant par tous les moyens, la vermine pullule. Pire, en l'absence de ces prédateurs, les troupeaux de caribous, affaiblis, donnent une viande bourrée de parasites. Sans prédateurs, la faune nordique se trouve en plein déséquilibre. Avant, l'homme tuait la bête avec respect. À présent, il collectionne des têtes, des griffes. Même l'Indien s'est mis à la fourrure. Le profit! Chez elle, on ne voit quasiment que des fourrures de renards, de coyotes et de loups à sécher. Des larmes glissent sur les yeux de la jeune fille – des yeux clairs, d'un bleu limpide, presque mauve. Tahiné est la seule dans sa communauté à posséder cette particularité physique. Elle n'a en fait jamais rencontré «d'autres yeux bleus indiens» de sa vie. À ce sujet, Hi-Taa-Hou, vieux bavard, âgé, dit-on, de cent neuf saisons d'hiver, colporte d'étranges histoires sur le métissage de ses ancêtres. D'après lui, la lignée de Tahiné aurait compté, au milieu du 19e siècle, un prêtre irlandais établi à Nahanni avec ses deux sœurs. L'homme et la plus jeune des filles auraient succombé sous les crocs d'un ours; l'autre serait devenue la compagne du métis Louis Riel, fondateur de la province de Saskatchewan. Riel désirait en faire le territoire exclusif des Métis indiens du Canada. L'enfant née de leur union, une fille, serait à l'origine de l'énigmatique légende de la vallée maudite. Riel combattit farouchement les Anglais à la tête des Métis en révolte. Il fut vaincu en 1885 et, par une glaciale matinée de novembre, jour même des dix-huit ans de la jeune fille, Louis Riel, guerrier visionnaire, héros de sa nation, mourait en martyr. Hi-Taa-Hou affirme qu'une heure avant d'être pendu, Riel aurait dit à sa fille : «Aime la terre ancestrale, aide notre malheureux peuple, protège la faune».

La légende serait née de cette manière. La jeune fille se maria la même année avec un chef iroquois dont elle eut un enfant. La mère mourut deux ans plus tard, au cours d'une rébellion avortée contre les troupes anglaises, son esprit devenant «Celle-d'en-Haut». Toujours, d'après le vieil Indien, Tahiné serait sa descendante directe. Attendrissante imagination de vieillard. Mais Tahiné ne prêtera pas l'oreille à ces divagations. Les siens, métissés? Voyons! Ses arrière-grands-parents étaient de pure race Tolowa et Tlingit, des tribus membres de la grande famille athapascane de la côte pacifique canadienne. Sa mère est Lakota et son père Iroquois. Tahiné est venue au monde à la vraie façon indienne, en plein bois d'épinettes, alors que sa mère nomadisait sur les hautes terres dans le sillage d'une migration de caribous. La vieille lui a souvent relaté l'événement, sublime et néanmoins si banalement perçu par son père. Ce jour-là, sentant venir sa délivrance, la femme s'était éloignée du bivouac où se tenaient les hommes qui se contaient leurs exploits de chasse et les guerres des Anciens. Elle s'en alla donner la vie, seule, à la manière traditionnelle. Nahadok s'était agenouillée entre deux jeunes sapins proches l'un de l'autre, puis elle avait entassé de la mousse entre ses cuisses écartées. Là, le buste droit, s'agrippant des deux mains au tronc des arbustes, les dents serrées sur un morceau de bois, elle avait cambré le corps et, presque sans effort, poussé l'enfant hors de ses entrailles. Il s'était posé doucement sur la couche moelleuse qu'elle lui avait préparée. L'Esprit-Enfant, né à la manière des girafons, s'était mêlé à la Terre-Mère. La femme avait mis au nourrisson une couche en «mousse de caribou» – appelée ainsi car elle est la nourriture préférée de ces animaux – puis l'avait enveloppé dans une couverture en peaux de lapins. À vingt pas de là, un couple de vieux loups et leurs trois petits avaient observé la scène. C'était un signe. La fillette se nommerait Tahiné-Petite-Louve, l'animal devenant son fétiche. Dans les veines de Tahiné court le sang des Indiens de Nahanni, aucun doute là-dessus. Pourtant, jolie fille à la chevelure claire, elle possède plusieurs caractéristiques aisément applicables à quelque beauté scandinave. Tahiné songe à sa naissance avec un frisson de plaisir et de curiosité mêlés. L'accouchement indien est si beau!

Soudain, Tahiné a un mouvement répulsif de tout le corps. Une vision d'horreur lui agrandit les yeux. Elle vient d'évoquer l'arrière-grand-mère de son père, mariée à un chasseur inuit de l'île de Baffin, qu'en signe de dérision, leurs anciens ennemis, les indiens Kristineaux – les Cris – nommaient Eskimo, «ceux qui mangent de la viande crue».

L'aïeule de Tahiné avait eu l'infortune d'accoucher d'une fille en hiver, durant une mauvaise saison de chasse. Son époux, obéissant à une impitoyable loi nordique, avait étouffé l'enfant sous une fourrure: en période de famine, les chiens inuits ont plus d'importance que les filles, ce qui fut bientôt confirmé.

À peine «l'enfant sans utilité» enfoui sous la neige, l'homme avait préparé une litière devant le feu où une de ses chiennes allait mettre confortablement ses petits au monde.

Méditer sur l'existence terrible des femmes de certains peuples indispose Tahiné. C'est l'aube. Elle est déjà si fatiguée. A-t-elle jamais rêvassé dans la chaleur de ses couvertures jusqu'au lever du jour? Quelle vie!

Le soleil rosit à peine la toundra que déjà Tahiné s'active à l'ouvrage. Devant elle, un tas de peaux à préparer. Une autre journée sans sortir. Et la saison de chasse qui s'annonce sans précédent. La cabane se remplit de fourrures à un rythme effarant. Tahiné et sa mère ont peine à suivre la cadence de travail. Abrutissant travail de la femme. En plus des habituels travaux ménagers — cuisine, confection des vêtements, entretien de la cabane, soins aux animaux — elle doit «triballer» le cuir à l'aide d'une baguette, le frappant sans relâche, au point de ne plus sentir les muscles de ses épaules. Ensuite, elle le mâche, l'imprègne de salive, lui donnant la souplesse et la forme désirées. La magnifique dentition de Tahiné sera un jour usée jusqu'aux gencives, pareille à celle de sa mère. Viendra le tannage. Tahiné frottera la peau d'un mélange infect de cervelle, de foie et d'urine de caribou, qui brûle les mains, y creuse de sanglants sillons. Dire que certaines vieilles peuplades du Sud y ajoutaient de l'urine et des excréments humains! Tâches éreintantes, jamais complimentées, auxquelles se plie la femme aborigène depuis des millénaires. C'est son devoir. La société tribale ne lui laisse aucun droit de choisir. Au début du siècle dernier, l'homme pouvait la vendre, l'échanger contre un fusil ou même la tuer, si elle se montrait incapable de procréer. Tahiné doit se soumettre, au père, puis un jour au mari, chacun ayant le pouvoir de la battre. L'Indienne est ainsi formée à ce rôle unique: servir l'homme. Femme nordique rabaissée, humiliée dès son plus jeune âge, isolée dans ses montagnes et ne sachant ni lire ni écrire, elle ignore tout des changements sociaux qui la favorisent. Tahiné ne foulerait la terre que pour y mener cette morne vie? Cela ne peut pas être. Tahiné sait des choses. L'été dernier, chez sa cousine Wash-Teh, «La Jolie», elle a rencontré Rah-Noo, un vieil homme d'origine Nootka, petite nation de la côte ouest canadienne. L'homme a vécu dix-sept ans parmi les Blancs. Il connaît d'étranges récits sur leur monde. Son retour dans la vallée marquait un grand événement; il fut suivi d'un écho de montagne fusant des quatre horizons.

«RAH-NOO est au pays! Raaaaah......Nooooo...»

Rah-Noo, l'enfant des Hautes-Terres, était revenu, l'esprit tout imprégné de la merveilleuse incohérence des grandes cités. Il contait des anecdotes divertissantes, des histoires captivantes. Il parlait avec tant d'assurance de l'incompréhensible manière de vivre de l'homme blanc. Rah-Noo avait rapidement gagné en popularité, dans la vallée tout d'abord, puis parmi l'ensemble des clans de la montagne, et bientôt, jusqu'aux farouches tribus inuites de la mer de Beaufort. Comment d'ailleurs rester insensible à ce vieillard magnifique, résister à son regard débordant de gentillesse? L'attrait qu'il exerçait sur ses visiteurs s'était vite transformé en fascination. Il était si proche de la Terre-Mère, du Grand-Esprit et des hommes. On pouvait l'apercevoir chaque jour agenouillé vers «l'endroit du ciel où commence le soleil», en méditation, implorant les forces célestes de lui accorder plus grande sagesse, plus justes visions. Il invoquait les dieux ainsi que l'on s'adresse à l'ami fidèle, dialoguant avec l'Être Suprême sur un ton de confidence amicale. Ce vieux comprenait tant de choses insolites.

En quelques mois, il était devenu Wahpeh-Hotah, «le Sage de la vallée». On l'appelait aussi plus familièrement

«Lui, là-bas». Depuis que Tahiné a rencontré le Sage, son existence est bouleversée. Le cœur de Taniné est à présent capable de pénétrer d'autres vérités que celles généralement admises, d'autres sagesses, d'autres bonheurs. De manière subtile, riche en savoir nouveau, Tahiné apprend la vie en suivant les principes du vieil homme. Le Sage lui dispense son enseignement à petites étapes :

— Sois patiente, ma fille. Dans les montagnes, nos chasseurs taillent encore leurs pointes de flèches dans l'obsidienne, cette jolie pierre noire fragile comme le verre. Nous éclairons toujours à l'huile de caribou nos huttes de terre ou de rondins, pendant que l'étranger joue avec la lune et ses bombes atomiques. Va doucement, Tahiné. Venue trop vite, la compréhension profonde des êtres et des choses peut être effrayante. La naïveté du montagnard est en fait sa plus précieuse richesse. Elle mène au seul bonheur possible. Qu'importe la réussite matérielle des autres ! Nous sommes pris entre le canot d'écorce et l'avion supersonique. Les vieilles règles de nos pères, les traditions, que deviennent-elles ? Voici que notre jeunesse dédaigne jusqu'à sa langue ancestrale. Toi-même Tahiné, te souviens-tu des mots *Ah-Teh-Yah-Pe* et *Eh-Nah*, «père» et «mère», dans le dialecte lakota ? Et si tu découvrais que tu n'es pas celle que tu crois être, laissa-t-il entendre un jour, la voix vibrante d'une étrange émotion ?

Ces propos ne pouvaient qu'attiser la curiosité de Tahiné. Dès lors, ses questions au vieil homme ont redoublé, plus précises. *Être autre chose que ce qu'elle croit être !* Qu'essayait de lui dire le Sage ? Puis, un soir du dernier printemps, le vieillard lui a conté l'incroyable liberté dont jouissent les femmes blanches. Et le monde de Tahiné a chaviré. Ses valeurs étaient remises en question, l'une après l'autre, à chaque image nouvelle que les insolites propos du vieux faisaient naître en elle. Il a parlé d'égalité entre l'homme et la femme, d'une société faite par le peuple et pour le peuple. Cela signifiait souvent pour elle des concepts et des idées difficiles à assimiler. Son esprit simple d'enfant des montagnes n'y était pas réellement préparé, mais sa fine sensibilité a fait la juste part des choses. La femme indienne, égale de l'homme? Une manière de rêve. La tête foisonnant de ces notions neuves, Tahiné a connu la tristesse. Tant de jeunes dans sa tribu désespèrent; des enfants battus qui abusent de drogues, d'alcool. Sans oublier le taux exorbitant de suicide parmi eux. À force d'écouter le Sage, l'existence de Tahiné lui est devenue odieuse. Après l'euphorie de la découverte, vint le temps de l'angoisse, engendrée par tout ce que cette connaissance impliquait. Tahiné réalise avec stupeur que sa jeunesse s'écoule sans joie, sans amour véritable. Devait-elle prêter davantage l'oreille aux propos du vieux? «Trop savoir, c'est souffrir, mais toi, Tahiné, tu n'es pas semblable aux autres... Tu es la louve Alpha, faite pour mener la meute.»

Que déduire de semblables paroles?

Ah! Vieil homme, pourquoi tes révélations? Ignorer l'existence du bonheur ne peut faire naître le moindre regret, ni surtout rendre malheureux. Mais il n'est plus temps de se lamenter. Tahiné sait des vérités qui ne s'oublient pas. À présent, lorsque son père abuse de cette liqueur de baies sauvages qui met la démence dans sa tête, Tahiné ne fait pas qu'arrondir les épaules sous les coups, comme auparavant : elle se rebelle! Alors le père cogne, et cogne plus fort... Et voilà que deux jours plus tôt, elle a osé lever la main sur lui. Une audace chèrement payée. Son corps bleu de coups en porte témoignage, mais quelle sensation magnifique de délivrance, de légèreté elle a éprouvée en lançant à la tête du vieil homme le bol d'urine et de cervelle puante du tannage. Dieu! Cette liberté soudaine. Aujourd'hui, découvrant la servitude injuste des femmes, elle en ressent l'énorme pesanteur passée.

Sa pauvre mère, elle, accepte le bâton, résignée.

– On se fait à tout, dit-elle.

Tahiné fait chauffer le repas matinal et prépare les ingrédients nauséabonds du tannage. Ne vit-elle donc que pour dépecer des bêtes mortes et boucaner leur chair?

Sa mère s'est levée. Sans prononcer un mot, elle apprête un cuissot d'ours; son mari part en traîneau quelques jours. Un peu de paix pour les femmes. Mère et fille travaillent sans bruit. Entre elles, le dialogue n'existe plus depuis déjà nombre d'années. De quoi, d'ailleurs, parleraient-t-elles? De communes misères nivellent leurs pensées, leurs émotions.

Le poêle bourré de bois jusqu'à la gueule dégage une forte chaleur dont l'agréable odeur de pin ne parvient pas à effacer totalement ces effluves de pourriture émanant des peaux saignantes. La température s'élève dans la cabane. De petites stalactites formées au plafond par la respiration des dormeurs suintent et vont geler sur le sol de terre battue où serpente un souffle glacé. Comme à son habitude, la vieille marmonne en termes crus contre tout et rien, contre la vie en général. Un travail incessant et une cabane aux parois moussues grouillantes de vermine représentent tout son univers.

Il en est ainsi depuis qu'elle a lancé son premier cri terrestre, il y a soixante ans, loin dans le temps.

Dehors, six demi-loups, des chiens malamutes, sentent le départ en forêt. Ils grondent d'impatience. Afin de les approcher en toute sécurité, le père de Tahiné sort armé d'un gourdin. Si le loup timide fuit devant l'homme, les féroces chiens nordiques, maltraités, attaqueront leur maître dès que s'en présentera l'occasion. Affamés, ils le mangeront.

Penchée sur ses casseroles en métal, la vieille s'irrite. Maudits animaux! Ils l'ont mordue quatre fois cet hiver.

CHAPITRE 17

L'homme est parti avant que l'aube naissante n'ait rosi la neige. Déjà saoul, il a battu la vieille, insulté sa fille. La gamine, bien enracinée dans sa révolte, a jeté son assiette pleine au visage du vieux. D'un coup de poing, il lui a fait éclater la lèvre.

Devant la cabane, perchés sur les branches nues d'un mélèze, des moineaux, plumes gonflées d'air, ressemblent à des boules de coton brun. Ils piaillent faiblement. Entre leurs griffes, le bois se fend. Des rafales de vent glacé passent en sifflant. La vieille jure. Elle bourre sa courte pipe en racine d'épinette de *kinnikinniks*, son tabac à rêves[15], qui lui fait tourner la tête, engourdit son corps. Elle a des choses à oublier et, surtout, il lui faut se préparer au retour de son mari. Après la chasse, il ira boire au poste de traite.

Maudite vie. Souvent la vieille aimerait mourir. Ne plus avoir à s'éveiller dans une cabane froide pleine de rats, à s'éreinter sur des peaux, des paniers. Hélas, il faut du courage pour mourir. Elle n'a que la peur de vivre.

Tahiné travaille depuis des heures près de la fenêtre. Tailler et teindre les aiguilles de porc-épic servant à décorer les vêtements de fêtes est une tâche délicate.

Aux fenêtres, le parchemin huileux ne laisse filtrer qu'une clarté diffuse. La vue de Tahiné se brouille à force de fixer les petits cylindres multicolores. Exaspérée par cette lassante répétition de gestes, Tahiné repousse brusquement son ouvrage. Il tombe à terre. Elle se sent coupable, se penche pour le ramasser. Non! Qu'il reste là! Cette fois, sa révolte est totale.

Depuis plusieurs jours, Tahiné ressasse les paroles du vieux Sage. Sa vie de servitude lui est devenue insupportable. Elle est à bout. La voilà rendue incapable de regarder son père dans les yeux, sa présence l'incommode. Quand, ce matin, il a giflé Nahadok à cause d'une viande trop cuite, Tahiné s'est sentie en total contrôle de sa vie en défiant l'homme à son tour.

Tahiné jette un regard où luit une sorte de haine larvée sur le minutieux travail qui gît au sol. Soudain, elle aspire à retrouver l'époque heureuse de sa petite enfance, quand, avant l'alcool, le père était encore un peu son ami et qu'elle courait avec lui par vallées et monts, le plus joli décor du monde au fond des yeux. Sous le regard stupéfait de la vieille, Tahiné chausse ses *mukluks*, enfile un parka et prépare ses raquettes. Sa main sur le loquet de la porte, elle hésite. Sa gorge se serre. Tahiné ressent l'impression étrange de tout quitter à jamais. Sa mère présage le drame. Elle rappelle sa fille avec émoi :

– Tahiné, ton père…

Tahiné ouvre la porte. Instantanément, ses jeunes années lui bondissent au visage. Elle s'enfonce dans la neige épaisse, la neige de son enfance. Près de l'entrée, devant le tas de bois, un petit trou, bien net. Il vient d'être refait. La découverte réjouit Tahiné. Son «oiseau charpentier» dort au chaud sous la neige.

Pourquoi les vieux appellent-ils cette perdrix «gélinotte huppée»?

Tahiné sourit. Son monde. Rien n'a changé.

Il fait une jolie matinée. Un ciel clair, lumineux. Le soleil froid rebondit en tous sens sur la neige, souligne d'or la dentelle givrée des montagnes. Les arbres, caparaçonnés de glace, étincellent, figés dans l'attente de quelque miracle, quelque souffle épique. Tahiné pénètre dans la forêt qui borde leur clairière. Devant elle, la piste d'un lièvre se dessine; des traces de petites raquettes, d'où le nom de l'animal, lièvre à raquettes. Elle les suit, par jeu, se laisse entraîner. Miracle! Les joies anciennes ressurgissent. Ici, la petite bête s'est arrêtée, griffant la neige molle à la recherche de nourriture. Là, elle a grignoté une écorce de bouleau. Plus loin, elle... Dieu! Le cœur de Tahiné s'affole. La piste se termine ici, dans la neige froissée, souillée de débris sanglants.

Un hurlement de loup éclate au-delà des montagnes. Il chante, il se lamente... Les yeux de Tahiné s'emplissent de tristesse. Un mal aigu traverse sa poitrine. Une larme laisse un sillon brillant sur sa joue.

Tahiné se souvient...

C'était une jolie louve au pelage gris, blessée à une patte, qu'elle avait recueillie un printemps lointain. Tahiné s'en occupait sous le toit familial, à cause des chiens qui dormaient dans la grange. Son père avait accepté sans broncher cette cohabitation. Naïve, Tahiné s'était imaginé que le vieux aimait sa louve! Il aurait pu. *Cha-Go-Tah*, «la Cendrée», comme elle l'appelait, était une petite bête adorable. Jamais encore la vie de la fillette n'avait été à ce point comblée. Tahiné respirait le bonheur, heureuse, tout simplement. Elle avait une confidente, une amie fidèle, satisfaite de quelques caresses, pas davantage.

Tahiné et la louve ne se quittaient plus. Au début, Tahiné ne faisait seule que sa corvée de bois, la bête n'étant pas suffisamment robuste pour entreprendre de longues randonnées. Chaque jour, la louve attendait le retour de Tahiné à la même place, allongée entre les racines d'un pin abattu par la foudre. Lorsqu'elle eut retrouvé ses forces, elle suivit Tahiné partout. Les deux amies se promenaient inlassablement sur la rive de la Rivière aux Outardes. La bête gambadait, poursuivait les papillons, et l'enfant rêvassait, les yeux parcourus de l'éclat des arcs-en-ciel qui naissent dans la vapeur des chutes de Virginia. Là, Tahiné contait à la louve ses secrets d'adolescente. La jeune fille n'ignorait pas qu'une telle amitié ne pouvait durer, du moins, pas en ses termes à elle. On n'encage pas l'appel du Nord, ce souffle de liberté qui balaie les vastes horizons.

De fait, la nature avait repris ses droits. Un soir d'automne tout imprégné des senteurs enivrantes de la terre, la petite louve était partie. Une dernière fois, elle s'était glissée entre les racines de l'arbre mort, à Virginia. Elle pressentait l'apparition de quelque fait fantastique qui allait bouleverser sa vie de loup errant.

Cela s'était produit cette même nuit. Lorsque l'ardent appel d'un loup solitaire avait fait trembler l'air tiède de la nuit, la gentille bête s'était dressée sur ses pattes, avait tendu le cou vers la voûte étoilée et répondu à ce cri, gorge vibrante d'un rire joyeux.

À l'aube, la Cendrée se trouvait au même endroit. Quand elle aperçut Tahiné en chemin pour sa corvée de bois, elle remua le panache gris de sa queue, regarda son amie un bref instant et s'élança vers la forêt. Tahiné comprit aussitôt. Elle en eut l'âme chavirée. Elle suivit la course de la Cendrée aussi longtemps que le lui permit sa vue mêlée de larmes. Mais l'amitié d'un loup ne cesse jamais. Au printemps suivant, alors que la neige couvrait encore un paysage saturé de parfums nouveaux, la Cendrée revint.

Ah! Le plaisir de ces retrouvailles! Ensuite, la louve eut un comportement intrigant. Elle aboyait, s'éloignait, revenait. Tahiné ne tarda pas à comprendre la signification de ces manœuvres. Elle devait suivre la Cendrée. Les deux amies se mirent en route. La louve, grognant de plaisir, conduisit en trottinant la jeune fille à sa tanière. À l'intérieur, sa nichée, deux petites bêtes turbulentes et jolies, grouillaient sur une couche de brindilles et de poils que la mère avait arrachés de ses flancs. La confiance que la louve témoignait à son amie était bouleversante. Tout attendrie, la jeune fille pleura. Elle fit plus tard, en ces mêmes lieux secrets, la connaissance du compagnon de la Cendrée, *Shom-Pah*, «le Roux», un superbe mâle au corps puissant.

Deux semaines passèrent. Tahiné retrouvait la petite bande presque chaque matin rôdant près de l'arbre déraciné. Leur amitié croissait.

Un jour, Tahiné ne les vit pas. Une semaine s'écoula sans eux. Il faisait froid. L'hiver narguait la belle saison de ses dernières neiges. Folle d'inquiétude, un matin de tempête, elle se rendit à leur retraite y transportant un grand sac de viande. Hélas! La cachette était vide. Tahiné n'ignorait pas que les loups étaient incapables de chasser efficacement dans cette tourmente; de plus, ils n'auraient jamais pris le risque d'emmener leurs petits, beaucoup trop jeunes pour affronter un tel froid. Quelle sorte de terrible danger avait bien pu les effrayer au point de leur faire quitter une tanière si confortable ? Tahiné rentra chez elle. Un sourd pressentiment la hantait.

Dans la soirée, elle se rendit à la grange chercher du foin pour regarnir sa couche. Elle les vit en poussant la porte : une grande peau cendrée, une rousse et deux petites, grises sur le dessus, dorées sur les flancs. Un peu de la mère, un peu du père…

Elle n'eut pas la force de pleurer. Le mal était trop vif. Tahiné se revit, quelques jours plus tôt, enfouissant ses doigts dans la fourrure duveteuse des petits loups, geignant de plaisir au milieu de leurs ébats. Tahiné entendait encore les grondements heureux de la mère qui observait la scène à l'écart, et toujours elle les entendrait…

La Cendrée, sa famille. Pauvre petite faune ! Son père avait lâchement profité de leur confiance. Dans la tragédie, Tahiné perdit plus que ses amis les loups : ses illusions et ses rêves d'un monde idéal moururent à leur tour. Avec ce drame prit fin sa jeunesse. Plus déchirant encore, Tahiné osa remettre en question jusqu'aux commandements de Dieu, incapable d'admettre qu'Il ne sût mieux protéger les magnificences de son monde. Cette méchanceté de son père, mise en relief par les images nouvelles dont le Sage nourrissait son esprit, donnait à l'univers de Tahiné une saveur étrange, comme un goût d'amertume.

Puis le temps s'en était allé…

Aux pieds de Tahiné subsistent les restes sanglants d'un lapereau. Tahiné pleure doucement. Elle perd son regard dans le ciel avec une sorte d'angoisse. Le ciel est vide. Ses oiseaux sont partis. Absents leurs cris et battements d'ailes soyeux. Elle suit par la pensée leurs longs voyages de retour, tels que les lui a décrits le Sage. Depuis longtemps déjà, alors que l'automne jaunissait les feuilles, l'hirondelle pourprée s'est mise en route pour la Bolivie ; et le goéland à bec cerclé, pour le Pacifique ; la bécasse, le merle bleu des montagnes, celui d'Amérique, l'engoulevent, le huart, sont partis aussi. Avec son «kill-di» retentissant, le pluvier Killdir a pris son vol pour des cieux plus cléments. Ses chers oiseaux!

Le ciel est silencieux et Tahiné pleure...

Cela fait cinq ans que la Cendrée est morte. Aujourd'hui, Tahiné la retrouve un peu dans le bruit du vent, l'odeur des sapins. Tahiné va au hasard de la montagne, longtemps, à la rencontre de ses souvenirs. Des retrouvailles magiques. Elle imprègne son âme de la douceur des bois... Au-dessus d'elle, volette Kiss-Ka-Tchon, le geai gris nichant au bord du sentier. Il est le moins farouche des oiseaux nordiques, un compagnon ailé très respecté par le peuple de Nahanni. Audacieux, l'oiseau se perche parfois sur son épaule. Les Blancs l'ont baptisé «Whisky Jack». Son cri, pour eux, ressemblerait à ces mots. L'imagination des gens...

Tahiné marche des heures, sans but, simplement éprise de la beauté qui foisonne autour d'elle. Bientôt, à force de neige craquante sous son pas, de branches qui frémissent au vent et d'enivrants parfums de montagne, son esprit trouve la paix. Il en est toujours ainsi. Lorsque le temps s'arrête, que les simples gestes de la vie ne signifient plus rien, quand pensées et désirs n'expriment que d'impossibles rêves, lui reste la nature, égale à elle-même.

Mélancolique, un hurlement de loup traverse l'espace. Tahiné se fige. La bête n'est pas loin. Sur sa gauche, un bruit de branches cassées, un crissement sur la neige… Tahiné sursaute, retient sa respiration. Elle songe à la Cendrée. Elle a pu se tromper. Si les fourrures…

Les buissons s'écartent brusquement. Elle crie, surprise. Un garçon du pays à la barbe rouge se tient devant elle. Tahiné le détaille avec intérêt. Il est beau, son visage est énergique. Surtout, il y a ses yeux, bleus, comme les siens. Magnifiques…

C'est Nahadeh, «Union du soleil et de l'orage», songe la jeune fille, attirée par la force tranquille du garçon, par son visage tourmenté. Car c'est un fait, elle perçoit sa profonde détresse intérieure dans les fines rides qui, au coin des tempes, donnent à son regard une expression désenchantée. Nahadeh lève une main vers elle.

— *Hou, Kola.*

Il s'est exprimé en dialecte lakota.

— Salut, ami, traduit-elle dans la sienne.

Il sourit.

— Et elle comprend ma langue!

Une voix grave à l'intonation amicale. Tahiné est conquise.

— Tu es du coin, petite biche? demande le garçon.

— De Virginia, en bas.

Nahadeh hoche la tête. Dans ses yeux, une lueur étonnée, amusée. Il trouve la jeune fille ravissante. Alors, Nahadeh, rude coureur des bois, en l'honneur de Tahiné, met de la délicatesse dans ses manières, formule ses propos avec retenue. Lui, chercher ses mots! Singulier. Il se mord la lèvre. Sur son visage, de la tendresse.

— Virginia? Alors tu as une vue plongeante sur la tanière de *Hay-Cheh-Nah Yah-M'ne*, lâche-t-il.

Elle sourit à l'évocation de Juste-trois, le gros ours débonnaire qui sautille sur trois pattes, ayant laissé l'autre dans un piège de son père.

— Il vit toujours, celui-là? s'étonne la jeune fille.

— Un bagarreur!, ce qui explique sa survie. Les chasseurs ne veulent pas d'une fourrure couverte de cicatrices. En forêt, les animaux laids sont heureux. Ils vivent plus vieux.

— Où est bâtie ta cabane? demande-t-elle.

Il répond d'un geste vague du menton :

— Au pays du Loup.

Elle rit.

— En haut des chutes?

— Ouais!

— Tu... c'est toi, «Celui qui hurle avec les loups»?

Il étire ses lèvres sans répondre.

— Je suis Tahiné.

— Nahadeh. Heureux de te connaître.

À cet instant, la «bonne petite louve» à la poitrine bandée sort lentement d'un fourré et se couche aux pieds du garçon avec une sorte de ronronnement.

— Elle attendait de te connaître, explique Nahadeh.

— Blessée par l'ours?

— L'homme!

Son ton est hargneux.

— Elle est à toi?

— Le loup n'a pas de maître. C'est elle qui m'a choisi. Elle va me suivre un temps, après... il termine sur un mouvement ample du bras vers la forêt.

— Une fois, j'ai soigné une louve, commence la jeune fille. Dieu que je l'aimais! Mon père l'a tuée, avec son mâle, ses petits. J'ai tant pleuré...

Nahadeh écoute Tahiné sans bien saisir ses paroles. Il est trop absorbé par la joliesse de ses traits. En vérité, elle le fascine. Il ne peut détacher les yeux de sa bouche finement tracée, marquée aux coins d'un pli mince qui lui dessine une gentille physionomie, même lorsque sa voix se brise à l'évocation d'un souvenir triste. Il la détaille et son ravissement grandit sans la moindre raison qu'expliqueraient les mots. Cette fille fait battre le sang dans ses veines comme s'il courait en montagnes.

Trois autres loups débouchent du sentier. Tahiné laisse échapper un cri.

— Peur, Tahiné?

Elle est heureuse. Il a dit son nom.

— Oh! non. Le loup est un compagnon amical. Je suis simplement ravie de les voir. Il est si rare d'en rencontrer, même de loin, explique-t-elle d'une voix égale.

— C'est pourquoi je les ai appelés.

— Mais... tu n'as rien dit.

— Ceux qui t'aiment perçoivent tes pensées. Les loups m'aiment, et ils t'attendaient.

— Tu percevais donc mes pensées?

Il incline la tête. Elle rit.

— Donc, tu m'aimes?

— Bien entendu.

Un échange verbal excitant. Tahiné poursuit :

— Et bien sûr, tu m'attendais?

— Depuis toujours.

Elle frémit. Cette fois, ses jambes se mettent à trembler. Son cœur bat plus vite. Les jeunes gens viennent de dépasser le simple jeu des mots. Comme s'ils comprenaient l'importance de l'instant, les loups, à tour de rôle, effleurent la cuisse de Tahiné, sans s'arrêter, mais assez lentement pour lui permettre de flatter les têtes dressées vers elle. Un grondement. Ils répondent aux caresses. Les bêtes se couchent à quelques pas des jeunes gens, clignant des yeux sous une percée de soleil à travers les conifères.

— Tahiné, je t'invite à boire une herbe douce, mon bivouac est à deux pas, prononce le garçon d'un ton neutre. Paraître nonchalant n'est pas simple lorsque le cœur bat à tout rompre dans la poitrine!

Ces mots prononcés, il s'éloigne sans la regarder, afin surtout de masquer sa gêne. Les loups le suivent.

— Je les cueille moi-même, mes herbes, lance-t-il encore par-dessus son épaule.

Tahiné ne saurait dire pourquoi elle le suit. La façon, peut-être, dont il a formulé sa demande. Pour la première fois, quelqu'un la laisse libre de choisir, de refuser. Il y a aussi le sourire amical de «Celui qui hurle avec les loups». Tahiné chemine en silence derrière Nahadeh. Le jeune colosse va d'un pas énergique. Tahiné, en vraie fille du pays, le suit aisément. Il ne se retourne pas. C'est inutile. La respiration légère de Tahiné se trouve là, juste derrière la louve blessée. Il ralentit. Un plaisir étonnant emplit sa tête.

D'un regard, Tahiné apprécie la disposition du campement dressé au centre d'un groupe de sapins lourds de neige qui protègent le foyer des intempéries. Un cuissot de cerf y rôtit. La louve blessée s'allonge près du feu, les autres vont à l'écart, dans les buissons. Nahadeh s'accroupit, fait tourner la viande au-dessus des braises d'un geste paisible. Les lueurs dorées de la flamme creusent ses traits à coups d'ombres mouvantes et fugaces. L'image émeut Tahiné.

Ce garçon accueillant, la chaleur rassurante de son bivouac, une louve blonde, museau sous la queue, tout cela représente une douceur de vivre qui repousse ses cauchemars d'enfant. Ici, il y a tout. Il y a la vie, comme elle n'aurait pu l'imaginer.

Nahadeh la regarde.

— Viens-t'en au chaud, Petite-Louve.

Elle a un rire léger.

— Tu es devin. Je m'appelle Tahiné-Petite-Louve.

Il hausse une épaule.

— Ça se voit. Tu es racée… Une louve Alpha, quoi ! Elle baisse la tête. Pareil compliment…

— Notre amitié commence. Ce feu est le tien, annonce le garçon.

Le trouble de Tahiné s'accroît. La voix de Nahadeh ne commande pas, c'est une aimable prière. Sans crainte, elle s'agenouille à son côté. Leurs yeux se croisent, pareillement embrasés par la dorure des flammes. La louve pose la tête sur la main dégantée de Tahiné. L'Indienne mord sa lèvre de plaisir. Nahadeh baisse les paupières, heureux. Un sourire souligne ses lèvres charnues. La jeune fille se retient pour ne pas y porter le bout des doigts.

Un émoi déconcertant met des larmes dans ses yeux.

Près de Nahadeh, elle se sait en sécurité, et pourtant, dans le regard du jeune homme, Tahiné a vu à plusieurs reprises luire un éclat farouche, plutôt cruel. Qu'importe ! Tahiné discerne au-delà, la douceur de Nahadeh.

Le garçon taille un morceau de viande grillée, le présente à sa compagne fiché sur la pointe de son coutelas.

— Mange, *Oh-Won-Ya-Kay-Wash-Tay*. Il faut des forces vives pour suivre la piste.

Il l'appelle «Celle qui est jolie.» Elle en est bouleversée. Frayer la piste avec lui ? Nahadeh l'invite-t-il à un vagabondage en montagnes ? Elle rougit, mange sans un mot. Lui n'ose déjà plus la regarder.

— Comment s'appelle ta louve blessée ? murmure-t-elle, afin surtout d'échapper à son trouble.

— Elle n'a pas de nom. Lui en donner un serait voler son esprit… Et ce n'est pas ma louve. L'animal sauvage s'appartient.

— L'homme blanc les met en cage.

— Il encage ce qu'il ne connaît pas. Vois ces loups, si timides qu'ils ont même peur de leur ombre, et je ne plaisante pas.

Tahiné agrandit les yeux d'incrédulité. Nahadeh explique :

— À ce point peureux que si des gens m'agressaient, je suis persuadé que mes compagnons sauvages s'enfuiraient. À présent, dis-moi Tahiné, est-ce qu'un homme chasse pour toi ? lâche-t-il à brûle-pourpoint.

Elle fait non de la tête. Pourquoi tout à coup l'émotion profonde qui serre sa gorge, y réprimant le moindre son ?

— Tu ne trouves personne, jolie comme tu es ?

Un ton de plaisanterie. Il y dissimule son embarras :

— Je… Je n'ai que 17 ans, articule-t-elle, embarrassée.

— Bah ! l'âge… Pas besoin d'être vieux pour connaître la vie.

La matinée s'étire ainsi, amicale, sereine. Plus tard, beaucoup plus tard, après avoir vu passer le temps sur quelques propos d'une agréable simplicité, au cœur de Tahiné naît une pensée faite d'émois divers, plus forts que sa raison.

— Sur ta montagne, Nahadeh, une femme taille tes mocassins ?

195

Elle se mord la lèvre. Elle a osé semblables mots avec un étranger! Nahadeh tourne un oignon sauvage entre ses mains calleuses. Il ne répond pas, regard fixé sur son geste, comme s'il s'agissait de la chose la plus importante au monde. Enfin, il dévisage Tahiné. Sa prunelle claire est sillonnée par l'éclat des lucioles bondissant du foyer. Le sang de la jeune fille cogne dans sa paume sur un rythme désordonné. Les traits de Nahadeh ne sont que bonté. Le mutisme du garçon ne la rebute pas. Sa nonchalance? Une façade. Tahiné le sait. Courageusement, elle reformule sa demande.

— Tu as de la famille… une épouse?

— Ma famille… la voilà, prononce-t-il d'un ton rauque, en désignant les bêtes du menton. Une épouse? Oh! je n'ai que 20 ans… enfin, presque. Il minaude, moqueur, utilisant le ton et les mots de la jeune fille quand elle lui a dit son âge. Puis il reporte les yeux sur le foyer, sorte de méditation. Le silence s'établit entre eux, un silence léger, sans contrainte. Les pensées peuvent y errer à leur guise, aller jusqu'au bout des choses. La quête tire parfois de leur gorge un soupir, de leur bouche, un sourire, une plainte. Et s'éclaire un peu la route tortueuse qu'emprunte parfois l'esprit dans son besoin d'approfondir les mystères de la vie.

Au loin, par intermittence, la chanson du loup saute les crêtes neigeuses, parcourt les tourmentes, déchire le silence d'un souffle sauvage. Dans leur sommeil, les loups près du foyer gémissent à quelque rêve de bêtes; le feu bavarde, vivace, tel un pépiement d'oiseau. Rien autour des jeunes gens ne parvient à troubler le cours de leurs pensées. Les minutes sont importantes; ils retournent vers leurs jours anciens. Un voyage difficile, souvent pénible : s'y déroule une cruciale analyse du passé. Ils ont à le comprendre afin de mieux accepter le présent. Tant de mots se pressent aux lèvres de Nahadeh, de ces mots que, hélas, il ne peut adresser aux siens que dans l'incertitude de la prière. Étrangement en effet, la présence de la jeune fille semble le rapprocher de ses parents disparus.

Très vite, Tahiné ne se questionne plus. Rah-Noo a bien fait les choses. Elle sourit, en elle-même. Auprès de Nahadeh, elle se sent à sa place. Autour d'eux, pas la moindre discordance. Rien ne trouble l'harmonie du paisible décor.

Lorsque le soleil de cette courte journée nordique regagne son creux de rocher, derrière un bouquet de pins, rosissant au passage la cascade de Virginia, ces deux enfants du haut pays n'ont pas encore dépassé les préliminaires de leur dialogue. Ils se découvrent, sans brusquerie, avec de la retenue, cette manière de pudeur appartenant aux êtres simples, poussés en pleine terre. Ils en sont les fruits sauvages. Mais aussi, à quoi bon se hâter ? Le temps ici n'existe pas. La vie libre ignore l'écoulement des jours.

Sans vraiment le réaliser, Nahadeh et Tahiné se donnent l'un à l'autre. Il leur suffit de gestes simples, de silence, du hurlement des loups sur la montagne, de voir se contorsionner les flammes, bouillonner l'eau dans la gamelle aux herbes, d'entendre froufrouter l'aile duveteuse du harfang des neiges dans un sapin.

Ils apprennent l'amour et l'ignorent encore malgré leurs yeux brillants d'un même éclat. Ils s'observent à la dérobée, le regard chargé de sourires, et ils savent. Dès lors, à quoi bon les mots ? Leur jeunesse appartient au même décor, leurs yeux véhiculent les mêmes paysages, leurs cœurs de semblables valeurs. Sans bruit, sans heurt, ils découvrent le but suprême de l'existence, mais cela, ils ne le savent pas.

— Même la bête, un jour, recherche son semblable, commence Nahadeh. Chez l'ours, c'est juste à la saison des petits. Le loup, lui, choisit pour la vie.

— Toi, t'es l'ours?

— Plus tard, il me faudra un compagnon de route, explique Nahadeh d'un ton neutre. Tu sais, Tahiné, parler aux loups, ou même à Dieu, ne suffit pas toujours. Ils répondent rarement.

— Alors, tu es le loup?

— Sûr qu'à deux on n'est plus obligé de causer aux bêtes ou à ses bottes humides enfilées sur des bâtons devant le foyer.

Nahadeh regarde fixement la flamme, évitant le visage de la jeune fille. Il a parlé, à elle de comprendre. Nahadeh connaît Tahiné depuis quelques heures à peine et déjà, il se sent capable, les yeux fermés, de redessiner ses traits de mémoire, jusqu'au moindre détail des tatouages du front et des joues, que les vieux font aux enfants de six ans avec des effilochures de nerfs de caribous teintés, glissés sous la peau.

— Ton compagnon de route... sera un homme? s'enquiert Tahiné, la voix un peu lointaine, alors qu'elle sent battre le sang jusqu'au bout de ses doigts.

— Une fille... solide... vaut le chasseur, souvent plus.

Dans la voix de Nahadeh, une désinvolture semblable à celle de Tahiné. Il y dissimule sa gêne. Chez lui, l'émotion se manifeste en martelant ses tempes. À nouveau, la pudeur retient leurs pensées, donne aux mots une tonalité presque solennelle qui souligne davantage les propos délicats. Ils prennent leur temps. La minute est trop belle.

— Les filles, ça fait beaucoup de tâches pour l'homme, insinue Tahiné, remplie d'inquiétude.

Nahadeh hausse les épaules. Soudain, une douleur fulgurante lui déchire le côté. La guerre se rappelait à lui, plus violente qu'à l'ordinaire. Il se force au calme :

— Moi, j'installe seul mes campements et je creuse ma terre à légumes, pareil à mon père. Je mâche mes peaux et je couds mes habits depuis l'âge de dix ans. Autour de mon feu, la femme s'exprime, l'égale de l'homme.

— L'Inuk met son épouse aux harnais quand ses chiens sont fatigués, lance-t-elle avec dédain, espérant ainsi cacher son appréhension.

— Pas moi, Tahiné. Une femme, ça donne des enfants à l'homme, oui, mais surtout de la tendresse, des dialogues, une complicité quoi !

Nahadeh termine sur un soupir, comme à bout de souffle et, en vérité, son émotion y ressemble un peu. Il n'a jamais tant parlé à une fille de son peuple, une fille aussi jolie…

Tahiné se contrôle mal. Elle crierait de joie. Les paroles de Nahadeh la réconciliaient avec ce monde fait pour les hommes, par d'autres hommes, dans lequel la femme n'a qu'une place négligeable, peu glorieuse en vérité.

— Je connais bien ces montagnes. À tes côtés Nahadeh, je les parcourrais les yeux fermés.

Tahiné lui livre son cœur. Elle n'a pas hésité.

Nahadeh ouvre la bouche, il veut parler, rire ; il bafouille sur le premier mot. Sa voix est grave, à peine distincte.

— Eh ! bien, moi… je dirais… courir les bois… faire équipe avec toi ? Vrai, ça serait parfait.

Les yeux de Tahiné brillent de larmes. La gorge de Nahadeh se contracte, sa vue se brouille. Il baisse vivement la tête et, geste impulsif, tend la main vers celle de Tahiné. Il manque de force, de courage, ses doigts se referment en chemin sur la toison du loup. Tahiné surprend ce geste, en éprouve une tendresse jusqu'au plus profond de son être. Et soudain, elle frémit. Pour la première fois, elle se sent femme.

Un décor rocheux, un sourire amical et les étincelles d'un feu de camp ont suffi à bouleverser sa vie de sauvageonne. Mais le plus difficile reste à dire. Elle se concentre, rassemble ses forces. Allons, il le faut.

— Ton père... il battait souvent ta mère ?

La voix est un souffle. Elle tente de sourire. Sa lèvre fendue lui tire une grimace. Elle porte la main à sa blessure. Nahadeh comprend le geste et la raison de cette demande. Elle poursuit :

— Tu penses que tout Indien corrige sa femme, peu ou beaucoup, n'est-ce pas ? poursuit-il.

Elle rougit.

— Tahiné, tu n'as jamais pensé qu'il pouvait y avoir des couples heureux, tout bonnement ? Des gens qui partagent leur amour, qui se respectent ?

— Agiras-tu ainsi ?

Les mots de Tahiné sont un murmure à peine audible. Un sourire lui répond. La jeune fille ne peut cette fois retenir un bruit de gorge joyeux. Ainsi, ce garçon au regard clair ne battra pas sa compagne. Celle-ci aura le droit de parler, d'émettre son opinion et même d'avoir raison. Tout à coup, l'existence semble valoir la peine d'être vécue.

Nahadeh prend un air recueilli et bourre de *kinnikinniks* sa pipe en pierre rouge : un mélange d'herbes, de baies séchées et de feuilles de son tabac des forêts. Il arrache la gorge, fait tourner la tête. C'est bon. L'odeur, hélas, lui rappelle le tabac noir que fumait un mercenaire français durant la guerre. Un brave gars, déchiqueté par une mine à trois jours du rapatriement. Chaque nouvelle pipe ravive les souvenirs. Quelques bons moments, mais tant de mauvais! Un jour, il jettera la pipe, et le passé…

Nahadeh fait du café.

— Tahiné… si tu veux… je causerai à ton père?

— Pour… lui dire… quoi?

Les yeux de Nahadeh sont remplis d'amour, ceux de Tahiné de larmes. Une émotion semblable les rapproche à nouveau.

— Qu'il nous laisse courir la montagne ensemble, tu aimerais?

Elle ne répond pas, c'est inutile. Ses yeux disent tout, elle en est consciente. De plus, l'incroyable proposition de Nahadeh ne l'étonne même pas. Elle et son expérience des garçons! Ils étaient vingt, au village, à espérer qu'elle accepterait de leur «parler sous la couverture», comme le veut la tradition lakota quand un garçon fait la cour à une fille[16]. Aucun n'y était parvenu. Nahadeh est si différent!

— Je te reconduis, Tahiné, les tiens vont s'inquiéter.

Elle fait non de la tête :

— À la nuitée, je vais souvent chez ma cousine. Mon père est en montagne. Personne ne m'attend. Je peux rester près de ton feu?

Nahadeh voudrait crier sa réponse. Ainsi le guide son cœur. Il fait oui du menton, sans la regarder. Il serre les mâchoires, retenant le grognement qui racle sa gorge, si semblable à un sanglot. Tahiné, la première femme à partager son bivouac, une inconnue, et déjà il l'aime.

Nahadeh étale une brassée de brindilles près du feu, y installe une peau de caribou. Tahiné s'y étend avec un soupir de vraie félicité. Elle ferme les yeux. Le garçon la couvre d'une pelisse. Tahiné se pelotonne dessous. Là, visage entre les mains, elle pleure sans bruit. La louve blessée, attirée par ce bonheur silencieux – sensibilité de bête sauvage – glisse la tête sous la fourrure et pose son museau tiède contre la joue de Tahiné. La jeune fille s'endort, un sourire au milieu de ses larmes. Cela ne lui était jamais arrivé.

C'est alors que Nahadeh s'abat, anéanti par sa douleur au ventre. Il y résiste depuis plus d'une heure. Au fil du temps, des mois, les douleurs ont augmenté, sont devenues infernales. Nahadeh prend une branche enflammée dans le foyer, empoigne son sac à herbes, le pot de café et s'éloigne de quelques centaines de pas du bivouac. Là, il fait un feu et y plonge la lame de son coutelas. Puis il mélange des herbes, fait ramollir une poignée de glaise rouge dans le reste de café et se dénude l'abdomen. À l'endroit où se trouve le plomb, la peau est rouge, gonflée. Infection! Ce même maudit plomb qui empoisonne chaque année des milliers de bêtes simplement blessées.

Nahadeh glisse entre ses dents sa gaine de couteau et, d'un geste sec, pratique dans la peau du ventre une incision longue comme une canine de loup. La lame rougie fait grésiller la chair à vif. La douleur est atroce. C'est terminé. Il attend un peu, afin de discipliner son rythme cardiaque et sa respiration, puis il presse les lèvres de la plaie. Rien ne se produit. La balle demeure prise dans la fibre musculaire.

Nahadeh fouille l'entaille du bout du doigt, sans résultat concret. Le projectile est profondément enfoui. L'extraire du muscle équivaut à une véritable opération. Il pense à Cisco. Le pilote ferait cela en un rien de temps. Nahadeh va devoir trancher le muscle plus avant. En sera-t-il capable ? Trop tard pour renoncer. Il remet son couteau parmi les flammes puis à nouveau l'introduit dans la plaie. Entre ses dents, le cuir d'original épais comme une semelle de *muk-luk* est écrasé. Une douleur impensable lui traverse le ventre. Mais le couteau, sans recul, tranche la chair. Le cœur de Nahadeh atteint une folle cadence, les coups à ce point rapprochés deviennent un mouvement uniforme, une ligne de vibration continue.

Là ! Un objet dur sous la pointe du couteau. C'est elle. La tête de Nahadeh tourne comme sous l'effet d'un alcool de bleuets. L'air passe mal entre ses lèvres sèches. D'un effort ultime, il presse sur les bords de la blessure : la balle glisse, sort, tombe dans la neige, y creuse un petit trou sombre. Nahadeh contracte ses mâchoires, maîtrisant le hurlement qui roule dans sa gorge. Le morceau de cuir s'échappe de sa bouche, transpercé de part en part.

Nahadeh perd connaissance.

Un loup blanc sort des taillis, s'approche à petits pas, flaire la blessure d'une truffe frémissante et la parcourt de sa langue. Dans les buissons, la meute s'agite. Elle flaire l'odeur musquée d'une daine et de son daneau qui passent à proximité. Loin en forêt, le cri d'un loup se fait entendre. Une voix de coyote lui répond, un peu narquoise. Ce dernier s'établit pour la nuit sur un territoire de loup, l'ennemi héréditaire. Un immense risque à prendre, mais il a froid et faim. La fatigue annihile sa prudence. Puis c'est le calme, celui du Nord, composé de craquements et de frôlements, de cette vie nocturne secrète qui fait dire à l'Aborigène que «le pays d'en-haut n'a pas besoin de dormir puisqu'il n'appartient pas au temps».

Au loin, par-delà collines et canyons, on perçoit un grondement sourd. C'est la chute de Virginia qui résiste au gel. Mais l'hiver la vaincra. Elle se figera sous peu dans sa magnificence, sculpture de cristal bleuté en offrande à la montagne.

CHAPITRE 18

Des éclats de voix furieuses tirent violemment Tahiné du sommeil. Le feu agonisant jette ses éclats ultimes sur une scène qui la saisit de frayeur, met son âme en émoi. La jeune fille écarquille les yeux d'incompréhension. Dans la semi-pénombre appesantie sur le bivouac, deux hommes sont aux prises! Tahiné reconnaît sans peine l'imposante silhouette de son compagnon, luttant avec un petit homme frêle engoncé dans un manteau de raton-laveur. La stupeur de l'Indienne s'intensifie encore lorsqu'elle réalise que Nahadeh est en train de reculer sous une grêle de coups, ne parvenant à en bloquer qu'un de temps à autre, d'un bras sans vigueur, et comme au hasard. Que signifie tout ceci? Pourquoi Nahadeh n'oppose-t-il à cet adversaire apparemment vulnérable qu'une si piètre résistance?

De son côté, le jeune Indien est abasourdi. La situation le dépasse totalement. Lorsqu'il est revenu au bivouac après sa douloureuse opération au ventre, il s'est couché près de Tahiné, mais, tremblant de fièvre, ne parvenant pas à trouver le repos, Nahadeh a vu un homme, surgi de l'obscurité, se ruer sur lui et l'abreuver de coups. Affaibli par sa blessure, le garçon a grand-

205

peine à se défendre. L'inconnu martèle son corps de tous côtés. Il vient de lui envoyer une talonnade au ventre, justement sur sa plaie qui s'ouvre davantage. La douleur, effroyable, amène Nahadeh au bord de la syncope. Il sent l'écoulement du sang tiède le long de sa cuisse. Nahadeh sait qu'il ne résistera pas longtemps à d'autres assauts d'une semblable intensité. Il ramasse une bûche noueuse et la brandit, haut devant lui, affichant comme dernier recours une mimique redoutable.

— Sale maudit peureux! hurle son adversaire.

Au son de cette voix, le cœur de Tahiné frappe un coup brutal dans sa poitrine. Son père! Par quel prodige l'a-t-il retrouvée au milieu de cette nuit sans lune? Par ailleurs, à son habitude, il est manifestement ivre pour agir de cette manière incohérente. Pourquoi faut-il donc qu'il détruise toujours ainsi l'équilibre des choses qu'elle affectionne? Elle a bien le droit de goûter à la paix sans avoir à se sentir coupable.

— Va-t-en! laisse mon ami, je t'en prie, le supplie-t-elle.

— Mauvaise fille! jette le vieux, d'un ton acerbe en la bousculant.

Nahadeh, qui ne peut imaginer les liens de parenté unissant l'assaillant à sa jeune compagne, s'insurge devant les propos offensants du vieillard. Il s'interpose entre eux, la main posée à plat sur la poitrine de l'homme.

— Le Vieux, à mon bivouac, on suit mes règles. Tahiné est mon invitée, respecte-la!

— Ferme ça, voyou! Cette dévergondée est ma fille. Elle m'obéira où qu'elle se trouve. Arrive ici, débauchée!

— Va-t-en, père, on ne fait rien de mal! insiste la jeune fille.

L'homme la gifle à toute volée, à plusieurs reprises. En un effort désespéré, Nahadeh bloque son bras et parvient à l'écarter de Tahiné. Mais l'alcool décuple la vigueur du vieillard. Il envoie aisément Nahadeh au sol où il le frappe du pied, au corps et au visage. C'est alors que Tahiné fait une constatation ahurissante. Au sein du tumulte de l'altercation opposant son père à Nahadeh, elle a négligé l'existence des loups. Ces derniers se tiennent à respectueuse distance de l'agitation, se faufilant, jappant et grondant entre les arbres, avec parfois des cris plaintifs, exaspérés, devant leur incapacité à secourir Nahadeh. En dépit de l'amitié qui les unit à lui, ils sont incapables d'intervenir. Tahiné constate à quel point leur crainte de l'homme est forte, ainsi que Nahadeh l'affirme. En la circonstance, elle n'est pas loin d'en éprouver du regret.

La correction que subit Nahadeh se poursuit avec la même sauvagerie. Implacable, le vieil Indien n'épargne pas sa peine. Le visage de Nahadeh est marqué de nombreuses ecchymoses violacées. Sa chemise ensanglantée indique clairement que les plaies de sa poitrine se sont rouvertes. Tahiné conçoit que pour sauver Nahadeh il lui faut entraîner son père loin du bivouac. Alors elle l'accable de jurons, tremblante de rage tout autant que de crainte. Elle n'ignore pas qu'il lui faudra payer rudement de sa personne pareille arrogance.

Hébété, sans réaction, Nahadeh est agenouillé devant le Vieux, les deux mains au sol. Un coup de pied en plein front l'étourdit. Tahiné ne peut en supporter davantage. La colère froide qui l'anime se traduit à nouveau dans sa bouche en injures véhémentes. Elle emploie des termes crus, inacceptables venant d'une enfant envers son père, elle le sait sans erreur possible, mais son courroux n'a plus de limites. Malgré sa belle âme, Tahiné ne parvient pas à considérer un père en ce vieil homme qui l'a déjà trop fait souffrir. La haine, hélas! s'est installée en elle.

Ainsi, poursuivant ses invectives, Tahiné s'engage-t-elle sur le chemin conduisant au bois afin d'éloigner son père de Nahadeh. Frémissant de colère, l'homme se lance aussitôt derrière elle, mais la neige épaisse le ralentit. Il marque un temps d'arrêt, donne l'impression de réfléchir, bien prêt à rebrousser chemin afin de se jeter sur Nahadeh, une proie facile beaucoup plus à sa portée. Devinant instantanément le projet de son père, Tahiné n'hésite pas. Prétendant perdre pied sur une plaque de glace recouvrant un rocher affleurant la piste, elle s'affale de tout son long. Poussant un cri de jubilation, le vieil homme reprend sa poursuite. Tahiné se laisse rejoindre loin du campement. Là, arrondissant les épaules sous les poings serrés s'abattant sur elle, la jeune fille sourit en son cœur. Nahadeh est hors de danger. D'un geste brutal, le vieux l'empoigne par les cheveux, l'entraînant derrière lui.

Tout en cheminant d'une allure vacillante, il la frappe à plusieurs reprises. La blessure à la bouche de Tahiné s'ouvre à nouveau. L'adolescente se débat en vain. Malgré sa condition éthylique avancée, la poigne du vieux conserve une grande fermeté. Nahadeh, qui ignore tout du sacrifice de la jeune fille, se relève péniblement. Un désir unique l'anime : rejoindre son amie afin de la protéger. Hélas! Une faiblesse extrême le retient en ces lieux qui furent témoins des plus beaux instants de sa vie, mais aussi des plus douloureux. Nahadeh se voit dans l'obligation déchirante d'assister à l'agression d'une douce jeune fille par son propre père. Une incohérence !

Quant à la vaillante petite Indienne, en dépit de la sévérité des coups reçus, voici arrivé pour elle le temps de la riposte impatiemment retenue. Elle s'arrête soudain et, projetant les paumes de ses mains à la poitrine de son père, se libère de son emprise. L'homme trébuche, surpris par la soudaineté de cette action. Il tombe en maudissant Tahiné. Elle s'échappe, légère, ricanant de sa déconvenue. L'homme se relève, jure et hurle, avant d'éclater en sanglots. Il titube, retombe...

Tahiné s'enfuit dans la nuit.

Nahadeh est péniblement parvenu à se mettre debout. Sa blessure, béante, laisse échapper un flot de sang qui s'écoule le long de sa jambe, jusque dans sa botte fourrée. Au loin, dans la forêt de conifères, les cris du vieux s'estompent. Le silence se réinstalle sur ce coin de montagne, y apporte une paix illusoire. Nahadeh n'a jamais été aussi accablé. Il ajoute quelques bûches aux braises rougeoyantes du foyer et s'allonge sur le sol glacé. Toute cette agitation a perturbé la meute de loups ; ces animaux trop sensibles sont terrorisés. Il leur faut longtemps pour se calmer. Puis, un à un, craintivement, ils sortent des fourrés et regagnent le bivouac. En passant près de Nahadeh, ils lui lèchent une main ou le visage, puis se couchent autour du feu en pleurnichant.

La tempête emprisonne la forêt sous une coupole de gros flocons paresseux. Nahadeh laisse librement couler ses larmes.

La neige le recouvre...

Une main légère passe un linge humide sur le front de Nahadeh. Il ouvre les yeux, pousse un gémissement. Tahiné est agenouillée près de lui. Les deux jeunes se trouvent dans une petite loge de branchages. Un feu ronronne au centre, sous une gamelle d'eau. Nahadeh tente de se soulever sur un coude. Tahiné l'en empêche d'une pression sur la poitrine.

— Tu es revenue… bâtir cet abri… pour moi, murmure le garçon avec un air content.

La jeune fille lui sourit.

— Mais ton père, Tahiné…

— Quand il n'a pas bu… il peut être un brave homme. Il m'a permis de revenir auprès de toi.

— Tu es restée… longtemps?

— Tu as déliré deux jours.

Nahadeh sent la fatigue l'emporter doucement. Il ferme les yeux et s'endort, la main de Tahiné dans la sienne, Tahiné, son «amoureuse».

CHAPITRE 19

Six semaines se sont écoulées. Le temps se réchauffe. L'hiver s'éloigne. La nature, sensible, réagit vigoureusement à l'appel des jours nouveaux. Au pays, les froids sont rudes, longs; la belle saison, resplendissante, courte. Elle ne perd pas son temps en préliminaires futiles. Il «fait» hiver ou printemps. Les fleurs nouvelles se sont préparées sous la neige. L'heure du Grand réveil approche. Après la froidure, c'est le beau temps, sans transition : de la glace aux verts pâturages. Ainsi que le disent les gens du Nord, «Ici, il n'y a que deux saisons. L'hiver et l'autre…».

Un matin donc, c'est le printemps…

D'un seul coup, le flanc des collines se couvre de silènes rosés, primevères et fleurettes vertes ou bleu d'azur, alors qu'en plein ciel passent des nuages lourds de tempêtes où se faufilent de tardives rafales de neige. La nature semble sujette à quelque excentricité qui la fait hésiter entre les deux saisons. Puis le printemps débute avec ostentation. Il fera bon vivre durant une semaine ou deux, ensuite, le pays nordique deviendra le domaine exclusif des insectes. Un paradis aux portes de l'enfer!

À l'intérieur des bois pourtant, c'est toujours l'hiver. La neige y résiste des jours et des jours, parfois des semaines. Avec elle, subsiste le froid.

Pour Mickael Jay-Chêne, l'ennemi d'enfance de Nahadeh, c'est une journée idéale. La chasse aux loups bat son plein. Il va frapper! L'Indien le sait, il a vu ses traces dans la neige épaisse. Empoignant sa meilleure carabine, Nahadeh, malgré sa douleur persistante au ventre, se lance sur la piste de Jay-Chêne, le chasseur de fourrures.

Cheminant à travers les troncs serrés d'une forêt de pins, l'homme enfonce jusqu'aux genoux dans la neige légère, une insulte à chaque pas pour le «satané pays». Deux heures passées, il a brisé une raquette dans un terrier de lièvre et tordu sa cheville. Une douleur parfois intolérable lui fait hurler les pires injures à l'adresse du Créateur et de ses terres nordiques. Mais les joies intenses que lui procure son activité favorite valent bien quelques inconvénients.

Mickael Jay-Chêne, dit «Mick», est *wolfer*[17], chasseur de loups. Il fait la fourrure. Mick traque, tue et dépouille du loup, parfois de l'ours, à longueur d'année. Fusil en main, il domine le monde entier. Ah! l'exaltante émotion quand devant lui se dresse un grizzli haut de quatre mètres, monstre herculéen capable d'assommer un orignal du bout de la patte. Et lui, d'un seul doigt sur une gâchette de trois centimètres de long, il couche ce roi des montagnes à ses pieds, pleurnichant comme un chiot mal sevré. Il suffit à Mick d'une once de plomb, 28 petits grammes, qui vont se frayer dans la formidable masse de muscles un passage grand comme deux poings serrés. Avec ses armes, ses appâts, ses pièges et autres gadgets de chasseur à la page, sa tenue camouflée genre parachutiste, zébrures noires sur le visage et poignard dans sa botte, Mick est invincible. Il se paye les émotions d'un baroudeur en patrouille de commando sans le moindre risque. Ce «sportsman», que les amies de sa femme ont surnommé «Bouffi de graisse», prend ici sa revanche sur les imbéciles. Hélas! le bon temps se termine. Les maudits écologistes et autres foutus protecteurs de la faune tuent le métier. Cette pensée met la fureur sur son visage emmitouflé de laine.

Devant lui chemine une piste marquée de sang. Estropiée par une balle, la bête est fatiguée. Mick s'acharne. Voilà six heures que ce maudit loup le fait courir. Il va le payer! Question de principe. Sur terre, le maître, c'est l'homme; tout le reste doit plier. D'après les traces, c'est une belle femelle d'au moins vingt-cinq kilos. Le loup, Mick connaît ça. Il y consacre ses loisirs depuis dix ans. Mick frissonne. Il est transi. Satané climat! Il sacre à chaque pas. Depuis sa chute de tantôt, ses bottes remplies de neige et pas très bien vidées, il perd sa chaleur. Dans sa bouche, des invectives rauques fusent à chaque pas, prenant l'intonation de l'effort. «Han! Diable! Han! Peste!» Pourtant, la joie éclaire ses prunelles sombres, creusant au coin de ses yeux, seule partie exposée de son visage, de fines rides de plaisir. Dans les bois, il est heureux. Grâce à la chasse, ses complexes disparaissent, ses problèmes familiaux s'amenuisent. La tranquillité de la forêt lui offre une thérapie gratuite. Il s'y débarrasse de ses névroses. Pour beaucoup de types dans son genre, la chasse éclaire un peu une existence sans éclat. «Un homme comblé dans sa tête n'a pas besoin de faire souffrir les animaux pour jouir de la vie», lui rabâche sa femme chaque jour lorsque la saison de chasse approche. Des inepties!

213

Vers le milieu du jour, Mick se repose devant une flambée d'épinette. Il mange quelques lanières de pemmican avec une grimace dégoûtée. Il ne se fera jamais à l'infecte spécialité indienne. Dire qu'il est né dans la région! Incroyable, mais il ne parvient pas à s'intégrer, malgré sa volonté de s'adapter à ce fichu pays de glace et à ses coutumes parfois débiles. Les colonisateurs français appelaient, avec raison, le *pimikkân* de l'étouffe-chrétien : de la viande déshydratée, mêlée à du gras et à des baies sucrées, ça n'est pas la joie. La racine *pimû* ne signifie pas «graisse» pour rien. Une saleté! En hiver, c'est l'idéal, disent les Natifs. De l'énergie pure. C'est probablement vrai, mais la viande dure, élastique, se digère mal. Un vrai cuir de botte. «Ça vous déchausserait une dent comme de rien», se dit-il en éclatant de rire. Un cuir de botte qui déchausse... En forêt, Mick soliloque souvent de cette manière. Parler seul est une vieille habitude remontant à son enfance solitaire puis à sa longue existence de vieux garçon. Il avait ainsi parlé à son nounours et, plus tard, à son copain inventé, en réalisant qu'il ne parvenait pas à se faire de véritables amis. Après douze ans de mariage, comme il ne dialogue même plus avec sa femme – une écologiste! –, l'ami virtuel de sa jeunesse avait toute la place requise pour réapparaître. Quant à son fils, inutile même de le mentionner. Lorsqu'à 12 ans on considère toujours «Bambi la petite biche» – cette ridicule production de Walt Disney offerte par maman à Noël – comme son film préféré, ça n'est pas d'une telle progéniture qu'il faut attendre un peu de compréhension.

Bah! la famille...

Quand même, une botte qui déchausse les dents!...

Sa drôlerie le divertit. Comme cela lui arrive dix fois par jour, il repense à ce nigaud d'instituteur du village des Deux-Montagnes à qui il vient de vendre une Volkswagen pourrie, une vraie casserole! Et le type bardé de diplômes qui l'achète sans vérifier la compression. Totalement brûlé, le moteur! Mick est un malin. Dix centilitres d'éther dans l'essence et le type a cru qu'il se payait une voiture de course. Mick serait même capable de vendre des guimbardes sans moteur. Il lui faudrait juste une rue en pente pour faire sa démonstration. Afin de conclure l'affaire, Mick a invité le pigeon à déjeuner. Le truc! Des spaghettis infects, pas égouttés. Faut avouer que sa chérie ne peut même pas faire chauffer l'eau d'une soupe sans mettre le feu à la cuisine. Une végétarienne, pensez!

Mick envoie son reste de café sur le foyer qui s'éteint en grésillant. Il change de chaussettes, enfile ses *muk-luks* et sangle ses lourdes raquettes consolidées durant la pause. Un coup d'œil au ciel remet la mauvaise humeur à sa bouche. La tempête menace.

Brusquement, sur le trait obscur de l'horizon, perce une clarté vacillante. Enfin le soleil.

Soleil? Mais, nom de… Mick s'affole, réalisant qu'il fait face au Nord. D'une poussée impétueuse, le halo s'avive, se fraie un passage dans la grisaille, devient éblouissant. Une intensité!

Mick cligne des yeux. Le phénomène est saisissant. À sa droite apparaît un autre soleil, et bientôt un troisième. Sur la neige, la réverbération est insoutenable. Il aurait dû se munir de ces lunettes en bois qu'utilisent les Inuits – simple fente en rétine de chat dans une plaquette de bois.

Là… les reflets solaires se transforment, comme animés par une volonté propre, une vie profonde…

L'effroi! Trois soleils lui font face et… en voici un autre, et encore un… Son cœur cogne violemment dans sa gorge. Mick essaie de raisonner. Puis il se souvient d'une lecture sur l'Arctique. Voilà! Ce qu'il observe se nomme un parhélie, phénomène de réfraction du soleil, au-delà des nuages, sur les cristaux de glace en suspension dans l'air.

C'est ça! Pourtant… ses soleils à lui tremblent, se déplacent, changent de couleur… Bon sang! Celui-là devient mauve, se rapproche à vingt pas. Une manifestation diabolique! La gorge de Mick est obstruée par une peur surprenante. Il déraisonne.

Une brève rafale de neige dissipe les soleils. C'est fini. Mick respire plus librement. Il vient assurément d'être le témoin d'un de ces prodiges nordiques inexplicables, né du silence, de l'angoissante solitude. Mick se force à rire; il se met à siffler. Il le fait toujours en traversant les rues désertes et les endroits sombres. Il paraît que cela donne du courage.

Une raison majeure l'amène au parc de Nahanni. Il y trouve des loups en abondance et, en les chassant, il se venge d'un vieil Indien d'ici qui lui a interdit l'usage de sa forêt à cause d'une biche embourbée dans un marais que Mick avait lapidée avec des copains. L'Indien est mort, et son fils, un nommé Nahadeh, écologiste jusqu'au bout des plumes, a fait du loup son animal fétiche, une sorte de talisman protecteur qu'il n'a pas le droit de tuer. Un jour, le maudit gamin a surpris Mick en plein travail d'écorchage et l'a sérieusement battu. D'où le choix logique de Mick de se consacrer à la peau de loup. Ainsi, il défie l'Indien. Depuis ce

temps, lorsque Mick prospecte le domaine de Nahadeh, il lui «offre» ses prises, d'un cri bondissant d'une
falaise à l'autre, jusqu'aux plus hauts plateaux de la
réserve où l'Indien et ses prédateurs chialent sur leur
nature martyrisée.

— Si je te revois toucher à un loup sur ma terre, je
t'arrache la peau, comme tu l'fais aux bêtes! avait pro-
féré l'Indien en le rossant à coups de poings.

Le sourire anime la face rougeaude du chasseur.

«Tes loups, pauvre type, regarde ce que j'en fais!»,
se rengorge Mick. Depuis le début de la saison, il en est
à soixante-sept prises, sans compter les quatre louveteaux étranglés le matin même dans une tanière, pendant que la mère gémissait à côté, trop effrayée pour
intervenir. Alors, les menaces de l'Indien…

Mick avance à grandes enjambées. Ici, la neige est
rose, froissée. La bête est tombée. Mick jubile. Que ne
donnerait-il pas pour surprendre la tête de l'Indien
retrouvant les carcasses de loups dépouillées que Mick
dissémine dans son sillage! Le Sauvage doit s'en rendre
malade. Douce vengeance. Autour de Mick, la forêt
s'éclaircit. Les arbres moins serrés recueillent un plus
lourd fardeau de neige. Sur les pins bordant une clairière, le soleil printanier a fait fondre la neige. Le froid
revenu, l'eau s'est cristallisée, couvrant les arbres d'une
parure de glace, fragile armure scintillante. Les branches
basses ployées, plongées en plein sol, font songer aux
racines aériennes d'une forêt de cônes. Agitées par le
vent, les ramilles se frôlent, cliquettent. Des clochettes
de cristal. Dans l'air tumultueux, la neige glisse, file par
longues rafales. Mick peste contre ce printemps nordique rempli de froidure.

La proie est là, effondrée entre deux épinettes, sur un monticule de terre qu'elle n'a pu franchir. Sur son corps s'accumule la neige, agitée au rythme saccadé de sa respiration.

Le loup s'arc-boute aux pieds du chasseur, tente en vain de s'éloigner. Un éclat de terreur passe dans ses yeux jaunes. L'homme en tressaille de plaisir anticipé. En lui gronde le cri qui bientôt portera sa victoire jusqu'à Nahadeh, l'ennemi accroché à sa montagne. Mick arme sa carabine 30/30, pince les lèvres. Réflexion faite, il finira la bête au couteau. «Domination des espèces inférieures.» Il en vient toujours à ce raisonnement. À chaque prise nouvelle, Mick éprouve la formidable émotion de tenir en son pouvoir l'ultime souffle de vie du gibier. Le militaire doit ressentir une semblable excitation en découvrant un visage ennemi dans le prolongement de son canon. Il devient alors un peu comme Dieu le père : l'homme décide qui peut vivre et qui doit mourir. Grisant! Mick ôte sa mitaine, affermit la main sur son coutelas. Un pincement saisit sa peau. Le froid colle ses doigts au métal du manche. Le loup geint. Cri du chiot qui naît, de la mère qui en meurt. C'est quasiment le même. Mick rit. Quand il réfléchit ainsi, plus profondément qu'à l'ordinaire, il appelle ça philosopher.

Mick s'agenouille, empoigne sa victime à la nuque. Le loup s'immobilise[18].

– Nahadeh, v'là mon cadeau!... hurle Mick.

Un souffle de haine parcourt l'espace, répercuté par la pente ventrue des collines, la paroi vertigineuse des canyons, serpentant avec rivières et torrents, jusqu'aux endroits les plus reculés, les plus secrets de Nahanni. La clameur portant la violence qui hante le cœur de Mick, déchiquetée par les mille crêtes d'arbres et de pierres du paysage, se termine en rire moqueur.

Mick brandit son coutelas.

À peine s'il percevra le sifflement léger, sorte de froissement qui déchire l'air derrière lui. Son geste se fige, suspendu entre l'espace et le temps. Mick frémit. Ses traits se transforment sous l'effet de la douleur fulgurante, incompréhensible, qui le paralyse. La trajectoire de son couteau s'achève, au ralenti, dans une souche de bouleau pourrie.

Mick s'affaisse. Entre ses épaules dépasse une courte flèche bleue. Le visage enfoui dans la neige, bouche ouverte sur un cri, un mot qui refuse de jaillir, Mick ne comprend pas ce qui le retient au sol, le corps engourdi. Il ignore même où il se trouve, et pourquoi. Ne demeure en lui de réalité qu'une douleur intense. À proximité se produit un crissement léger sur la neige. Réunissant, dents serrées, l'énergie qui lui reste, Mick redresse la tête. La terreur le transfigure. Une lueur verte flotte devant lui. Un des soleils est revenu! Les paupières de Mick s'alourdissent, pèsent sur son œil. La douleur envahit sa tête. Mick ferme les yeux. Étrange sommeil. Le visage d'une Indienne lui traverse l'esprit. Des larmes roulent sur ses joues râpeuses. Il quitte ce monde avec sur les lèvres un rictus d'incompréhension et, dans la gorge, des mots qui ressemblent à «Volkswagen pourrie». Mick sourit. Une grimace. Il l'avait quand même bien eu, ce maudit Français…

Trois heures plus tard, la louve blessée par le *wolfer* repose dans la cabane de Nahadeh, devant la cheminée ronflante.

Enfin! L'ennemi abhorré n'existe plus. Nahadeh sent sa poitrine se gonfler de reconnaissance envers

Celle-d'en-Haut dont la vigilance ne se dément pas. Elle veille toujours aussi farouchement sur ses montagnes!

CHAPITRE 20

Les pieds dans l'eau, Cisco fouille entre les racines d'un sapin. Jurant et s'esclaffant, il s'applique sur les joues un emplâtre de glaise dégoulinante. Il n'a trouvé que ce moyen de protéger sa peau contre les douloureuses piqûres et les morsures des moustiques, des mouches noires et des taons qui prolifèrent dans tous les endroits humides.

— Cisco, nom de nom! Arrête de faire d'la poterie et travaille convenablement. Ton machin tiendra jamais. *Embrutecido!*

Cisco et Nahadeh cherchent de l'or! Ils construisent une gouttière de bois en bordure d'une étroite rivière afin d'y laver la caillasse aurifère qu'ils extrairont de son lit.

— *She-cha-m'nah Mah-toh!* Toi-même, réplique le pilote. Depuis que t'as rencontré cette fille, t'es invivable! T'espères quoi au juste? Que j'en sache autant qu'toi en si peu d'temps? Ce damné système de lavage est aussi facile à fabriquer qu'apprendre à danser le passe-pied.

— J'sais pas qui est *She-cha-m'nah Mah-Toh*, un ours puant, mais toi, tu t'es pas lavé d'la semaine. J'me

221

trompe? Quant à tes progrès, cinq mois au pays devraient suffire, même à un presque Blanc, pour avoir l'air plus dégourdi. Relève ta planche… Mets le support du tamis au bout. Il doit recueillir des pépites, pas servir à laver tes caleçons… Non! Comme ça! Là, j'appuie la planche… cloue. Toi alors! Avec un engin pareil, tu prendrais qu'du vent. Et encore…

Nahadeh ne termine pas sa pensée. Sa voix devient à peine audible lorsqu'il ajoute :

— À ton avis Cisco… avec mon amie… qu'est-ce que je devrais faire si le vieux changeait encore d'avis? Ce type me rend fou. Saoul, il dit non, sobre il dit oui!

— Tu sais… J'connais pas bien vos coutumes, Nahadeh, mais au temps des chevaliers, quand les parents de la fille s'opposaient au mariage… Bah! Le gars enlevait carrément sa promise, prononce Cisco avec le plus grand sérieux.

— Tu… tu ris pas d'moi?

— Pas à propos d'une chose aussi importante.

— Et tu crois que ce genre de méthode est faisable ici?

— Soyons réaliste. N'importe quelle fille aimerait ça, c'est pas mal romantique.

Nahadeh émet un rire content.

— Parfait. Alors va! Le clou… cogne mon Cisco, ouille! Pas sur mes doigts! OK, c'coup-ci on tient l'bon bout.

Cela fait deux semaines qu'ils remontent la rivière à la recherche de la veine-mère — le filon d'or principal. Au début, ils ont trouvé de la poussière d'or, fine comme du sable. Puis, à mesure qu'ils progressaient vers l'amont, la poussière a fait place à des paillettes. Ils ont alors poursuivi leurs essais, avec des résultats de plus en plus spectaculaires. Une battée ici — sorte de plat rond et creux —, une autre dix pas plus haut, afin simplement de vérifier la proximité du gisement. Parfois, dès que le cours d'eau qu'ils remontent se sépare en deux, formant une fourche, il leur suffit d'une dizaine de mètres à prospecter dans les deux directions pour s'assurer du chemin à suivre sans erreur possible.

En ce moment, les deux amis se tiennent à quelque trois cents mètres du pied de la colline. L'excitation gagne Cisco, il en est fébrile. Se contrôler lui devient malaisé, à un point tel que depuis deux jours, il ne conserve même pas les paillettes d'or qu'il découvre au fond de sa battée. Il reconnaît que les récupérer lui ferait perdre un temps précieux. Sans regret, il les rejette avec la terre et le gravier. Brûlera-t-il vainement son énergie afin de ramasser quelques malheureux dollars de poussière d'or? Si proche est la véritable fortune. Et puisque depuis trois jours le fond de leur tamis se couvre parfois de jolies pépites, rondes et lourdes, au diable la poussière!

Ce matin, le doute n'est plus permis : la veine d'or maîtresse est enfouie à flanc de colline, à l'émergence de la source. Les deux hommes sont parvenus au but : le gros coup de leur vie! bien que, pour chacun, l'interprétation du terme «gros coup» soit manifestement différente.

Nahadeh corrige à nouveau d'une main habile l'ouvrage de son compagnon. Il rit, sans raison aucune. Au nom de la joie, de la paix de l'âme assurément. Il a un ami, et bientôt, Tahiné prendra dans sa vie la place qui lui revient de droit par la grâce du Grand Esprit. L'orientation nouvelle de sa vie porte Nahadeh vers une euphorie semblable à celle qui lui fait bondir le cœur de plaisir à la contemplation d'un beau paysage de montagnes. Nahadeh doit faire des efforts constants s'il ne veut pas se laisser aller à crier ou même encore à pleurer. En vérité, le jeune Indien ignore la façon adéquate d'exprimer le bonheur simple. Alors il se tait.

Depuis que Cisco vit dans la cabane avec lui, Nahadeh n'a pas été visité une seule fois par ses terribles cauchemars. Quant aux étranges absences mentales qui auparavant perturbaient son existence, elles se sont espacées. Le jeune homme se débarrasse doucement des séquelles laissées en son esprit par la fin tragique des siens, une guerre inutile et une longue enfance solitaire. Il s'épanouit. Ainsi, afin de garder Cisco auprès de lui, l'Indien a-t-il rompu sa promesse sacrée faite à Wakan-Tanka, celle de ne jamais creuser la Terre-Mère par cupidité. Un bon calcul ! Nahadeh s'en réjouit sans remords. Cisco s'imagine déjà propriétaire de boutiques en Californie où il installera ses beaux-frères, alors que lui se consacrera à son vignoble de San Diego. Il ne désire plus quitter la vallée de Nahanni dans l'immédiat. Nahadeh s'en trouve pleinement heureux, cela va de soi. Plus tard, il aura tout le temps de se faire pardonner par le Grand Esprit ce grave manquement à sa parole. Au nom de l'amitié, il se sent prêt à y consacrer le reste de sa vie.

CHAPITRE 21

La toundra resplendit des tons bariolés de son parterre fleuri ondulant sous les caresses d'une brise odoriférante. Le ciel se pare de nuées d'oiseaux au plumage bigarré. L'air vibre de leurs chants, se charge des parfums poivrés qu'ils ramènent du sud, enfouis dans leur duvet.

Le printemps, saison magnifique et terrible, avec ses insectes voraces : taons, mouches à chevreuils, maringouins, minuscules mouches noires...

Insectes, qui se déplacent en nuages compacts, s'introduisent dans la bouche, le nez, à l'intérieur du vêtement le plus serré, et là, de leurs trompes, mandibules, pinces, crochets et autres impitoyables outils, la gent démoniaque arrache par lambeaux la chair de ses victimes humaines et animales, piquant et traversant les cuirs les plus épais. Bestioles infernales qui transmettent des légions de parasites et rendent la vie nordique si misérable.

Durant tout ce mois de mai, la malheureuse faune persécutée par l'infatigable adversaire cherchera refuge vers les hauteurs plus fraîches, le flanc des collines où l'hiver se fixe encore, avec ses larges plaques de neige sale, accumulée au cours des ans.

Les «jours à moustiques», Cisco et Nahadeh combattent le fléau à la manière des montagnards. Ils s'appliquent sur le visage et la nuque une glaise liquide qui les fait ressembler à des masques de guerre, emplâtre qu'il leur faut remplacer, inlassablement, dès qu'une partie sèche s'en détache.

Cisco appelle l'opération son «masque de beauté». De l'humour noir! Le procédé lui couvre la figure de boutons — figure devenue «aussi plaisante à regarder qu'un derrière de chimpanzé», précise Nahadeh.

— *Sagrado putana de Norte!* Dire que ce climat pourri représente la belle saison, une chance! s'exclame le pilote.

— T'as hâte à l'hiver, on dirait? ricane Nahadeh.

— Presque. Bien qu'le froid vaille pas mieux. En fait, dans c'pays, y'a pas un seul jour normal par an. *Si, hombre. Aqui, es una verdadera mierda!*

C'est le printemps. C'est l'enfer.

— Un vrai sale pays! Pourtant, *diablo!* j'finis par l'aimer.

— Cisco, au lieu de dégoiser tes stupidités, tends la corde et plante le piquet, là… Non! plus bas… ouais. Gare à tes doigts! Le truc se replie sur ta main et y'en a plus. Tu t'moucheras sur l'épaule.

Cisco plonge sa pelle dans la terre pierreuse de la berge, jette le mélange sur le tamis. Nahadeh ouvre la trappe qui, plus haut, régularise le débit d'eau; le courant aussitôt entraîne le sable et les pierres. Pour activer le nettoyage, les deux hommes remuent la boue à la main. Cisco est le premier à les voir. Trois pépites grosses comme des œufs de caille.

Un instant, le pilote reste sans voix. Son rêve est en train de se réaliser. Il devient riche. Finis les massacres en avion ! Dolores portera les toilettes d'une reine et, surtout, elle ne sera plus obligée de travailler. D'un élan enthousiaste, Cisco enserre les épaules de Nahadeh de ses mains boueuses, met son front contre le sien.

— On a réussi, p'tit frère ours ! On a gagné !

Si le pilote peut se montrer satisfait, son tas de pépites n'en est pas la cause unique. Il a en effet oublié l'Indienne. Il n'y pense plus depuis des semaines, du moins pas de la même façon qu'auparavant. Cisco est en train de retrouver sa liberté. Et pourtant, Dolores n'a pas encore repris la place qui lui est due. Elle n'occupe que rarement les pensées du pilote. Le Nord est exigeant !

Nahadeh, avec un grand rire, claque le dos de Cisco ; lui aussi exulte, mais ses motifs diffèrent de ceux de son camarade. En effet, plus Cisco trouvera d'or et moins il songera au départ.

Avec le temps se sont tissés entre les deux hommes de solides liens d'amitié, un dénouement inévitable à leur étrange relation. Cisco n'essaie même plus de résister. Leurs différences les plus visibles se sont atténuées, égalisant leurs émotions. Jusqu'à un certain point, Cisco et Nahadeh commencent à se ressembler. L'un, le citadin, avec du recul sur les événements tragiques, acquiert une certaine sagesse et se « confond au paysage », comme il le dit lui-même ; et l'autre, le rebelle, il apprend à mieux connaître les hommes, découvrant qu'ils ne sont pas tous ennemis de la terre ni de l'Indien.

Dans le Nord, creuset des origines, chacun transforme ses valeurs en fonction de celles de l'autre. Le pays modèle le pilote à son image vigoureuse, fait de lui une de ses créatures. À son insu, Cisco devient *northlander*, un peu Indien aussi. Le temps a fait son œuvre. Nahadeh, l'Aborigène lakota, jure en espagnol, et Cisco, le sang-mêlé du pays des «artichauts épineux» – les cactus –, invoque le ciel avec de retentissants «Wakan-Tanka», dieu des indiens Lakotas. Au début, le pilote a combattu ce qu'il nommait «la mauvaise influence d'une infernale atmosphère». Il s'imaginait, à tort, que Nahadeh tentait de le contrôler. La dureté du jeune Indien dissimulait simplement ses démons intérieurs. Aujourd'hui, les deux hommes évitent le délicat sujet de la tragédie aérienne, mais le drame demeure entre eux et, à n'en pas douter, freine l'évolution de leurs sentiments respectifs. Cisco s'est longuement questionné sur la culpabilité de son ami. Le connaissant mieux, il est désormais plus enclin à le croire innocent.

Un criminel ne peut posséder ces indéniables qualités de cœur et d'esprit, avoir ces gestes compatissants envers la bête blessée, ni cette poésie dans la description des montagnes de son enfance. D'un autre côté, Cisco n'ignore pas qu'un semblable amour de la nature, intransigeant et sans compromis, est aussi capable d'engendrer le mal, conduisant l'homme de paix vers la guerre. La frontière entre les deux états étant fréquemment imperceptible. Abattre sept individus par «amour de la faune» représente une réelle aberration, sans néanmoins être inconcevable. Ainsi que l'exprime une maxime indienne : «On doit souvent faire le mal pour parvenir au bien.»

En outre, l'estime s'accroissant entre les deux hommes ne facilite pas la faculté de jugement du pilote. Cisco sent avec incrédulité venir l'instant où, manquant de courage, par faiblesse aussi, il ne sera plus capable de mener un seul Indien devant les autorités policières.

Un homme ne dénonce pas son frère. La présence de Nahadeh lui devenait nécessaire et son amitié trop chère, autre paradoxe choquant dont Cisco faisait la découverte. Durant les premiers jours de leur cohabitation, conserver en lui intacte la haine s'était avéré d'une facilité étonnante. Il n'avait qu'à songer simplement à son ami Phil, mourant d'une flèche en pleine gorge, et lui devenaient odieux tous les Indiens du pays. À cette époque, Cisco avait lutté ouvertement contre Nahadeh, l'affrontant à poings nus en deux mémorables occasions, avec les honneurs, certes, mais sans triomphe véritable. Puis il tenta de fuir, entreprenant à deux reprises la traversée de Nahanni. Sa première fugue avait duré six heures, durant lesquelles Cisco avait lamentablement tourné en rond, se retrouvant au crépuscule à vingt pas de son point de départ, devant la cabane de l'Indien. Nahadeh n'avait pas manqué de l'accueillir, bouche débordante de remarques acerbes afin de mieux souligner ce qu'il nomma «l'héroïque prouesse d'un petit vagabond presque blanc». Trois semaines plus tard, à cause justement de ces railleries le présentant comme «un guignol dépourvu de la plus élémentaire capacité à affronter le Nord» – un autre trait d'esprit de Nahadeh –, Cisco avait rechaussé ses raquettes. Il avait délibérément choisi la nuit d'un vigoureux blizzard, soulignant ainsi davantage, par défi, la difficulté de son périple. «Des conditions atmosphériques quasi inhumaines», se voyait après coup obligé de reconnaître Nahadeh. Durant cette seconde tentative «d'évasion», là encore, Nahadeh ne daigna même pas le suivre. Aucune nécessité. Son inviolable coin de forêt veillait à sa place. Une folle équipée! Cisco avait manqué se noyer dans un rapide le premier jour et s'était retrouvé nez à nez avec un grizzli durant le second. Réfugié dans un sapin, à trois mètres du sol, Cisco avait été surveillé durant huit heures par l'animal enragé qui dormit au pied de l'arbre. Cisco, en dépit de son inconfortable posture, s'estimait chanceux d'être en vie, se jugeant dans son arbre en parfaite sécurité. Pareil à nombre de citadins, il demeurait persuadé que le grizzli, vu son énorme masse corporelle, ne possédait pas la capacité de grimper aux arbres. De retour au bivouac, Cisco avait réalisé la précarité de son perchoir et, partant, l'étendue de sa chance, alors que Nahadeh, malicieux, lui apportait quelques renseignements complémentaires sur les mœurs et les aptitudes physiques des ours. Rempli d'un effroi rétrospectif, Cisco apprenait ainsi que l'ours brun, appelé aussi grizzli, escaladera sans peine un arbre jusqu'à une hauteur de quatre mètres, son poids ne commençant à le handicaper qu'à partir de cette altitude. Quant aux petits ours noirs, agiles comme des écureuils, avec eux, mieux vaut demeurer allongé au sol, à y feindre la mort, plutôt que chercher le refuge illusoire d'une branche, autre curiosité des ursidés nordiques que Cisco méconnaissait.

Cette aventure avait duré cinq jours. Piteux, il était revenu vers Nahadeh, non sans s'égarer trois fois et manquer se rompre les os à maintes reprises dans des gouffres insondables. Une expérience désastreuse à n'en pas douter, mais pour le moins enrichissante. Nahadeh, plus amusé que fâché, avait de nouveau reçu son compagnon avec une volée de quolibets, et une pointe de philosophie.

— Incorrigible Merde-d'Ours. Enfin! faut tomber pour apprendre à bien marcher, pas vrai?

— Si j'suis pas ton prisonnier, comme tu l'dis, pourquoi tu m'conduis pas jusqu'à un village de Blancs hors de la région? avait demandé Cisco.

— Disons que j'aime ta compagnie.

— Tu craindrais pas plutôt que je prévienne les gendarmes?

En réponse, Nahadeh avait haussé les épaules, dédaigneux.

Aujourd'hui, Cisco voue une passion sans borne aux admirables paysages de Nahanni. Le temps, généreux, qui a repoussé les souvenirs tragiques, lui permet l'apaisement de l'oubli. Ces divers éléments de sa vie combinés s'accordent afin de le réjouir, mais également le désorientent quant à son avenir. Avec de telles pensées en tête, il n'est pas étonnant que le pilote ne mentionne plus que rarement le nom de sa terre natale. Quant à l'éventualité de refaire son baluchon de voyageur, elle ne l'effleure même plus. Cisco remet toujours à plus tard le temps de la décision finale. Le simple fait d'y songer l'indispose fortement. S'en aller à jamais! Les seuls mots l'effraient. Il n'est pas simple de quitter l'endroit auquel, inconsciemment, on rêve depuis sa tendre enfance.

Et le temps s'écoule... rapidement, trop, au goût du pilote, un peu à la manière d'une bienheureuse période de vacances. Les terribles détails de l'accident s'estompent incontestablement. Cisco aime Nahadeh, sans réserve. Il a pardonné, à Celle-d'en-Haut et à tous les Indiens de la création. En fait, il absout le monde entier au sujet de ses guerres, de son racisme, de son intolérance, de ses folies... L'existence actuelle de Cisco le satisfait pleinement. Riche, il devient égoïste. De Nahadeh, il apprend la vie nordique, fascinante, mais aussi, et c'est là le plus surprenant, il se découvre lui-même sous un jour qu'il n'aurait jamais soupçonné. Cisco a dormi dans des arbres, des trous de rochers, mangé de la viande crue ou pourrie, et des crottes de lièvre; il a connu le froid, la faim, la solitude angoissante des grands espaces glacés, et certains jours, la peur. Il n'éprouve aucune honte à l'avouer. En comparaison, son service militaire avait été une moindre épreuve. Cisco constate avec effarement que c'est sous la conduite éclairée d'un jeune adulte – pour ne pas dire sa férule – qu'il s'est ajusté au rythme de la vie.

CHAPITRE 22

Une matinée douce de soleil, faite d'un ciel sans nuages, saturé de moustiques, à tel point qu'autour des deux hommes «l'air est gris», agité de millions d'ailes translucides. L'atmosphère bourdonne. Les deux compagnons fouillent le lit d'un petit torrent charriant une eau rare et glaciale. Ils prospectent, toujours en remontant le cours d'eau. Les pépites deviennent plus nombreuses, plus grosses… Cette fois, ils ne s'en débarrassent pas.

Les voilà donc parvenus au filon!

— Pioche! Cisco.

— *Caraï!* Et pourquoi c'est toujours moi qui me tape le travail dur et salissant?

— Dans une bonne équipe, il en faut un qui pense, rigole le colosse.

— OK, alors je pense que j'en ai assez! Et d'abord, qui te dit que j'veux faire partie d'une bonne équipe? s'insurge Cisco, la voix néanmoins vibrante d'un plaisir incontestable.

Cisco en effet ne parvient plus à dissimuler cette manière d'exaltation accompagnant la plupart de ses actes et de ses pensées. La rude existence qu'il expérimente nourrit en lui ses besoins les plus profonds, les plus exigeants ; elle le satisfait, dirait-il, corps et âme, au-delà de tout ce qu'il aurait pu souhaiter. Il est comblé. Cisco ne peut déjà plus se remémorer quand, pour la dernière fois, il a évoqué «sa chère civilisation», n'osant encore remplacer ce dernier mot par «famille». Pareil constat l'inquiète un peu. Auparavant, il contemplait la photo de Dolores et des jumeaux, en cachette, plusieurs fois par jour. Au fil des semaines, la photo a quitté moins fréquemment sa poche. Et depuis un mois, ce petit plaisir simple qu'il prenait à retrouver les siens, est pratiquement devenu «l'heure de la photo», une sorte de rituel – d'obligation morale, remarque-t-il avec une tristesse certaine. De temps à autre, Cisco partage même avec Nahadeh l'instant du souvenir, circonstances durant lesquelles l'Indien, sans retenue, admire la charmante épouse de son camarade, employant à la décrire des mots touchants de simplicité, sans négliger, jamais, de célébrer l'apparence des enfants ; l'Indien les dit «robustes comme des gamins de montagne» – propos qui ravissent le pilote sans parvenir à lui faire discerner l'incongruité de la situation.

Et là, dans une cabane de rondins mal isolée, pendant que l'étranger affiche sans équivoque sa ferveur envers le pays sauvage, un jeune orphelin s'invente une famille riche de promesses. Mais le pilote est soucieux. Sans le «rituel», regarderait-il encore sa photo ? Il n'ose déjà plus répondre. C'est un fait : San Diego, la ville bien-aimée de son enfance et tout ce qui s'y rattache, lui manque hélas de moins en moins.

Le haut de la gouttière servant à laver la terre plonge dans le courant ; la partie creuse où se trouve le tamis est installée sur la berge en pente.

— Cisco, P'tit-Ours-Puant, balance une pelletée de caillasse, j'ouvre la flotte.

— Voilà, Gros-Caribou-Mal-Lavé, servi à la carte!

Le sourire de Cisco envahit ses yeux gris. Ils contiennent l'amitié et un bien-être sans égal. Dans cette réserve indienne enfouie au cœur d'un rude décor montagnard, Cisco se trouve chez lui, à la place adéquate à son évolution. Après la guerre, il avait perdu contact avec la réalité. La guerre, ça balance les études aux oubliettes, ça fait des invalides, des chômeurs, des pauvres, des morts, des veuves et des ratés... Dans la montagne, il suffit de se laisser vivre.

Avec Nahadeh, Cisco est détendu, en paix avec lui-même et le reste de l'humanité. Une découverte bouleversante. Dire qu'un jour prochain il devra procéder à quelque terrible choix entre deux manières de vivre, deux pays. Cela fait douze jours qu'il n'a pas posé le regard sur le portrait de Dolores. Diable! Est-il trop occupé par son travail à la rivière? L'or! Une excuse trop commode. Un oubli? Oublie-t-on son bonheur passé, sa famille? Voyons! Tout ceci est sérieux, très grave. Il aime toujours sa femme, aucun doute n'est permis : elle est si jolie!

Là! Il vient de toucher le point sensible de sa nouvelle manière de considérer Dolores. Un fort sentiment de culpabilité s'empare aussitôt de lui : «Une si jolie femme!» Cisco s'est mis à la regarder en esthète, à travers des yeux d'artiste, comme on admire une belle peinture. Il n'y discerne plus l'amour passionné de leur jeunesse folle. Cisco ne retrouve pas dans le portrait son enthousiasme de naguère; il lui manque cette tendresse toute spéciale qu'il a si souvent ressentie à contempler, des heures durant, son épouse endormie.

D'une certaine façon, lorsque Nahadeh partage la photo à ses côtés, Cisco en éprouve une sorte de réconfort. Il se sent moins fautif, sans pouvoir le commenter. Un peu comme si Nahadeh donnait à Dolores cette part d'affection que Cisco ne trouve plus en lui.

Cet amour, en fait trop exigeant, est devenu un véritable fardeau. Une chose que Cisco ne saurait reconnaître avec légèreté, mais il n'y peut rien, la vie nordique comble aisément en lui le vide produit par l'absence de sa famille. Ainsi Cisco est-il quelquefois effrayé par son égoïsme, cette indifférence envers ce qui ne le touche pas en personne. Les pensées de Cisco se détournent des siens, et, à son étonnement, il n'en souffre pas le moins du monde.

Sur un piton rocheux, une cabane abandonnée, sans fenêtre. Les rayons tièdes du soleil n'y pénètrent pas. Tout autour, une forêt luxuriante – pins, mélèzes, épinettes noires et rouges – procure à la vallée une température douce et des parfums enivrants.

Les deux amis vivent là depuis huit jours. Ils s'approvisionnent en viande pour l'hiver. Car la chose est convenue : Cisco reste jusqu'au printemps prochain. C'est du moins ce qu'il affirme. L'or, l'aventure et l'amitié le possèdent. Il demeurera à Nahanni. Un mélange excitant d'émotions et de gestes paisibles l'a conduit à un état d'esprit quasi euphorique qui lui a dicté cette décision.

Cisco travaille devant la porte, ronchonnant entre ses dents, pour le seul plaisir. Il aspire à se donner le maximum de traits inhérents aux purs montagnards. Cisco triballe une peau de daim à l'aide d'une fine baguette d'acier afin de l'assouplir. Mais ses bougonnements ont aussi une autre provenance. Depuis quelques jours, le pilote est nerveux, parfois agressif, à cause d'un avion Cesna qui, trois fois en vingt-quatre heures, a survolé leur repère. Un avion venu rappeler à Cisco qu'à trois heures à peine de leur cabane branlante, existe un autre monde, un monde de lumières et de sons qu'il n'a pas oublié. Et pourtant, au passage de l'avion, Cisco, incroyablement, s'est précipité dans la cabane. Il s'est caché !

Le voici donc d'une humeur exécrable. On ne parvient pas sans quelques réticences à tourner le dos à un passé riche de bonheur. Rendu à ce point de sa vie à Nahanni, Cisco refuse d'admettre certaines évidences qui le dérangent au plus haut point. Par exemple : n'a-t-il fui la présence de l'avion que motivé par son engouement pour la nature sauvage ? En amassant plus de pépites, obtiendra-t-il davantage de satisfaction ? Il en possède déjà sûrement assez pour ouvrir au moins deux restaurants. À quoi tout cela rime-t-il ? Compte-t-il devenir plus riche que riche ? N'est-ce pas en l'occurrence une obstination plutôt immature de la part d'un homme ayant si fréquemment signifié sa déception de voir ses enfants grandir loin de lui ?

Alors ? L'impérieux appel du monde moderne vient le relancer et il s'en trouve désemparé. Voyons ! Éprouve-t-on de la nostalgie pour le bruit et la pollution ? Bon sang ! Au sommet de ces montagnes, au plus profond de ces vallées, au cœur des forêts vertes, Cisco possède le monde entier. Il a tout ! La liberté absolue, la nature inviolée, la paix. Jamais il ne retrouverait ces émotions à Los Angeles ou à San Antonio. Cisco secoue la tête, incrédule. Certains jours, il trouve la vie passablement compliquée.

Nahadeh n'éprouve pas cette sorte de confusion mentale. Il est heureux de voir avec quelle facilité son ami s'est assimilé au pays, concevant, indulgent, sa lutte intérieure pour parvenir à ce résultat. Nahadeh ne se laisse pourtant pas abuser par les états d'âme parfois enfantins de son camarade, ni les prétextes puérils qu'il invoque dans l'espoir de justifier ses prises de position concernant son séjour à Nahanni. Les longs discours de Cisco ne leurrent personne, Cisco lui-même encore moins que l'Indien. L'or, la nature, le grand air! Des mots, rien d'autre que cela. Nahadeh discerne la vérité bien au-delà du dialogue confus que Cisco utilise pour s'expliquer. C'est d'une limpidité évidente : le pilote ne peut se résoudre à quitter Nahadeh.

Cisco fait quelques pas seul dans le bois qui s'étend à l'arrière de la cabane. Il jure violemment. Il sait qu'il devrait réagir, filer d'ici avant qu'il ne soit trop tard, avant que son attachement pour Nahadeh et ce pays ne lui fasse commettre quelque irréparable sottise. Une possibilité qu'il sent croître en lui, sans la moindre équivoque.

En effet, de temps à autre, les anciens soupçons ressurgissent et le perturbent à n'en plus finir. Ces jours-là, le cœur de Cisco bat à grands coups, plus vite, plus fort… Coupable… non coupable… Amitié… Haine… Seigneur! Si grande entre les deux est la similitude! Plus vite… Plus fort! Ça n'en finira donc jamais?

Nahadeh coupable, que ferait Cisco?

«L'homme vertueux ne trahit pas ses amis, quoi qu'ils aient pu commettre de répréhensible.» Ces mots de sa mère lui reviennent sans cesse. Dans le contexte actuel, ils ne signifient plus grand-chose. Pauvre maman! Elle et son sens de l'honneur désuet… L'acte de dénoncer un meurtrier se justifiant de lui-même ne saurait s'apparenter à une trahison mesquine.

Depuis l'histoire de l'avion, Cisco tourne en rond dans la cabane, en rond dans sa tête, comme le malheureux ours en cage : une profusion de pensées rebelles agressent son esprit. Regrets et remords l'assaillent de toutes parts, s'attachant à lui, jour et nuit, sans relâche. Un chaos véritable de pensées contradictoires. *Santa Madre!* Il est à bout de résistance. Cisco retourne à la cabane, plus abattu que jamais.

Nahadeh vient d'entrer dans la sombre pièce. Entre ses mains rudes, un cadre en cèdre joliment ouvragé. Sans un mot, il le tend au pilote et fait volte-face. Cisco fixe le bel objet, la poitrine oppressée par un de ces malaises incompréhensibles qui, depuis quelque temps déjà, l'ébranlent au moindre prétexte. Combien d'heures les gros doigts de Nahadeh se sont-ils activés sur la sculpture de ces deux loups dont les regards convergent vers le centre du cadre? Les yeux humides de larmes, Cisco y glisse le portrait de Dolores et le pose sur le dessus de la cheminée. Dorénavant, ce sera «leur photo».

Coupable… non coupable… *Caraï!* Au diable la satanée vérité!

Les deux hommes rentrent à Virginia cette même semaine. Cisco ne regarde plus le ciel.

CHAPITRE 23

Le jeune colosse étire une peau d'orignal sur un cerceau de bois. Cisco lance quelques bûches dans le foyer où le ragoût mijote dans un vieux chaudron de l'armée. Cisco touille l'odorant mélange à l'aide d'une baguette de merisier fourchue. Il en ramène une petite pièce de viande qu'il avale d'un coup. C'est du surmulot, un rat des marais.

— Te presse pas, Cisco…

— Je sais, y'en a en pagaille dans les buissons.

— Pis aussi, on a tout l'temps, ajoute Nahadeh d'un ton d'amitié bourru.

Un frisson passe dans le dos de Cisco. La tristesse surgit d'un lointain passé, met son cœur en émoi. Cisco retrouve un peu en Nahadeh ce jeune frère qu'il a perdu. La confusion à nouveau s'installe en lui. Le bon sens commande son retour en Californie afin d'y poursuivre l'existence pour laquelle il est né. Tant de choses toutefois le retiennent en ces montagnes qui lui offrent des minutes grisantes, sans oublier la réserve d'or accumulée sous sa paillasse. Un atout non négligeable. Il doit au moins en posséder dans les trois kilos. Pour un début! Lorsque Nahadeh et lui parviendront à la veine-mère, l'or rentrera à la pelle. La richesse totale!

Une chaîne de restaurants...

Un jour, Cisco avait demandé à Nahadeh de le conduire jusqu'à l'aéroport régional, à dix jours de marche environ, spécifiant à Nahadeh qu'il n'était aucunement dans ses intentions d'y effectuer un voyage définitif vers le sud. Cisco souhaitait simplement transporter son or en Californie où il procéderait à la mise en activité de ses différents projets. Il comptait par exemple faire bâtir un restaurant mexicain sur le site de son vignoble et y installer son beau-frère en gérance. Ensuite, si la chose s'avérait possible, Cisco ramènerait sa famille à Nahanni. Un séjour de trois ou quatre années ne pouvait leur apporter à tous que le plus grand profit. Rien de tel que les espaces infinis du Nord si l'on désire élever correctement des enfants. Cisco construirait alors une immense maison de rondins «bourrée de fenêtres» en bordure du Lac-de-l'Oiseau, au cœur de la réserve indienne. Cisco, ne voulant être redevable en rien à la tribu, paierait une confortable redevance au principal chef de clan, cela va de soi. Suite à cela, il se consacrerait à l'exploitation de son gisement de manière plus efficace. N'avait-il pas prononcé jusqu'à des mots comme «extraction industrielle»? Cisco ne tarissait pas d'idées sur ses grandioses réalisations. Il comptait utiliser du matériel moderne : bulldozers et foreuses, engager du personnel... Jusqu'à ce point du projet, Nahadeh avait adopté durant son écoute une attitude flegmatique et polie, ne laissant rien paraître de son amusement. Vivre dans la nature avec une cabane remplie d'or avait pourtant de quoi étonner son esprit simple de montagnard. Il avait néanmoins laissé dire.

La rêverie de Cisco n'étant pas dépourvue d'intérêt, si tant est qu'elle le garderait à Nahanni, mais de là à lui permettre d'abattre des montagnes, diable non!

La proposition finale avait horrifié Nahadeh.

— Tu plaisantes? Transporter le sacré matériel jusqu'ici t'obligera à tailler une route à travers les vallées, bouleverser le cours des rivières, creuser des montagnes. Un truc dément! Tu ne crois pas que nous allons permettre ça?

— Oh! Minute. La mine m'appartient autant qu'à toi.

À l'air narquois de Nahadeh, Cisco avait décelé aussitôt quelque malice cachée dans cette histoire de concession «découverte par hasard».

— Me dis pas que… Cisco se passe la main sur les yeux. Bien entendu, tu… tu connais l'existence de ce gisement depuis le début, balbutie le pilote.

— Même les enfants, Cisco, aucun ne l'ignore. La colline entière est un bloc d'or. Il y en a des tonnes!

— Seigneur Dieu! Depuis des semaines, je m'esquinte comme un débile et tu laissais faire! Tu m'vois remonter ce ruisseau, pas à pas, y récupérant des misères, alors que tu sais que le filon principal se trouve enfoui dans cette fichue montagne. Tu t'es bien amusé au moins?

— Après les ravages causés à notre territoire par les prospecteurs au siècle passé, mon peuple a juré de ne jamais toucher à cette saleté jaune, à aucun prix. Quant à ce que nous faisons ici, toi et moi, mes frères ne sont au courant de rien. Une fois défigurée par l'homme, la montagne perd la sérénité qu'elle a conquise au cours des siècles passés. Ta machinerie lourde est donc hors de question.

— Et tu prenais le risque de fâcher les tiens sans raison?

— J'en avais une excellente. Te faire plaisir.

À ces mots, le visage de Cisco s'empourpra, ses narines se pincèrent. Nahadeh lui livrait ici toute l'ampleur de son amitié, une amitié totale, comme il n'en a jamais connue. L'Indien hocha la tête en retenant un sourire.

— Oui Cisco, que tu sois heureux… Ça vaut bien quelques kilos d'or qui ne dérangent personne. Va donc fouiller la montagne et prends-y ta fortune. Je te laisserai faire tant que tu ne nuiras pas à Petite-Mère-la-Terre. Tu devras pourtant te contenter de ta récolte actuelle, faite à la main. Mais si tu pars avec tes sacs de pépites, c'est fini. À ton retour, je ne t'aiderai pas à retrouver la mine, et sans moi, tu n'y parviendras jamais. La région regorge de milliers de ruisseaux semblables et improductifs, crois-moi.

— *Caraï!* Tu parles d'amitié en y mettant de satanées conditions. Apprends que la fraternité véritable ne se met pas de bornes.

Nahadeh émit un rire sarcastique :

— Dans les romans, probable. Contente-toi plutôt de ce que tu reçois. Que ton voisin ait des vaches bien grasses fera pas engraisser les tiennes…

— J'vois pas le rapport, proteste Cisco.

— Bah! Y'en a sûrement pas.

— Nahadeh, sois raisonnable, laisse-moi défricher un chemin, installer une seule foreuse, toute petite, minuscule?

Nahadeh demeurant inflexible, Cisco n'avait pas insisté. Néanmoins, il était resté, soi-disant afin de prospecter. Mais ça n'était déjà plus la véritable raison. Ce jour-là, il avait ressenti tout au fond de lui un besoin impérieux, irrésistible, d'appartenir à ces montagnes, comme la plante et la bête qui en sont partie intégrante.

Ce pays nordique imprégnait son sang, il courait en ses veines, le possédait complètement. Le Nord avait gagné !

CHAPITRE 24

À l'approche de l'automne, Nahadeh devient morose, taciturne, son dialogue se limitant à un minimum de mots. Cisco en comprend la raison, un soir, en entendant la meute rassemblée devant la cabane se lamenter à longs sanglots. Cisco compte les loups. Il en manque quatre, un jeune couple et leurs deux petits.

Les chasseurs de fourrures repassent les montagnes, y apportant leurs sacs goudronnés, leurs sacs à trophées. On trouve des animaux mutilés partout.

Une menace pèse sur le vulnérable équilibre nordique. Nahadeh est fou de rage. Il souffre autant que sa nature martyrisée. Dès lors, il consacre tout son temps à la montagne. Il refuse la compagnie du pilote, prétextant son manque d'expérience. Il reste parfois plusieurs jours sans rentrer. Cisco se force à croire que Nahadeh s'éloigne pour méditer. Il n'y parvient pas toujours.

Afin de justifier ces longues errances dans l'arrière-pays, Nahadeh explique qu'il prépare les réserves de viande et que le dépeçage des animaux abattus n'est pas un spectacle plaisant pour un citadin. Cisco ne discute pas ces arguments, d'ailleurs fort plausibles. Au pays, on se prépare huit mois par an à la saison d'hiver.

La vie nordique en totalité s'organise en prévision de la longue nuit polaire. Dès les premiers jours de la belle saison, on doit commencer à s'approvisionner amplement en fruits et en légumes sauvages, puis les faire sécher, chasser tous les jours, boucaner la viande et la mettre en plaquettes, additionnée de baies et de gras. Vient ensuite le tannage des peaux pour la confection des vêtements chauds. Il y aura le bois de chauffage à entasser dans la cabane, et bien d'autres activités courantes à organiser. Tout le nécessaire pour la survie doit en effet se trouver entreposé à l'intérieur du logis avant les premières tempêtes de la «longue nuit».

Lorsque six mètres de neige s'entassent devant la porte, on ne sort pas! Il y aura de ce fait les fenêtres à obstruer à l'aide de madriers afin qu'elles ne cèdent pas sous la poussée des tonnes de neige qui s'amoncelleront devant.

Nahadeh peut bien affirmer ce qui lui plaît. Provisions de viande ou autre chose… Pourquoi pas? Cisco met beaucoup de bonne volonté à croire tout ce que son ami daigne lui confier. Avec toutes ces pensées contradictoires qui encombrent son esprit et le confondent, Cisco prêterait l'oreille à toute fable susceptible d'apaiser ses craintes.

Après chacune de ses courses, lorsque Nahadeh revient à la cabane, même s'il est souvent bredouille, il recherche volontiers la conversation, s'y montrant d'agréable compagnie. Ses voyages, ici et là, ses lectures, son séjour aux États-Unis et la guerre, lui ont donné une philosophie et des connaissances parfois surprenantes sur le monde et les hommes. Toutefois, son comportement en général déroute Cisco. La survie des loups déchire Nahadeh d'une manière invraisemblable.

Alors il parle, et parle encore... On pourrait le croire désireux de noyer sa détresse dans une surabondance de mots.

Pour Cisco, le temps s'étire plus doucement, lui apparaît-il, avec aussi moins de joies, probablement à cause du paysage embellissant chaque jour davantage, de cette beauté qui, sans raison logique, rend toujours un peu morose.

Le fameux automne canadien est là, accompagné du riche coloris de ses forêts mixtes. Comme les arbres ne vieillissent pas au même rythme, les feuilles agonisantes des diverses essences mélangées offrent un spectacle unique au monde : une féerie de jaunes, de roux, de bruns et de verts, chaque ton présenté en dix teintes dégradées, subtilement nuancées.

Pour Nahadeh et Tahiné, le grand moment est arrivé. Il fait une chaude journée de fin d'été ; des parfums de fleurs et de terre humide flottent sur la montagne. Tahiné, revêtue de sa plus jolie robe de daim, les cheveux tombant librement sur ses épaules, le front ceint d'un bandeau serti de minuscules coquillages, se tient devant l'arbre vénérable dressé au centre de la clairière. Près d'elle, dans sa tenue de peau frangée, Nahadeh se recueille, trois plumes noires et rouges piquées dans un rond de cuir, sur le côté de sa tête, arborant un air grave, un peu effarouché par la solennité de l'instant.

Le soleil se lève, auréolant d'or la chevelure cendrée de la jeune fille. Les fiancés, main dans la main, portent leur regard vers la cime de l'arbre sacré qui représente la sagesse et la pérennité de la vie, symbole de l'amour.

Tahiné et Nahadeh se marient.

Plus loin, sous un arbre qui la protège du soleil, la mère de Tahiné pleure silencieusement. Ses souvenirs lui restituent la belle journée qui a marqué ses propres épousailles. À cette époque, l'alcool n'avait pas encore causé ses ravages dans l'esprit de l'homme.

Ce matin, le vieux a prétexté un travail urgent qui l'attendait au village pour demeurer à la maison, assurant en outre que ces histoires de mariage ne l'intéressaient pas le moins du monde. Une fois les deux femmes parties, le vieil homme est allé se consacrer à son chagrin dans la solitude de la montagne, y criant à pleine gorge le nom de l'enfant qu'il vient de perdre à jamais pour l'avoir si mal aimée.

Cisco travaille seul dans la cabane. Il retend sur le cadre de la fenêtre un parchemin en intestin de caribou transparent que l'Indien utilise en guise de vitre.

Nahadeh entre, accompagné de sa jeune épouse. Cisco qui s'affaire, dos tourné à la porte, ne les remarque pas.

— Voici Tahiné, indique le jeune colosse d'une voix forte en empoignant une hache.

Cisco frémit. Nahadeh ramenait la fille ! Furieux, il résiste à son envie de la regarder. Nahadeh s'apprête à sortir, désinvolte, laissant là sa visiteuse aussi embarrassée que Cisco. Renfrogné, n'osant faire face à l'Indienne de crainte de lui montrer toute l'étendue de sa contrariété, Cisco s'obstine dans sa bouderie. Ignorant ostensiblement la jeune fille, il poursuit son travail. Nahadeh, devant le silence de son camarade, revient sur le pas de la porte.

— Tahiné, le p'tit Blanc mal dégrossi, c'est *Yu-sh'doh-Kah-Peh* ! ajoute-t-il en s'éloignant vers la rivière.

La fille pouffe.

— C'est quoi, ce charabia? lance Cisco par-dessus son épaule, toujours penché sur le cadre de la fenêtre.

— Ça veut dire «le déconnecté», s'amuse la fille, dans le sens de «débranché de la réalité».

Sans un regard vers elle, Cisco, enragé, court à la porte.

— *Gracias, corones de gorrino!* envoie-t-il à pleine voix.

— «Pénis de goret» toi-même, *amigo!* réplique Nahadeh du bas de la colline. Au fait, elle va vivre ici. C'est ma femme.

— Toi, marié? Mais tu… j'ignorais…

— J'savais pas non plus, ricane Nahadeh. Ça s'est fait y'a une heure, devant l'arbre des mariages… J't'aime bien, Cisco, mais il te manque des rondeurs et des creux aux bons endroits. La vie, quoi! s'esclaffe le colosse.

Cisco a envie de répliquer : «On est copains. On a eu du bon temps tous les deux. Dans une vraie amitié, y'a pas besoin d'une femme.» Des choses incroyables qui ne se disent pas. Cisco a un sourire désenchanté. Nostalgie des beaux jours enfuis…

Cisco se retourne pour rentrer, mais «elle» est là. Malgré lui, Cisco la détaille des mocassins aux cheveux. Il termine son examen par le visage. Ce visage! Dieu tout puissant! laisse-t-il filtrer entre ses dents serrées. Sa gorge ne laisse plus passer l'air, comme obstruée. Cisco est livide. La peau de caribou de la fenêtre lui échappe des mains, ses jambes fléchissent. Il chancelle. La femme de Nahadeh…

C'est «Elle», son Indienne!

Cela ne fait pas le moindre doute. De tels yeux, avec leurs reflets mauves à couper le souffle! Un phénomène que l'on n'est même pas certain d'apercevoir une seule fois dans sa vie. L'Indienne lui sourit gracieusement :

— Heureuse de vous connaître, Cisco, prononce-t-elle d'un ton calme, Nahadeh m'a souvent parlé de vous.

Cisco reste muet de surprise. Après la nuit passionnée qu'ils ont connue, voilà que la jeune femme prétend ne pas le connaître. Cisco en comprend vite la raison, simple et si compréhensible. À l'époque de leur rencontre, Tahiné était sûrement déjà la fiancée de Nahadeh. Une simple nuit d'égarement dans les bras d'un étranger ne méritait pas un drame. La fille ne souhaitait pas compromettre son avenir; un désir bien légitime. Et lui qui depuis des semaines essaie en vain de se souvenir du nom indien de sa jeune amante, le prononce tout naturellement...

— *Ween-Yon Wah-Kon...*

Tahiné sursaute, en proie à la plus vive stupéfaction. Ses yeux s'emplissent de reflets humides. Tremblant de tout son corps, elle sort de la cabane et se précipite au sommet de la colline d'où elle peut apercevoir Nahadeh.

— Il «sait», lui crie-t-elle, un frémissement dans la voix. Il m'a dit le nom de «la Femme-Bénie».

Du boqueteau, au pied de la colline où travaille l'Indien, retentit un rire joyeux.

— Je m'en doutais. J'étais certain que ça lui arriverait.

À ces mots, Cisco sort devant la porte. Il ignorait que les mots indiens qu'il vient de prononcer désignent la fameuse reine des loups, Celle-d'en-Haut. À nouveau, ses jambes le supportent à peine. Il doit s'asseoir sur la pierre plate devant la cabane. Son esprit s'égare. Ses yeux vides fixent un point imaginaire au-delà des montagnes, sans les voir. Nahadeh revient précipitamment et attire son ami entre ses bras puissants. Sans façon, il l'embrasse puis redescend vers le bois en riant de contentement. Pour Cisco, le plaisir de son ami est inexplicable et le plonge dans une perplexité intense.

Cisco est seul avec la jeune femme. Elle se tient face à lui, le dévisage gravement; un gentil sourire sur ses lèvres pulpeuses. Elle est tellement jolie! La gorge nouée, Cisco examine sans lassitude la gracieuse silhouette qu'un jour, comblé de tendresse, il a serrée nue contre lui. Dans sa poitrine naît une douleur fulgurante, atroce, qui le ferait bien hurler comme un loup. Cisco force l'image de Dolores dans son esprit, s'y réfugie désespérément. La présence de cette Indienne au corps gracile le trouble plus que de raison. Le désir s'empare de lui. *Dios!* Il sort sans un mot. Un loup quitte le couvert du bois, vient trottiner à son côté.

En bordure de la forêt, Nahadeh abat de jeunes arbres. Animé par une ardeur sauvage et d'immenses cris de joie, il les élague à coups puissants, ponctués de cris sourds de bûcheron. Assis sur la rive moussue du lac où glissent quelques oies sauvages attardées dans leur migration, Cisco regarde son ami tronçonner le bois. Sa paix est en danger. De sombres jours approchent. Il sent venir le malheur en ses fibres profondes.

Nahadeh travaille sans relâche. Il n'a rien expliqué de sa fébrile activité. Au crépuscule, il réclame l'aide de son ami pour transporter les rondins jusqu'à la cabane. Là, toujours sans un mot, l'air sérieux, inspiré même, il s'affaire, du dehors au dedans, prend des mesures avec un cordeau de cuir qu'il laisse pendre du plafond. Il choisit son bois avec soin, l'ajuste au centre du logis. Le temps de quelques poutres et Cisco a compris. Il serre les poings de dépit. Nahadeh sépare d'une cloison la cabane en deux! Durant ce temps, l'Indienne confectionne un cadre de bois, le garnit de branches de pins, y étale une fourrure. C'est un lit, un lit pour deux. Cisco éprouve une tristesse infinie. La présence de Tahiné bouleverse sa vie de manière indescriptible. Cette femme qu'il a aimée de toute son âme va appartenir à un autre, sous ses yeux, jour après jour. C'est plus qu'il n'en pourra supporter. L'intruse, son amante, compagne de Nahadeh, sera la mère de ses enfants. Dans cette histoire, Cisco perd tout, la femme et l'ami. Car l'Indien, après cela, n'aura même plus une minute à lui consacrer. L'amour est égoïste. Et s'il informait Nahadeh de sa liaison avec Tahiné? Voyons! Cela ressemblerait trop à une vengeance mesquine? Ah! Dieu du ciel, aidez-moi, murmure le pilote en laissant couler ses larmes. Soudain, Cisco se ressaisit. Pourquoi verser la moindre larme sur une semblable gourgandine? Fiancée, elle se donne au premier venu! Diable. Ce genre de fille ne vaut pas un regret, pas un seul remords. Depuis six mois, Cisco vit en paix sous ce toit couvert de terre qui fleurit au printemps et laisse filtrer la pluie d'automne. Allait-il permettre à cette fille insignifiante d'altérer son bonheur? Dans cette grossière maison de bois, Cisco se sent bien, libre comme un vrai montagnard. Et voilà qu'une sauvage de mœurs légères vient tout bouleverser! Cisco a l'impression d'être dépossédé d'un privilège. Étrange pensée. Jalousie? Dans le contexte actuel, le mot n'a aucun sens. Jaloux de qui? De Tahiné qui lui prend son ami ou de Nahadeh qui lui vole la femme aimée?

Cisco doit absolument replacer cette pitoyable liaison dans un contexte différent, plus clair, plus réaliste aussi. Mais où puisera-t-il le courage de reconnaître que sa place n'est plus ici? Car, et de cela il est persuadé, il lui faut partir avant que n'éclate le drame qu'il devine, si proche, inévitable. À présent hélas, le départ de Cisco, aussi anodin soit-il, prend les apparences d'une fuite urgente.

Qu'il en soit donc ainsi! Cisco ira se construire un petit abri près de sa concession aurifère. Se consacrant tout entier à son or, il finira bien par oublier Nahadeh et sa trop jolie compagne. À moins qu'il ne retourne plus tôt que prévu en Californie... Les choses se compliquaient encore.

Durant la nuit de noces des jeunes gens, Cisco va s'asseoir au bord du lac, le regard perdu sur la surface sombre que la brise plisse comme un visage de vieillard. Parfois, échappés de la cabane, des mots doux et des soupirs parviennent jusqu'à lui, porteurs d'une passion que Cisco a déjà connue. Ces murmures, cette tendresse, sont autant de larmes s'ajoutant à son épreuve. La vie insouciante de Cisco s'achève. L'arrivée inopinée d'une adorable jeune personne aux grands yeux pers vient d'y mettre fin.

Il fait doux. Un vent léger chasse les moustiques. Le ciel piqueté d'étoiles se prête à la mélancolie. Cisco laisse errer son regard sur ce décor qu'il a appris à tant aimer. La nuit d'amour des nouveaux mariés permet à Dolores de retrouver sa véritable place. Cisco pleure le rêve perdu, l'impossible vie. Il doit impérativement retourner en Californie.

Intriguée par son trouble, Wah-Kah-Ska, la louve blanche, s'approche à pas mesurés. Ses trois petits se pourchassent en criaillant à travers les roseaux du rivage.

– Boule-de-Neige, belle petite!...

Elle se couche auprès de lui. Cisco glisse les doigts dans sa toison laineuse. La louve geint de plaisir. Il soupire. Cette vie-là lui manquera. La bête glisse le museau sous le bras de Cisco, le pose sur sa poitrine. Assurément, il s'ennuiera de semblables instants. En lui, à cette minute, la confusion est totale.

À l'aube, un long cri aigu attire Cisco devant la cabane où un spectacle hallucinant s'offre à son regard, l'immobilisant sur place. Nahadeh est seul, les bras tendus vers le ciel, en supplication, le visage extatique. Sur ses paumes ouvertes s'étale une fine peau de daim couverte de sang.

— Tahiné, l'enfant, n'est plus de ce monde! lance Nahadeh d'une voix forte que l'émotion fait chevroter.

À ces mots terribles, Cisco se précipite comme un dément sur le meurtrier. Il l'envoie au sol d'une rude poussée et, du même mouvement, dégaine son coutelas. Un instant pris au dépourvu, Nahadeh tarde à réagir. Ça n'est qu'en apercevant l'arme de Cisco brandie au-dessus de sa tête qu'il tend prestement le bras, bloquant l'attaque à dix centimètres de sa gorge.

— Cisco! à quoi tu joues?

— Tu l'as tuée, salaud! Pauvre enfant...

À ces mots, Nahadeh éclate de rire. Il lâche le bras armé de Cisco. Le pilote demeure à ce point décontenancé par la réaction de Nahadeh qu'il ne réalise même pas qu'il s'apprêtait à commettre un meurtre. Le couteau reste suspendu à hauteur de son épaule, insolite et ridicule. Nahadeh rit à en perdre le souffle. Il repousse aisément Cisco agenouillé sur sa poitrine et se relève.

— Tuer mon adorable femme? T'es pas fou? lance-t-il d'une voix entrecoupée de rires.

La furie de Cisco fait aussitôt place à la curiosité. Intrigué, pressentant une explication tout à la fois banale et fantastique, Cisco tend le bras vers la peau de daim sanglante. Avec un hochement de tête et une mimique incrédule étirant ses lèvres, Nahadeh la ramasse et, prenant son ami par l'épaule, il l'attire sur sa poitrine en éclatant de rire.

— Tu aimes donc Tahiné au point de me tuer? Nahadeh qui a retrouvé la maîtrise de lui-même parle d'un ton égal d'où colère et rancune sont absents. Faut que je t'explique, Cisco. Tu viens d'assister à une très ancienne coutume de notre peuple concernant les femmes. Par exemple, lorsque la fille a ses premières menstruations, le père l'annonce à toute la tribu, à la criée… Oyez! Oyez! Tu vois le genre? Un peu comme je l'ai fait. Dans mon cas, c'est le sang de la «femme nouvelle» que je montrais au Grand-Esprit. J'annonçais la défloration, tout bonnement.

Cette explication fait connaître à Cisco un malaise invraisemblable. Son aventure prenait un tour dramatique imprévu. Tahiné était vierge! Cisco laisse échapper un gémissement de détresse et reste bouche ouverte, hébété, sur un cri qui refuse de jaillir, le cerveau ne sachant comment exprimer son désarroi. Voici que s'imposait à lui un autre de ces faits insondables qui foisonnent sous cette latitude, pour le plaisir démoniaque, lui apparaît-il, de s'épanouir au cœur des hommes. Cisco était-il en train de perdre la raison à son tour? Il balbutie, au bord des larmes.

— Tu veux dire que Tahiné était… *Madre mia!*

Nahadeh écarquille les yeux, abasourdi.

— Ça! On dirait que la virginité de ma femme t'étonne? Sache, mon gars, que l'Indien a le respect de l'amour, celui du couple. Ça nous évite aussi toutes ces maladies sexuellement transmises qui...

Mais en cette minute l'esprit de Cisco est bien éloigné d'un de ces fastidieux discours moralisateurs dont raffole Nahadeh. Ce qui perturbe le pilote est ahurissant. En effet, vierge, Tahiné ne peut être la mystérieuse jeune fille qu'il a aimée. Il ne s'agirait donc que d'une troublante ressemblance, et quelle ressemblance ! Étonnamment, la révélation l'afflige. Elle confirme qu'il a simplement rêvé. Il le regrette. Une aventure tellement réelle, si plaisante. Le pilote est pourtant soulagé d'un poids considérable. Entre Nahadeh et lui n'existe plus la moindre ambiguïté.

Bien que... Cisco se mord la lèvre. Subsiste un léger doute. Il y avait quelque chose de particulier sur le corps de son Indienne. Cisco se concentre, cherche à raviver l'image, à la retracer avec exactitude en sa mémoire. La lumière qui se fait en lui est soudaine. Voilà ! C'était une tache ou une cicatrice de forme inattendue. Mais le souvenir s'arrête là. L'oubli a emporté le reste. Il doit à tout prix recouvrer ce détail. Quelque chose lui dit qu'il est crucial.

Mais, qu'il se souvienne ou non, Cisco a l'impression que dans cette affaire il sera le perdant. Il lui semble participer à un de ces marchés de dupes dont fourmille la vie, et duquel on ne réchappe que dépouillé de tout, l'âme en détresse. Quoi qu'il se passe, ne lui restera acquise que la nostalgie des jours anciens, de cela au moins, il est convaincu.

La vérité ? Non, elle ne lui rendra jamais sa paix.

Pilote de brousse... Quelle ineptie !

CHAPITRE 25

En route bien avant le soleil, les deux hommes cheminent en silence, arme à la bretelle. Le mariage a changé
Nahadeh. Parfois, il est amical, communicatif, d'autres
fois, sans raison apparente, il se montre apathique, de
mauvaise humeur. En pareil cas, Cisco évite sa compagnie, allant jusqu'à fuir son regard de peur que ne
s'amorce une conversation. Rien de bon n'en sortirait.
L'évidence même.

Cisco et Nahadeh vont fouiller le sable de leur riche
concession, à flanc de colline. En chemin, ils croisent la
piste d'un caribou blessé. Aussitôt, Nahadeh remet à
plus tard le travail à la mine et suit le cervidé. Leur
besoin de viande est impératif, dit-il, ajoutant que mettre fin aux souffrances de la bête est un service à lui rendre. Cisco a envie de répliquer que personne n'a
demandé au caribou ce qu'il pensait de sa «mise à mort
humanitaire». Vivre en souffrant, c'est quand même
vivre! Il s'abstient. Une discussion polémique ne le
tente pas ce matin.

Ils rejoignent rapidement l'animal et se mettent à
l'affût sur un promontoire surplombant le point d'eau
vers lequel se dirige le caribou. Nahadeh arme sa

carabine. Il épaule et s'apprête à tirer, lorsque Boule-de-Neige, bondissant d'un fourré où elle se dissimulait, coupe la route du caribou et le refoule vers le bois. L'Indien pose son arme devant lui, émet un petit rire excité. Épuisé par le sang perdu, le cervidé refuse le combat. Il s'écarte vers la plaine. La louve le prend en chasse. Les andouillers géants du caribou, suffisamment redoutables pour tenir en respect un ours grizzli, constituent, en cette fuite, un réel handicap, vu leur poids de quinze kilos.

— *Diablo!* s'exclame Nahadeh. Admire, ô petit citadin attardé, la leçon que vont te donner ces loups!

— Je ne vois que Boule-de-Neige, ô grand sauvage ridicule!

— «Pour se nourrir, le loup dépend de ses pattes», dit un proverbe russe. Tu vas comprendre.

Boule-de-Neige court à plus de 70 kilomètres à l'heure. Elle poursuit son effort durant trois cents mètres, terminant le trajet complètement exténuée. Mais son but est atteint. La louve a dirigé à sa convenance la fuite du caribou. En effet, de l'amas de rochers où s'arrête Boule-de-Neige, jaillit un loup qui reprend la chasse. Ils sont ainsi quatre, en embuscade, à renouveler le stratagème, les uns se reposant durant la course des autres. Auparavant, semblable tactique des loups était imitée par les Indiens en guerre, tout comme leur marche à la «queue leu leu» — de l'ancien français, à la queue le loup — expression qui devint «à la file indienne».

Le caribou trébuche, à bout de forces. Boule-de-Neige et les premiers loups de la poursuite, qui ont retrouvé leur souffle, se jettent à la tête du cervidé, le harcèlent de tous côtés. Le caribou, retrouvant un admirable regain d'énergie, passe la rivière. Deux loups seulement entrent dans le courant à leur tour, avancent de quelques pas et retournent sur la berge, comme s'ils craignaient de se mouiller. Cisco n'en croit pas ses yeux. L'invraisemblable vient de se produire. Alors que le caribou reprend son souffle, mâchouillant de l'herbe à cinquante pas de là, les loups demeurent sur la rive opposée.

— *Diablo !* Ils abandonnent leur proie ? *Que stupidos estos lobos !* se récrie le pilote.

— Non, Cisco, ils ne sont pas *stupidos.* Cette rivière est une ligne neutre, un *no-wolf's-land* si tu préfères. Elle sépare deux meutes. De l'autre côté, c'est le territoire de Queue-Rouge.

— Hé ! Tu veux me faire croire que Boule-de-Neige, une bête sauvage, respecterait le terrain de chasse d'un autre loup ? J'ai plutôt l'impression qu'elle mouille ses culottes, ta Boule-de-Neige !

— Erreur mon gars, elle n'a pas peur. De plus, si elle passait, Queue-Rouge l'ignorerait royalement. Un loup mâle n'agressera jamais une femelle. Elle, par contre, ne se gênerait pas pour lui planter ses crocs dans les fesses.

— Certains hommes devraient s'en inspirer, s'esclaffe le pilote. Le respect des femelles, y'a qu'ça d'vrai !

À quelques pas des loups, le caribou se calme et retrouve son haleine. Boule-de-Neige et sa petite meute ne le quittent pas des yeux. Ils vont à longues enjambées nerveuses sur leur coin de berge, jappant de colère. Et voilà que la situation prend une tournure nouvelle. Dans l'épaisseur du bois retentit un cri modulé. Queue-Rouge rameute sa bande. Il a perçu le clop-clop caractéristique que font les rotules du caribou se déboîtant lorsqu'il marche. Sur la rive, le cervidé tend l'oreille.

Il frémit, reprenant sa course avec un gémissement désespéré.

— Pauvre vieux, fait le pilote.

— La loi de la vie, Cisco. Les forts bouffent les faibles…

— Et l'amour, l'amour tout simple, tu connais ça? s'énerve Cisco sans raison véritable.

— Oh là! T'as l'feu au derrière tout à coup? C'est quoi qui t'allume? Tu veux philosopher sur l'amour?

— *Por la Madona!* Aide les Blancs à comprendre ton pays au lieu de les laisser démolir par tes copains à plumes.

Nahadeh éclate de rire, sans ironie :

— Tu remets ça? se moque-t-il. J'm'en fous des gens si tu veux savoir! Moi j'garde mes émotions pour les bêtes. Chez l'ours, le loup, pas de surprise. Ils vivent de la même manière depuis cinquante mille ans que leur race existe. L'humain, lui, a régressé.

Cisco hoche la tête, diverti par le discours. Nahadeh se lance dans son débat favori : la faune nordique versus l'humain. L'homme y devient un imbécile et l'animal, un martyr. Un discours simpliste, se dit Cisco; même si, dans bien des cas, la bêtise de l'homme est évidente, nul besoin d'en rebattre sans cesse les oreilles des gens. Mais l'Indien va de l'avant dans son concept d'humaniste :

— Puff! En deux générations seulement, cinquante courtes années, l'homme a détruit sa planète. Bientôt, on ne verra la faune que dans les vieux films. Encore cent ans et…

Cisco a du mal à ne pas éclater de rire. Nahadeh affirme que, dans cent ans, l'homme sera redevenu «amibe, bactérie et souillure de ruisseau». Retour vers la

Genèse! Nahadeh bavarde inlassablement. Il dit encore que, dans l'évolution des espèces, la bête est un succès et l'homme un échec.

— Voilà, termine-t-il d'un ton docte, sans nous, les bêtes vivraient heureuses; par contre, sans les bêtes, l'homme disparaîtra. Les bêtes sont donc plus importantes que nous.

— Zut! tu rejettes tes semblables!

— Mes semblables? Grâce au ciel, j'suis pas comme eux. Quant à tes remarques débiles sur les massacres de mon peuple… chiotte! Un jour, je vais m'fâcher et t'botter l'arrière-train. Bon, en route, et fais attention, y'a une famille d'ours qui vit dans l'coin. Ils sont aimables, mais on sait jamais.

Cisco ne réplique pas. Les discours de son ami parfois l'étourdissent. Les Indiens taciturnes, renfrognés et muets, on ne les voit qu'au cinéma. Le sien est un véritable tourbillon, un ouragan de paroles.

Cisco introduit une balle dans la culasse de sa carabine, une Winchester, calibre 30/30, flambant neuve, que vient de lui offrir Nahadeh. Le pilote caresse le bois lisse de la crosse avec un soupir résigné. À supposer qu'un jour Nahadeh passe en justice, accusé de meurtre ou même de connivence dans les crimes non résolus de Nahanni, à qui Cisco fera-t-il croire qu'il a été retenu ici contre son gré? Les Indiens jugés, Cisco incarnerait sans peine le parfait compère :

— Regarde où tu mets les pieds, Cisco, la région est pleine de pièges, fosses à ours et autres saletés. Tiens, en v'là une.

Les deux hommes la contournent, quand, de l'intérieur, leur parviennent les gémissements d'une bête en détresse. Nahadeh saute dans la fosse, sans hésiter ni prendre le temps de vérifier quel animal s'y trouve. Il le sait. Cisco se penche sur le trou. Nahadeh y examine une louve noire. Il s'impatiente déjà.

— Sortons-la d'ici. Elle a une patte avant brisée… sans compter qu'en plus elle va bientôt louveter.

Cisco le rejoint. Que faire ? Nahadeh s'énerve :

— Elle pousse ! Les petits sortent. Elle y arrivera jamais.

— Faut… l'aider.

— Très spirituel ! Et comment, bon sang ? jure Nahadeh.

— L'ouvrir.

Le colosse pose sur le pilote un regard sceptique :

— Tu… t'oserais un truc pareil ?

— J'en ai vu de pires là-bas. Faut l'faire ou ils y restent tous.

Ils se mettent à l'œuvre sans attendre. Nahadeh pose un lien solide autour du museau frémissant de la petite louve afin de prévenir les accidents possibles ; il maintient ensuite fermement le corps. Cisco opère à vif.

— Doucement, vieux, supplie Nahadeh.

Cisco utilise le couteau de l'Indien, effilé comme un rasoir. Le pilote travaille vite pour éviter d'inutiles souffrances à la louve, mais la malheureuse, dans un état comateux proche de la mort, n'a pratiquement aucune réaction. Mettant à sa tâche d'infinies précautions, Cisco retire les petits corps du ventre de la bête inconsciente. Il y en a sept ; deux vivent encore. Nahadeh les enveloppe dans une peau de lièvre et remonte chercher sa carabine dans l'intention de mettre fin aux souffrances de la mère. Il se tient au bord de la cavité, arme pointée.

— Passe-moi les louveteaux, Cisco. Viens, faut rentrer. Wah-Dah-S'ah s'occupera des petits, elle aussi va en avoir.

— Une minute, *Christo* !

La louve, malgré son ventre ouvert, tend le cou vers la fourrure où ses enfants se tortillent avec des piaillements d'oisillons.

— Nahadeh, tu sais c'que ça m'tente de faire ?

— Dis toujours.

— Tu as ton aiguille à mocassins ?

— Me dis pas que…

— Si.

— Elle est presque morte.

— Raison de plus. On risque rien d'essayer. Je recouds.

Il le fait.

En terminant, Cisco nettoie la plaie à l'alcool de bouleau et Nahadeh y applique un emplâtre d'herbes médicinales et de glaise rouge. Cisco retient une réflexion désobligeante. De la terre sur une plaie au ventre si importante ! Bah ! Au point où en est la bête. Ils remontent les loups. Cisco dépose délicatement la louve et ses petits sur une couverture et les enveloppe dans des fourrures. Les deux hommes tendent le tissu entre eux et se mettent en route. Ainsi transportées, les petites créatures et leur mère ne ressentiront de la marche qu'un balancement léger, apaisant en la circonstance.

Le soir même, à la cabane, la patte brisée est habilement remise en place et immobilisée dans une éclisse par Tahiné. Si la louve survit, elle restera un peu handicapée, mais dans les meutes, les loups s'occupent de leurs vieux, de leurs malades. Plus tard, elle sera prise en charge par ses enfants ou elle surveillera à la tanière les louveteaux des autres couples pendant leurs sorties de chasse. Tahiné nourrit les petits avec le lait d'une chèvre sauvage que Nahadeh a recueillie blessée quelques semaines auparavant, et les installe avec la louve près du poêle où ils pleurnichent ensemble sur une brassée de foin.

— Beau travail, jeune dame! lance Cisco, réconcilié avec l'Indienne. Tu as été superbe.

Dans les yeux du pilote, Tahiné découvre de l'affection, et même peut-être un peu plus. Elle rougit. Nahadeh lui cligne de l'œil. Ils sont bien tous les trois. L'Indien tapote le bras de Cisco :

— Vieux copain, t'as vite appris l'pays! Te voilà quasiment rendu *northlander*. Il te reste qu'à connaître le nom des seize sittelles qui sillonnent le ciel nordique et t'en seras un vrai.

— Parce que toi, ces oiseaux, tu peux tous les nommer?

— Ben non… Qu'est-ce que ça m'donnerait?

Leurs rires se mêlent, ne s'y distingue qu'une profonde amitié :

— Moi, si! les interrompt Tahiné, d'un ton posé; je peux citer le nom des geais, des sittelles, et de centaines d'autres espèces ainsi que les particularités de chacune.

Nahadeh pose sur la jeune femme un regard empli de tendresse :

— Je t'ai choisie juste pour cette raison, ironise-t-il, alors que sa voix singulièrement émue dément la désinvolture de ses paroles.

Cisco sort. Il s'assied sur la pierre plate appuyée contre la cabane. Il s'étonne en songeant à ces oiseaux qui tiennent une place si importante dans l'existence de ses amis. Il y en a tant, si curieux dans leurs habitudes.

Cet oiseau charpentier, par exemple, que les Français nomment gélinotte huppée; il creuse son abri sous la neige et y passe confortablement l'hiver. Le pic mineur, lui, reste toute la saison froide dans le même bouleau blanc, à se nourrir des insectes vivant sous l'écorce. Nahadeh et ses sittelles! Comment s'y retrouver? L'une d'elles a tant de noms. On la surnomme sittelle à poitrine rousse, casse-noisettes, torche-pot du Canada. La Nouvelle-Écosse l'appelle Tom-Tit, et la province de Terre-Neuve, l'oiseau tête en bas, parce qu'elle descend des troncs à l'envers. Pour les Français, elle est grimpereau, celle qui grimpe. Cisco hoche la tête. Ce merveilleux pays…

Malgré lui, Cisco pense à son Indienne. Quelle ressemblance effarante avec Tahiné! Mais il doit se rendre à l'évidence, ça n'est pas elle. Et soudain, le fameux détail anatomique lui revient en mémoire. Son Indienne avait une tache rosée en forme de fleur sur le bras gauche, près de l'épaule. Il sourit à la tendre image se formant en son esprit. Cette fameuse nuit, des propos puérils avaient suivi sa découverte. Il avait embrassé «l'anomalie charmante», en disant qu'elle «s'épanouirait à jamais dans son cœur». Un enfantillage.

Une main fraîche se pose sur la nuque du pilote. La jeune épouse de Nahadeh est venue le rejoindre.

– On a de la chance d'avoir un ami comme toi Cisco, lui dit-elle en l'embrassant sur la joue. Nahadeh m'a raconté ta réaction quand il annonçait au Grand-Esprit «le sang de la femme». Je suis touchée par ton affection, bien que… tu y sois quand même allé un peu fort avec ce couteau.

Cisco déglutit avec peine. Sa gorge contractée laisse à peine s'infiltrer l'air indispensable. Tahiné l'aime donc un peu. Une bouffée de plaisir empourpre son visage, le fait vibrer tel un adolescent à son premier rendez-vous. Il est grisé, comme après un abus d'alcool. Cisco est fou de joie alors qu'il sent en lui grandir le désespoir. Une impression troublante :

— C'est que... oh! Tahiné, tu ressembles tant à une jeune fille que...

La grande sensibilité de l'Indienne lui fait deviner en partie les paroles qu'il s'apprête à prononcer :

— Ne dis rien. Chaque être de cette terre est le reflet d'un visage posé sur l'eau calme d'un lac. Lorsque tu te penches sur cette eau paisible, tu découvres l'autre côté de la vie. Wakan-Tanka t'accorde un grand privilège en te faisant témoin de tels prodiges.

Ces propos sibyllins laissent Cisco sans voix. Il tourne la tête vers Tahiné. La main de celle-ci glisse sur son épaule, comme à dessein. Les yeux de Cisco s'attardent sur le mince poignet, la peau veloutée du bras dénudé, remontent jusqu'à la naissance du sein, puis vers la gorge délicate et... ses yeux reviennent vivement sur le bras.

À hauteur de l'épaule, il y a...

La tache rose en forme de fleur!...

Tahiné est donc bien l'Indienne de la forêt! Il avait raison depuis le début. Son intuition ne le trompait pas. D'un geste impulsif, il pose la main sur celle de Tahiné. Elle ne retire pas la sienne, mais son sourire lointain, son air un peu songeur, ajoutent quelque obscurité supplémentaire à l'énigme qui s'érige dans l'esprit du pilote. Cisco est persuadé que Tahiné conçoit clairement la panique qui l'assaille.

Le regard de la jeune femme recherche le sien, l'accroche intensément, semble le pénétrer. Cisco a l'impression qu'une communication s'établit entre eux, par la pensée. Une langueur s'empare de tout son être. Doucement, guidé par une voix intérieure, il ne tarde pas à saisir la nature des étranges propos que lui tenait Tahiné peu auparavant. «Un visage sur un lac.» Ce qu'impliquent ces mots est époustouflant. Ils provoquent en Cisco un choc à ce point prononcé qu'il reste sans réaction. Il pourrait hurler comme un dément, se mettre à rire ou à pleurer avec la même facilité. Le reflet du visage de la vie... Une simplicité! En effet... Lorsque l'on se regarde dans un miroir, l'image nous revient à l'envers. Notre œil droit devenant le gauche, sur le reflet.

Cisco libère les doigts de Tahiné. Un simple regard lui apprend ce qu'il redoutait. La tache se trouve sur le bras droit de Tahiné! Son Indienne la portait à gauche... «comme une réflexion du corps sur l'eau paisible d'un lac». Ce fait nouveau étourdit Cisco. Admettre une telle possibilité le faisait entrer de plain-pied dans le domaine de la sorcellerie. Cisco avait aimé un songe, un miroitement sur l'eau, la femme d'une autre vie, d'un Univers n'existant que dans l'imagination de ceux qui veulent refaire le monde : les poètes et les rêveurs...

CHAPITRE 26

Quatre jours plus tard, la petite louve recueillie dans la fosse, que Cisco a baptisée Negra, «la Noire» en espagnol, accepte de sa main la viande qu'il déchiquette à coups de racloir à peaux. Les yeux du pilote en brillent de fierté. Victoire négligeable, certes, qui néanmoins le rend heureux. Sauver la bête souffrante procure un plaisir inégalé.

Il a soigné des loups sauvages, lui, quelle histoire!

En attendant, la Negra va s'en tirer. La pauvre bête est encore faible, mais la plaie de son ventre ne suppure pas. Cisco a remarqué la chair rosée le long de la cicatrice. La petite femelle guérit.

Pieds nus dans le ruisseau, Cisco prospecte à la batée. Les rives du cours d'eau étant trop escarpées, installer la rampe de lavage s'était avéré irréalisable. Cisco fait tourner entre ses paumes sa batée rouillée : un plat rond en forme de poêle à frire, rempli de sable caillouteux, qu'il recouvre d'eau régulièrement. Eau, sable et cailloux sont évacués sur les bords par la rotation régulière du plat. L'or, plus lourd, reste au fond. Soudain, Cisco se penche sur la batée, arrondit les yeux. Il y a une boule de glaise blanche dans le plat, rien d'autre. De la terre aurait été rejetée par la force centrifuge du mouvement. Donc…

Il empoigne sa trouvaille. Elle est lourde, trop pour être de pierre. Seigneur! Cisco fouille prestement l'intérieur de la carapace gluante. Son visage se transforme aussitôt. Et il reste là, ahuri, incapable de réagir. Le bloc d'or est imposant, c'est vrai, mais l'étonnement de Cisco a un motif autre que la grosseur de sa découverte. Il en possède d'aussi belles, entassées sous sa paillasse. Cependant, celle-ci a une forme… Dieu du ciel, cette forme!

Nahadeh observe la scène de loin, intrigué par le mutisme de son compagnon. Il s'est habitué aux cris de Cisco dès que celui-ci repère une belle pièce dans son plat, non à cette stupeur insolite. Curieux, Nahadeh s'approche de Cisco. Dans la main de son ami repose une pépite aux lignes inattendues. Il écarquille les yeux à son tour, puis sourit :

— Nahadeh, dis-moi que je rêve, bredouille Cisco.

L'Indien émet un petit rire. Cisco s'énerve :

— Ça t'divertit? *Caraï!* Regarde, regarde ça!

Cisco nettoie la pépite dans le ruisseau, l'essuie sur sa manche. Et se présente aux yeux des deux hommes une chose inconcevable. Cisco reste coi devant le prodige.

Sur sa paume ouverte, repose le visage délicatement tracé d'une jeune Indienne. Aucun détail n'y manque. Cisco n'ignore pas que c'est là une fantaisie de la nature, un hasard singulier. Ce bloc d'or se trouve enfoui dans la montagne depuis la nuit des temps, roulé jusqu'à lui par une infinité de torrents déchaînés. Une image insensée naît en son esprit alors que tout au fond de lui une voix semble prononcer doucement… «Je suis Celle-d'en-Haut!»

Nahadeh rit de bonheur. Puis il prend un air grave pour s'exprimer :

— T'es convaincu ? Dans le vent, le cri des loups, les choses autour de nous, celles que l'on comprend et les autres, que l'on ne voit pas, celles qui sont silencieuses et n'apparaissent à l'esprit que dans la méditation, «Elle» est présente, partout. «Elle» est l'amour, la nature, les bêtes… le respect de tout ce qui est. Tu commences à y croire, n'est-ce pas ? s'enflamme Nahadeh avec une expression de bonheur intense. Encore deux ou trois cents ans et tu seras un véritable Indien.

— Fiche-moi la paix ! Je sais plus où j'en suis. À vivre près d'toi, à force de t'entendre raconter ces histoires, ces légendes, je… *Madona !* J'finis par douter de ma raison. Le pilote perd sa contenance. Il hausse les épaules, agacé. De plus, v'là qu'elle ressemble à Tahiné, c'te pépite ! s'exclame-t-il. Hé !…

Nahadeh scrute le visage de son ami en silence.

— Je deviens cinglé, murmure Cisco.

Nahadeh l'entend. Il lâche un autre rire moqueur, envoie une tape sur l'épaule de son compagnon :

— Bah, on l'est tous un peu, non ? Tahiné le dit souvent.

— Ah non ! crie Cisco. Me balance plus ta femme dans ce décor déjà passablement embrouillé. Tahiné, Celle-d'en-Haut, la reine des loups ; pis quoi encore ?

Cette fois, il se tait.

— Je déraisonne vraiment, se dit-il.

Pour son malheur, Cisco va plus loin encore dans son argumentation silencieuse. Si la pépite ressemble à Tahiné, reconnaît-il, et que Celle-d'en-Haut a le visage de son Indienne, cela pourrait signifier qu'elle, Tahiné et Celle-d'en-Haut…

273

Nom de nom!

– Range ton barda, vieux frère, prononce doucement Nahadeh, faut rentrer avant la nuit...

Cisco sent dans sa gorge se former une boule qui
peut signifier un sanglot naissant, tout autant qu'un
hurlement d'exaspération et de détresse en formation.
Voilà qu'à présent Nahadeh s'adresse à lui sur le ton
employé pour parler aux enfants... Cisco cheminait
donc vers la démence.

CHAPITRE 27

De retour à la cabane, Cisco ronchonne seul dans son coin. Hormis la fameuse pépite, leur journée a été médiocre : une dizaine de pierres, moins de deux cents grammes. De la caillasse ! Dans ce désastre nordique qui l'accable de tous côtés, il n'a même pas la compensation de vraiment s'enrichir. L'Indien peut bien affirmer que le flanc de sa montagne est une masse d'or pur, jusqu'à présent rien n'est prouvé. Cisco pousse la porte du pied et va soulever son lit afin de ranger la récolte de la journée dans sa réserve... Diable ! Le sac n'y est plus !

Cisco sort en furie. Devant la cabane, Nahadeh coupe du bois de foyer. Les hurlements du pilote attirent sur lui les regards interrogateurs de l'Indien et de son épouse.

— Nahadeh, j'apprécie pas ta façon d'agir !

Le jeune homme lève sur Cisco un regard interrogateur :

— J'aurais fait quoi qui te fâche à c'point ?

— T'as changé d'idée hein ?

— De quoi tu parles ? s'étonne l'Indien.

— Où t'as mis mon or ?

— Tu rigoles ? Tahiné l'a peut-être changé de place.

— Je n'y ai pas touché, les informe la jeune femme.

— Bien c'que je dis, fulmine Cisco, y'a que toi Nahadeh qui a pu...

Le visage de l'Indien s'altère sous l'effet de l'indignation :

— T'as pas pensé au geste d'un plaisantin ?

— T'as raison, c'est d'une drôlerie, ricane le pilote. Le plus proche voisin est à vingt kilomètres. Un clown faisant 40 kilomètres à pied, juste dans l'intention d'exécuter sa p'tite pitrerie ? Pourquoi ce serait pas le père Noël... mieux, Celle-d'en-Haut ?

— En effet.

— Nahadeh, tu m'fâches.

— Ouais ? Et moi, comment j'dois prendre tes accusations ? Vérifions ensemble. Arrive, gros comique !

Tahiné n'ose pas se mêler à la dispute des hommes. Mal à l'aise, elle reste dehors lorsque Nahadeh et Cisco entrent dans la cabane. Après un examen minutieux, Nahadeh doit se rendre à l'évidence. Quelqu'un a dérobé l'or de Cisco.

— Quel pays ! éclate le pilote.

— Réfléchissons, Cisco. Le coupable a dû laisser des traces, tente de l'apaiser Nahadeh qui se met à genoux et regarde de tous côtés, le nez au ras du sol de terre battue. Des indices... il nous faut des... Tiens, en voilà ! s'exclame-t-il triomphant.

Nahadeh ramasse un brin d'herbe devant la couche de Cisco et le lui tend :

— Coupable démasqué ! claironne l'Indien.

Cisco affiche une mine exaspérée.

— Quel cirque ! V'là qu'cette feuille de salade t'indique qui a fait l'coup ?

— Presque. C'était sûrement collé à la chaussure du visiteur. Vois-tu, c'est un genre de ciboulette. Ma mère en utilisait dans ses pâtés de viande. Elle...

— Hé! là! J't'ai pas demandé un cours de cuisine. Abrège!

— Maudit sale caractère de chien! En dix minutes, tu m'as accusé de t'avoir volé, de mentir, de te raconter des idioties, et maintenant, de te faire perdre ton temps. Saleté d'or! Tu vois c'que ça fait aux individus normaux? Si moi j'te disais d'aller au diable?

Cisco pince les lèvres et secoue la tête, confus :

— Désolé gros ours, j'suis un peu nerveux ces derniers temps. Va, explique... Parle des fricassées de ta vieille mère.

— Merde alors! J'disais qu'elle cueillait son herbe à seulement deux endroits bien précis des environs. Soit près du bois d'épinettes de la Rivière-Bleue ou à la Cascade-aux-Biches. Deux familles seulement habitent par là. Les Long-Courage, au nord, et les Ciel-de-Roches, à l'est, près d'une source. Ton or est sûrement chez l'un d'eux. Ce sont des gens farceurs.

— Effectivement, l'côté amusant de l'affaire m'échappe pas. Pourtant, cette herbe, si Tahiné...

— Elle l'utilise jamais.

— L'goût lui déplaît?

Nahadeh rit :

— Non, faut aller trop loin pour en trouver.

Nahadeh emploie ici un humour bon enfant dans le seul but d'apaiser un peu le climat tumultueux de leur discorde. C'est du temps gaspillé.

Le visage de Cisco reste impassible, ne s'y affiche pas même l'esquisse d'un sourire. Sa colère est trop enracinée en lui. Il s'éloigne sans attendre à la recherche de son voleur, guidé par un courroux à ses yeux hautement justifié. Le soleil, éblouissant, réfléchi par les parois granitiques de la montagne, l'oblige à marcher les yeux plissés pendant les premiers kilomètres, ce qui ne lui plaît guère. Il doit en effet emprunter pour son déplacement une étroite piste d'ours creusée dans la montagne par des millions de leurs pattes griffues au cours des siècles. Rencontrer un de ces énormes mammmifères est dans le domaine des probabilités ; marcher les yeux à demi clos n'est donc pas l'attitude idéale dans ce genre de situation, mais puisque c'est la seule voie forestière menant à la vallée des deux Indiens, Cisco s'y engage, bien que peu rassuré. Tout à sa colère, il met sa vie en péril, au nom de l'or, ne réalisant pas l'incohérence d'un semblable comportement. Cisco chemine longtemps, mal à l'aise, imaginant des meutes de grizzlis l'épiant au détour de chaque sentier, derrière le moindre bosquet de baies sauvages où les familles d'ours aiment à folâtrer. Un danger potentiel à ne pas négliger. Pour annoncer de loin sa présence, afin de ne pas surprendre les ours qui marauderaient dans les parages, il frappe dans ses mains, hurle, siffle, de temps à autre, ainsi que Nahadeh conseille d'agir au pays des ours. Prévenu à temps d'une présence humaine, l'ours fuira. Semblable préoccupation ne contribue pas à lui procurer la sérénité. La route lui semble interminable. Il a tout le temps de ruminer sa rancœur. Son amertume s'accroît au fil des heures, à chaque kilomètre passé à grogner et se remémorer le vol et ce qu'il lui apporte de déplaisant. *Por Dios !* Tant de rêves avortés ! Sans compter que le souvenir de son Indienne vient parfois malicieusement se mêler au visage de Tahiné, à la délicatesse de son corps, compliquant les choses plus que de raison. Cisco brûle ainsi une précieuse énergie à entretenir sa contrariété. À ce rythme, il s'épuise vite, se tord les pieds dans les chemins accidentés, s'égratigne sur les épineux. Il est bientôt à bout de forces, de nerfs, au paroxysme de sa furie.

C'est presque un dément qui débouche en vue de la seconde cabane annoncée par Nahadeh, celle de l'Indien Ciel-de-Roches. Il frappe à la porte d'un poing énergique, appelle. Aucune réponse ne lui parvient. Les propriétaires sont absents. La porte étant simplement poussée, Cisco entre. Le sac d'or est là, en évidence sur la table de bois rugueux. Ce bougre de mauvais plaisant le narguait !

Poussant un cri joyeux, Cisco récupère son bien et repart, satisfait de ne pas avoir eu à s'expliquer avec l'auteur de ce mauvais coup durant le temps où l'animait une telle rage. Grâce à sa fortune retrouvée, la colère de Cisco s'émousse vite. Bientôt, elle disparaît totalement. Cisco parvient même à rire du tour pendable qui l'a obligé à parcourir 15 kilomètres de piste hasardeuse en gardant les yeux presque clos. Hélas, à mi-pente de la colline, il rencontre Ciel-de-Roches en route pour sa chaumière. De loin, l'Indien tend le poing vers lui, vociférant. Cisco avale sa salive avec difficulté. Des ennuis inévitables venaient à lui. L'invective à la bouche, l'Indien couvre rapidement la distance le séparant du pilote :

— C'que tu fiches sur ma terre, le Blanc ? jette-t-il d'un ton rogue. Puis, apercevant la poche d'or, sa colère s'en trouve décuplée. T'as pris ça chez moi, voleur !

D'un geste prompt, il s'empare du sac que Cisco tient au creux de son bras. D'un seul coup, le ressentiment du pilote retrouve sa raison d'être ; puisant ses forces vives dans l'adversité même, Cisco lance à son adversaire les pires mots, y mettant toute la virulence dont il est capable. Les deux hommes n'ont plus, semble-t-il, que la haine au cœur et l'envie unique de s'empoigner :

— Voleur, moi ? hurle Cisco, poings levés. T'es pas embarrassé, salaud !

— Ces pierres de métal appartiennent à notre terre.

— Alors exploitez-la donc, cette sacrée montagne ! La fortune qu'elle renferme permettrait à toute votre bande de crève-la-faim d's'payer une baraque avec trois salles de bain, et d'rouler en Rolls-Royce !

Ciel-de-Roches lève les yeux au ciel, incrédule. Il prend un air condescendant, sa voix s'adoucit, un père à son fils :

— L'or, c'est le malheur. Qu'il reste enfoui !

Cisco, lassé par ce dialogue sans issue, empoigne le bras de l'Indien et le pousse rudement à la poitrine en lui arrachant le sac. L'homme, déséquilibré, glisse et tombe face contre terre. Cisco reprend le chemin de Virginia sur une ultime insulte.

Au bas de la colline, il crie, en se retournant :

— J'suis quand même désolé de t'avoir…

Le reste de la phrase demeure dans sa gorge. Ciel-de-Roches est toujours allongé sur le chemin, au même endroit.

— Oh, gars ! Y'a un problème ? s'inquiète aussitôt le pilote en revenant sur ses pas.

L'Indien est à ses pieds, immobile. Cisco le retourne, précautionneusement. Les yeux de l'homme, grands ouverts, fixent l'infini d'un air de totale incompréhension. À sa tempe s'ouvre une plaie profonde. Sur le sentier, un silex tranchant…

La poitrine de Cisco s'emplit d'un grondement sourd. Les larmes affluent sous ses paupières. L'angoisse le paralyse. Lorsqu'il parvient à contrôler les tremblements de son corps, il charge Ciel-de-Roches sur son épaule et retourne à la cabane. Au même instant, une Iroquoise et deux jeunes enfants sortent du bois d'épinettes qui borde la rivière. Cisco doit passer devant eux pour atteindre la chaumière. En découvrant la scène dramatique, les trois Indiens s'arrêtent et, sans un geste, regardent Cisco approcher; leurs yeux semblent vides, leurs visages sans expression, comme indifférents. Cisco songe à l'explication de Nahadeh concernant les Indiens du cinéma, ceux qui ne sourient pas. Ainsi, les vrais sentiments des Aborigènes finissent-ils par s'identifier à l'image que le Blanc a inventée pour les représenter. Devant l'envahisseur, leurs émotions restent enfouies au plus secret de leur âme. Ce sont des colonisés. Il se pourrait aussi que, lors d'une douleur trop intense, le cerveau ignore la manière de l'extérioriser.

Le dos courbé sous son terrible fardeau, Cisco fait halte devant la femme :

– Je... désolé... je ne... un accident...

L'Indienne est figée, comme étrangère à ses paroles, à cette démentielle situation qui prive sa famille d'un père et d'un époux. Les enfants tiennent sa robe de peau, un de chaque côté. Ils ne pleurent pas. Ils sont trop petits pour comprendre; à moins que, dès son jeune âge, l'Indien n'affiche cette passivité de vaincu à jamais greffée aux gènes de sa race? Cisco pose le corps de Ciel-de-Roches dans l'herbe, à l'entrée de sa maison. Il redescend. Une nouvelle pause devant l'Indienne lui met à la bouche d'autres mots de regrets et des larmes plein les yeux. Il est anéanti. Entre-temps, l'atroce réalité semble avoir pénétré l'esprit de la femme. L'épouvante a gagné chaque trait de son visage, lui faisant un masque douloureux pathétique. Cisco aimerait la prendre entre ses bras afin de la consoler, lui expliquer… Il bafouille :

— C'était sa faute. Il n'aurait pas dû… ah, Dieu!

L'Iroquoise lui tourne le dos et, tête basse, gravit lentement le coteau; ses enfants la suivent, l'un derrière l'autre, en silence.

Encore sous le coup de l'émotion qui l'agite, Cisco reprend l'itinéraire de Virginia, les épaules fléchies, en vaincu, l'esprit vidé de toute substance, de toute pensée concrète. Il ne peut aller très loin. Nauséeux, flageolant, il doit s'asseoir durant près d'une heure sur la berge de la Rivière-aux-Outardes, baignant ses jambes nues dans le courant tumultueux. L'eau glacée l'apaise un peu. Son sang, que l'accablement a fait bouillonner dans ses veines, sous l'effet vivifiant de l'eau retrouve bientôt un rythme plus lent. Cisco peut alors se remettre en route. Autour de lui se resserre un décor de roches granitiques, de falaises vertigineuses et de ravins insondables d'où semblent surgir les murmures confus de la genèse. Une sorte de bout du monde…

«Ils» l'attendent au détour du chemin, à proximité de chez Nahadeh. Trois Indiens, de solides gaillards, armés de gourdins et de couteaux à dépecer, sont campés sur le chemin, pleins d'arrogance et de défi, tous les traits de leur visage tordus par une hostilité implacable. La mort est avec eux; Cisco ne l'ignore pas. Et pourtant, le pilote ne peut empêcher un sourire ironique de crisper sa bouche. Ses adversaires sont «habillés en Indiens», dans des costumes de peau frangés, les cheveux nattés, portant des plumes bariolées sur le côté de la tête ou plantées au sommet du crâne. L'un d'eux a même la face enduite d'ocre rouge avec de minces zébrures jaunes courant sur ses joues. Ils veulent bien sûr ridiculiser Cisco en se présentant à lui tels que le Blanc les évoque dans ses spectacles pour touristes. Mais ici, l'éclat sauvage qui luit dans leurs yeux n'a rien d'une comédie théâtrale. Bien réelle, elle dit sans équivoque l'ampleur de leur détermination. Ces hommes farouches viennent réclamer la vie du pilote. Une vie contre une vie. C'est là une loi fondamentale du clan des Tortues dont ils sont les membres. À leurs yeux, Cisco n'existe déjà plus. Dans le secret d'une réunion tribale, ils ont redéfini à leur guise, à coups de mots coléreux, la destinée du pilote. Dès lors, l'étranger leur appartient. Cisco ne se demande même pas comment ces trois hommes peuvent se trouver devant lui, si près de chez Nahadeh, quand il n'a pas croisé une âme depuis son départ des lieux de l'incident. Après tout, quelle différence cela fait-il ? Les trois hommes sont là, immobiles, à le surveiller. Le temps passe sur leur impassibilité. Qu'attendent-ils donc ? se demande Cisco. Cette extravagante situation lui donne l'envie de hurler, de discourir avec Dieu sur les sujets les plus incongrus ou de monologuer, prenant encore le Créateur à témoin, du fatras de règles ridicules constituant son monde. Une piètre réalisation en vérité. Cisco pourrait encore chanter ou sangloter avec une semblable facilité. Une sorte de folie lui met en tête des propos débridés, des actions incohérentes. Depuis qu'il demeure dans ces montagnes, tant d'illogismes composent ses journées. Dans le combat inévitable qui se prépare, Cisco est suffisamment réaliste pour présager une issue fatale. Surviendra sa mort, violente, inutile et combien obscure, sur le flanc verdoyant d'une montagne au nom d'oiseau mythique imprononçable. *Wo-Wah-Won-Ton-Kah-Won-Ze Wah-pah-ton-kah Yu-Wah-Kon-Pe We-Hew-Pe!* «Millions-d'Oiseaux-Noirs-Bénis-Qui-Saignent!» Un nom de montagne ça? Soyons sérieux, ricane Cisco désabusé.

La résolution des Indiens de l'abattre fait partie de ces faits impondérables prenant place si inopinément sous cette latitude. À quoi bon d'ailleurs chercher à comprendre? Le grandiose Univers nordique abonde de ce genre d'interrogations aux réponses trop souvent insatisfaisantes. Aussi, le pilote n'est-il pas étonné au-delà du raisonnable par la présence des Indiens. Il risque de mourir au nom de la vie d'un autre, sans parvenir à détester ces gens. Il ne les perçoit même pas comme des meurtriers en puissance. La rancune seule les guide vers la revanche, non une malveillance gratuite.

L'aventure nordique de Cisco risquait de se terminer de manière lamentable. C'était vraiment trop bête.

Cisco imagine aisément les manchettes des journaux de sa patrie : «Un père de famille latino-américain, vétéran héroïque du conflit iraquien, égorgé par une bande d'Indiens sur le sentier de la guerre.» À se tordre de rire! Enfin...

Cisco évalue ses chances de survie. Il n'en découvre qu'une : dans la fuite! En temps ordinaire, grâce à la seule puissance de ses jambes, il parviendrait à s'échapper assez aisément. Depuis l'âge de 16 ans, Cisco participe à des épreuves physiques de toutes sortes, la course à pied étant sa spécialité : course d'endurance, saut d'obstacles et marathon. Il n'aurait donc aucune peine à distancer les Indiens, en majorité visiblement gras et lourds. Mais la mort de Ciel-de-Roches a privé ses membres de toute vitalité. Ses muscles bandés sont tétanisés, sans la moindre souplesse. Néanmoins, Cisco doit tenter l'impossible. Il ne se laissera pas égorger comme une misérable bête prise au piège. Il lui faut d'abord se calmer, réunir son énergie dispersée à la diable en chaque cellule de son corps, en faire une source de force unique s'irradiant du plexus solaire et dans laquelle il puisera, tel l'expert karatéka. En situation de stress intense, Cisco a ainsi chaque fois recours au yoga. Une lente respiration abdominale finit par le calmer. Il se concentre alors sur ses muscles, les étire et les relâche sans pratiquement bouger le corps afin de ne pas alerter les Indiens sur ses intentions. Arrive l'instant où il se sent prêt à l'action. Sa vie va dépendre de la vigueur de sa foulée. Cisco émet un petit rire amusé. Les Indiens se trouvent à cent mètres de lui : si loin! Leur échapper sera presque trop facile. Jusqu'à un certain point, une facilité déconcertante, qui génère aussitôt la suspicion en lui. L'allure de ces hommes est beaucoup trop désinvolte; elle cache un piège. C'est probablement pour cela que, un peu malgré lui, Cisco ne s'est pas encore retourné. D'autres Indiens se trouvent derrière lui; il ne peut en être autrement.

Ne portant aucune arme défensive, Cisco ramasse deux pierres rondes qui tiennent bien au creux de sa main. Puis, sans geste brusque, il se place de biais au milieu du chemin, fixant le flanc de la montagne, face à lui, affichant ainsi, manifestement, un dédain total envers ses ennemis. Cisco sourit. Il ne s'était pas trompé. Grâce à un angle de vision rare qui lui donne un balayage visuel simultané de 180 degrés – lorsqu'il tend ses bras de côté, Cisco est capable d'apercevoir ses deux mains à la fois – il voit approcher sur sa droite les deux hommes qui se tenaient dans son dos. Les trois Indiens de gauche se mettent en mouvement peu après.

Cette fois, le destin affiche sa volonté sans la moindre équivoque. L'échappée salvatrice est devenue impossible. Cisco doit résister. Se battre! Non pas dans l'intention d'obtenir une victoire ni de parvenir à fuir, mais pour un concept puéril, celui de l'honneur. Il risque de mourir pour un mot, une abstraction; en définitive, sans raison valable, à part l'orgueil. Sa futilité lui échappe-t-elle? S'il demeure sur place, la conséquence de son geste fait peu de doute. Il sera massacré. Cisco pourrait tout aussi bien enfouir les mains dans ses poches et attendre que les coups mettent fin à sa vie...

Le sort est un bien déplaisant personnage lorsqu'il y met sa perfidie. Un avion se perd en montagne, s'ensuit une aventure irréelle et une fin de vie tout aussi inexplicable, tout aussi ridicule...

Les deux Athapascans qui arrivent sur la droite de Cisco marchent plus vite que les trois autres, tout à leur hâte d'en venir aux mains. La fureur qui s'affiche sur leurs visages au ton cuivré met Cisco en joie. C'est en fait ce qu'il espérait en ignorant leur présence de façon si ostentatoire : les exaspérer par sa prétendue indifférence! Un adversaire en colère contrôle mal ses coups, épuisant ainsi vainement la plus grande partie de ses moyens combatifs. Les deux hommes parviennent à la hauteur de Cisco. L'un d'eux est petit, plutôt maigre. L'autre, un véritable colosse auprès duquel même Nahadeh semblerait de taille ordinaire, doit facilement peser 130 kilos. Et, alors que logiquement Cisco devrait se débarrasser en premier de l'adversaire le plus «encombrant», voilà qu'il choisit l'homme mince sur qui envoyer ses blocs de pierre. Dans la fuite à pied qui va suivre, le petit homme sera en effet le plus dangereux des deux.

Quand ils ne sont plus qu'à trois pas, Cisco leur fait face brusquement. Il amène ses projectiles à hauteur de sa taille et, d'un mouvement coulé, détend avec force ses bras vers le visage du petit Indien, ne lâchant les pierres qu'à 20 centimètres d'une cible qu'il ne peut manquer. Le choc, formidable en effet, ne pardonne pas. L'Indien est renversé. Il touche le sol sans un cri, déjà inconscient. Pris au dépourvu, son colossal compagnon reste sans réagir. Il ne s'attendait pas à une telle offensive de la part d'un homme en si mauvaise posture apparente. La courte stupéfaction de l'Indien représente pour Cisco l'instant idéal de sauver sa vie, sa chance unique.

Mais dans le cerveau du pilote, perturbé par toutes ces légendes nordiques, frisant la démence à longueur de jour, se poursuit un raisonnement ahurissant : alors qu'un bond sur le chemin et sa souple allure de coureur de fond lui permettrait de distancer aisément ses adversaires, Cisco décide de résister sur place. Une décision qui ne l'étonne pas, dans laquelle il ne sait pas discerner toute l'ampleur de son arrogance. Cisco n'a jamais courbé l'échine devant une menace, il n'allait pas commencer. Tout se résumait à cela.

Sa vie dans les montagnes, son amitié avec Nahadeh, les manigances de Celle-d'en-Haut, Tahiné, sa princesse indienne… tant de choses lui mettaient la tête à l'envers, l'empêchant de raisonner sainement. Ces multiples pensées débilitantes et, pour son infortune, une trop grande témérité, l'encourageaient dans une action insensée. Un combat disproportionné ! Ce sera peut-être, il en est conscient, son ultime geste de vie, sa dernière folie… Alors, à-Dieu-va! Qu'elle soit sublime!

La seconde erreur de Cisco est d'ignorer le colosse à nouveau. Il s'en prend au moins corpulent des trois Indiens arrivant sur sa gauche, prévoyant toujours la possibilité d'avoir à courir. L'affaire est vivement menée. Un coup de pied au genou suivi d'un direct à la gorge met l'homme hors de combat. Mais Cisco vient hélas de tourner le dos au colosse, un adversaire autrement redoutable qui saisit l'occasion et, par derrière, l'agrippe aux épaules, bloquant les bras du pilote vers l'arrière pendant que ses deux compagnons valides abattent sur lui leurs gourdins noueux. Cisco essaie de les repousser à coups de pieds, mais la longueur des bâtons permet aux assaillants de demeurer hors de portée. Abruti de coups, recru de fatigue, Cisco perd vite le sens des réalités, comme si peu à peu lui échappait le plus élémentaire désir de vivre. La bastonnade l'engourdit. Étonnamment, il y devient insensible. Afin d'échapper à la douleur, l'esprit de Cisco semble s'être replié sur lui-même.

Et, alors que redoublent les coups, une pensée insolite lui envahit la tête. Cisco songe à la nature environnante. L'espace d'un court instant de lucidité, Cisco constate que les oiseaux se sont tus. Un vide s'est créé dans l'espace, un abîme, sorte de néant… Cette image monstrueuse lui remet d'un seul coup en tête la beauté de la vie. Vivre! Cisco doit tout d'abord libérer ses bras et, principalement, cesser de s'agiter en essayant d'atteindre avec ses pieds les Indiens lui faisant face. Il s'y épuise en vain. Se débarrasser du colosse qui l'immobilise devient le but unique. Négligeant les bâtons et les poings qui s'abattent sur ses épaules et son visage, Cisco glisse sa hanche sur le côté et frappe le bas-ventre de l'Indien en y mettant toute son énergie ; le colosse s'affaisse sans un cri, la gorge serrée par une impensable souffrance. Enchaînant son attaque d'une talonnade arrière, Cisco le renverse d'un coup en plein front. Libre de ses mouvements, Cisco est malheureusement à bout de résistance. Ses deux derniers adversaires sont par contre toujours en bonne forme, n'ayant pas été malmenés depuis le début de l'empoignade. Cisco bloque difficilement leurs attaques combinées. La crainte grandissante de ne pouvoir s'en tirer vivant met un sanglot dans sa gorge. Alors, de rage et de frustration, il l'accentue, lui donnant les apparences d'un véritable cri de guerre ; et ce cri, né de sa peur de mourir, devient l'aiguillon de sa rage de vaincre. Il se déchaîne. Cisco ne tarde pas à constater que les Indiens ne répondent plus à ses attaques. Est-ce l'étrangeté de son hurlement qui les stupéfie ? Groupés devant Cisco, à trois pas, les cinq Indiens – les blessés s'étant relevés – considèrent le pilote avec une admiration non feinte. Aucun ne prononce un seul mot. Il n'y a d'ailleurs rien à exprimer. Tous, aussi bien Cisco que ses adversaires, savent à quoi s'en tenir. Les Indiens sont venus tuer l'étranger, et les voilà hésitants. Cisco le perçoit de manière confuse. Face à lui, sur le ciel pâle à la cime des arbres, de petits nuages dessinent le visage rieur de son Indienne. Celle-d'en-Haut… Et si Nahadeh disait vrai depuis le premier jour ? Ce que Cisco tente d'accomplir face aux Indiens est une aberration. Ne s'apparente-t-elle pas à une manière de suicide ? Lui qui aime tant la vie. Dolores, l'existence paisible qu'ils avaient si joliment planifiée avec leurs enfants… Toute cette histoire est insensée.

Après avoir, par leur silence, rendu hommage à la vaillance du pilote, les Indiens passent à l'attaque d'un même élan. Pris au dépourvu, Cisco est vite débordé. Il parvient à donner quelques coups, à repousser un ou deux adversaires, mais ses tentatives sont dérisoires face à la détermination des Aborigènes. Incapable de les maintenir à distance, Cisco est submergé.

C'est la fin. Ses bras deviennent lourds, malhabiles, ses jambes mollissent. Cisco tient à peine debout. Il va tomber.

Lorsque soudain…

Le colosse qui était parvenu à ressaisir Cisco à bras le corps pousse un grand cri et le lâche.

Nahadeh !

Une branche noueuse au bout des bras, Nahadeh s'est jeté dans la bagarre avec une fougue qui désoriente les adversaires de Cisco. Tous reculent. Le colosse lui-même ne peut s'opposer à l'impétuosité du jeune garçon.

L'intervention vigoureuse de Nahadeh crée une brève accalmie permettant au pilote de retrouver un peu de ses facultés combatives. En quelques instants, Nahadeh et Cisco prennent l'avantage de l'affronte-ment. Deux adversaires sont envoyés au sol, sérieuse-ment étourdis. C'est à cet instant que Cisco se rend compte que les cris rauques de Nahadeh sont en fait des sanglots. Nahadeh pleure ! Un grondement jaillit de sa poitrine à chacun des coups qu'il assène.

Son attitude se passe de commentaire. Au risque de sa vie, Nahadeh combat des hommes de son propre peuple. Mais dans le cœur de Cisco, l'action de son ami fait naître une émotion de tout autre nature. Une exul-tation grisante le domine. Cisco est heureux. Sa gorge est serrée et ses yeux brûlants. Jamais encore il n'a éprouvé semblable plaisir. Un tel résultat vaut bien qu'il mette sa vie en jeu.

— Lâches! hurle Nahadeh en abattant son gourdin sur les attaquants pressés autour d'eux. Battez-vous en hommes, pas à cinq contre un!

Nahadeh et Cisco chargent fraternellement au coude à coude, ainsi qu'ils le firent face à l'ours. Une lutte échevelée! Elle ne dure pas. Le colosse met fin à la mêlée en invectivant Nahadeh :

— Rat puant! Comment oses-tu t'en prendre à nous, ta propre famille? Ma mère, ta tante, n'appréciera pas ta façon d'agir. Le Grand Conseil entendra aussi parler de ta conduite.

Nahadeh crache par terre.

— Fais donc, cousin. Et ta mère, ma tante, recevra le récit de ton héroïque combat contre un homme désarmé. Tu vas devenir le héros miteux du clan des Tortues.

Le colosse hausse les épaules :

— Démolir un Blanc est honorable; rien de honteux là-d'dans. Particulièrement quand c'est un meurtrier! Venez vous-autres, laissons ce glorieux Indien au visage pâle roucouler avec son Mexicain.

Sans un mot de plus, les cinq hommes font volte-face et reprennent le chemin de leur village, au-delà des collines.

Cisco et Nahadeh retournent à Virginia. Ils ne se parlent pas. Cisco ne remercie pas celui qui vient sans erreur de sauver sa vie; après les propos du grand Montagnard, il n'ose plus. À présent, le premier mot entraînerait une suite de phrases faites de questions douloureuses qu'aucun des deux hommes n'a le courage d'affronter.

Le soleil se couche. Cisco et Nahadeh prennent une tisane devant la porte de leur demeure. Tahiné assouplit quelques peaux de saumon pour confectionner des mocassins de cérémonie. Trois pygargues à tête blanche tournoient paresseusement au-dessus de la cabane. Les deux hommes lèvent la tête au même instant, admirant la majestueuse évolution des grands rapaces. Leurs yeux brillent de plaisir. La beauté du spectacle y est certes pour quelque chose, mais surtout, grâce à la présence des oiseaux, une communication silencieuse s'est établie entre les deux amis. La Nature unit les hommes, rapproche leurs pensées. Ces émotions qu'ils ne savent exprimer, ces mots qu'ils ne peuvent prononcer par crainte de frôler l'irrémédiable, Petite-Mère-la-Terre les transmet de l'un à l'autre, utilisant pour ce faire de toutes simples images…

CHAPITRE 28

Deux jours ont passé depuis la tragédie. Cisco et Nahadeh sont en train de calfeutrer les murs de la cabane en prévision de l'hiver. D'après un vieux voyageur indien de passage à Virginia, un hiver qui sera «le pire que le Nord ait vu depuis que la terre existe». Nahadeh bourre de mousse et de glaise, que Cisco lui passe, les interstices entre les rondins. Durant ce temps, Tahiné érige un séchoir à viande devant la réserve à bois. Les deux hommes travaillent depuis quatre heures et ils s'ignorent manifestement; un mutisme ayant débuté juste après la mémorable bagarre qui les vit lutter côte à côte. Aucun d'eux n'osant le premier mot, la tension accumulée est devenue insoutenable. Cisco n'en peut supporter davantage :

— Nahadeh, je dois te…
— Je sais.
— Un accident stupide. Je voulais…
— Il était le fils de mon oncle paternel. Dans mon cœur, un frère.
— Pardonne-moi.
— Le meurtre d'un ami est impardonnable Cisco.

Cisco est anéanti par l'accusation.

— Enfin Nahadeh, je… Je t'ai expliqué que…

— Ouais! Tu ne l'as pas fait exprès, mais le résultat est le même. Tu as pris sa vie. Tu vois, il suffit de bien peu pour passer de l'autre côté de ce que vous appelez la barrière du bien. Toi qui m'as accusé de crimes sans savoir si je les avais commis, considère ta situation. Cisco, l'honnête homme tuant par cupidité. Pas très reluisant…

— On dirait qu'ça t'fait plaisir, s'énerve Cisco.

— Disons que ça nous met à égalité, apparemment du moins car, concernant mes prétendus crimes, tu n'as toujours rien prouvé. Quant à Abahnah-Ciel-de-Roches, on a été élevés ensemble à la mort de sa mère. Tu sais qu'Abahnah veut dire gentil? Faut que tu partes, Cisco.

Le pilote devient livide : se faire renvoyer ainsi, comme un vulgaire malfaiteur, lui cause une douleur cuisante. Il se retient pour ne pas montrer l'ampleur de son dépit, pour ne pas éclater en sanglots comme un enfant réprimandé.

— OK! articule-t-il péniblement, j'te laisse en paix. J'irai me bâtir une cabane dans la vallée de l'Ours-Jaune.

Nahadeh sait le trouble profond qui agite son ami. La décision lui est pénible à prendre, mais il n'a pas le choix des moyens, ni surtout du vocabulaire employé pour repousser Cisco. Bouleversé par une semblable tristesse, il refoule ses propres larmes, masque sa peine sous des abords fermes, d'une apparente froideur :

— Non! Cisco, pas de cabane, rien! Retourne en Californie. Ici, c'est notre terre, à nous. Les étrangers ne font qu'y apporter la destruction et toutes ces maladies qu'on n'avait pas avant. T'es un brave type, Cisco, et pourtant, le malheur est avec toi. Il te suit depuis la chute de ton avion. Quitte le pays, sinon, je devrai probablement te tuer!

Cisco sent ses jambes fléchir sous son corps. Il s'appuie contre le mur de la cabane. Sa voix se brise, ses yeux brillent de désespoir :

— Tu... tu plaisantes?

— Pas avec ça. Je t'aime... comme un frère, Dieu le sait. Mais tu as sur les mains le sang de ma famille. La veuve peut exercer son droit de vengeance, à travers moi. C'est notre loi.

— Va la voir et...

— En souvenir de notre guerre, de notre amitié, je lui parlerai, ainsi qu'aux membres du Grand Conseil de la tribu, afin de calmer un peu les esprits. Mais je doute qu'ils m'écoutent. Pars maintenant.

CHAPITRE 29

Un mois a passé. Cisco est toujours à Nahanni. La veuve de Ciel-de-Roches, honnête et compréhensive, s'est aisément laissé persuader que la mort de son mari avait été accidentelle. Ce dernier avait un frère célibataire qui l'a prise en charge. Le devoir sacré de tout Indien commandait un semblable geste de compassion. Il éduquera les enfants de la veuve comme s'ils étaient les siens et peut-être même, un jour, épousera-t-il la femme, ainsi qu'on le pratiquait dans le clan à une époque lointaine.

Concernant l'action de Cisco, le conseil indien a été par contre plus difficile à convaincre, mais Nahadeh est un parleur habile et surtout, le plus médaillé des guerriers du Nord, tout auréolé de sa gloire de soldat, gloire qui rejaillit sur le peuple de la montagne. Malgré son jeune âge, sa voix a une grande influence dans les réunions tribales ; sans compter qu'il a passablement déformé certains faits se rapportant au pilote. Dans sa plaidoirie aux Anciens, Cisco est devenu un vieux camarade de guerre à qui Nahadeh doit la vie. Une vie pour une vie. Le conseil des chefs laissera vivre Cisco, lui permettant même de rester au pays. Après tant de tragédies, la paix, enfin…

Mais la paix, souillée d'une telle abondance de sang, de souffrances, une telle paix peut-elle être durable?

La Negra et ses petits gambadent devant Cisco. Nahadeh est parti «battre les halliers», comme il l'a dit, afin de reconstituer la provision de viande. C'est une belle journée de fin d'été. La saison des mouches noires et des moustiques se termine.

Ces derniers jours, Cisco a retrouvé un peu de son goût de vivre. La beauté du décor en est sûrement responsable. Au début de l'automne, le Nord devient un vaste jardin. Ses paysages grandioses et ses odeurs musquées tournent la tête, donnent l'envie puérile de lancer des mots contre les falaises, n'importe lesquels – dès l'instant où ils sont porteurs de vibrantes émotions –, pour le seul plaisir de les entendre ricocher sur les parois de pierres rugueuses, avant d'aller se perdre dans les herbes sifflantes d'une lointaine toundra. La saison somptueuse dépose un peu partout sur les décors des tons variés qui charment le regard. Des parfums suaves glissent sur les vents, se croisent en tous sens, épiçant chaque paysage de fragrances appartenant à d'autres horizons. Une féerie de senteurs, de sons et de couleurs.

Pourtant, ce matin, tous les efforts des Hautes-Terres pour émouvoir Cisco demeurent vains. Le pilote vient de découvrir un fait bouleversant. Son petit univers, vie fausse et magnifique, oscille à nouveau, penche vers la catastrophe. La veille, Nahadeh s'est rendu en forêt, emportant une Winchester. À son retour, une carabine anglaise reposait sur le râtelier d'armes et la Winchester manquait. Semblable phénomène s'était déjà produit lors de l'avant-dernière course en solitaire de Nahadeh.

Une sortie, une arme nouvelle. Cisco ne pouvait s'empêcher de faire un lien avec l'étrange légende que lui avait contée Philippe, son ami le mécanicien.

«Au début du siècle, disait celui-ci, le fusil de chasse que l'on retrouvait près des victimes appartenait à un autre chasseur, abattu précédemment, ceci afin de brouiller les pistes en faisant croire aux enquêteurs que les Blancs se massacraient entre eux.»

Cisco est revenu à son point de départ. Le désespoir renaît, plus vif après l'amitié. Ses inquiétudes retrouvent leur ancienne vigueur. Nahadeh ferait donc partie du complot visant à éliminer les étrangers circulant dans la réserve de Nahanni. Il aurait participé à l'anéantissement des chasseurs que Cisco convoyait. Dans l'esprit du pilote, le crime de Nahadeh devient rapidement une certitude. Celle-d'en-Haut? Fadaises! Dissimuler la démence des montagnards en mettant leurs meurtres au crédit d'un esprit vengeur est trop commode. Nahadeh en a profité hypocritement. Dire qu'il ose reprocher à Cisco son malheureux accident…

L'incertitude affole Cisco. Il a besoin d'une preuve absolue. Mieux vaut souffrir en sachant la vérité que d'avoir à subir cette débilitante ambiguïté. Cisco décide de suivre discrètement Nahadeh lors de sa prochaine équipée en montagne. L'aventure canadienne tournait au cauchemar.

— *Vamos a la casa, Negra.*

Une mésange à tête noire frôle son visage et tournoie en criant devant lui. La respiration de Cisco devient difficile. Lui et Nahadeh… Une telle amitié, finir ainsi! Il laisse librement couler ses larmes. La louve mordille sa main. Par jeu, ses petits tentent de saisir la mésange qui rase le sol après de courtes glissades en piqué. Et soudain, un trait de feu traverse le chemin devant lui. C'est un cardinal, un oiseau huppé flamboyant ; sa couleur de petit soleil matinal éclabousse le décor. Il se pose devant Cisco, agite les ailes. Deux petites plumes s'en détachent, se fichent entre les cailloux du chemin. L'oiseau s'envole avec un cri effarouché. Sur le chemin demeurent deux taches rouges, pareilles à des éclaboussures sanglantes... Cisco frémit.

CHAPITRE 30

Nahadeh est seul en montagne. Il s'est embusqué à proximité d'un chemin menant à une tanière de loups, un endroit utilisé par cent générations de prédateurs, comme le sont la plupart de leurs retraites. Le travail des chasseurs de fourrure en est facilité. Pour obtenir une belle récolte de peaux, il leur suffit de connaître une dizaine de tanières et d'y revenir chaque année, se gardant bien de tuer les femelles; elles fourniront les fourrures de la prochaine saison de chasse. Nahadeh connaît ce gîte depuis sa tendre enfance. *Toh-Pah Nah-P'su-Kah-Zah*, «Quatre-Doigts», la louve grise, y niche depuis sept ans. Ce matin, elle s'y trouve avec ses trois petits; son mâle chasse dans la forêt. Nahadeh s'installe confortablement. L'attente risque d'être longue, mais le but est louable; la prise sera belle – bien que terriblement dangereuse, ce qui n'est pas pour lui déplaire. Nahadeh ferme les yeux, respire lentement, mettant à contribution les muscles de son ventre. Il parvient ainsi, par la respiration abdominale contrôlée, à se détendre jusqu'à la somnolence. L'action cruciale se préparant exige de lui un contrôle total de ses émotions et de son corps. Il doit être alerte, impitoyable.

L'ennemi ravage la région depuis des semaines. Partout où il passe, la faune nordique disparaît. Nahadeh va mettre fin à cette incohérence ! La tanière près de laquelle il s'est embusqué représente le dernier refuge de loups intact à des kilomètres à la ronde. Le tueur y viendra, pas le moindre doute. Le temps passe sur sa colère, l'avive à mesure que vers l'horizon fuit le soleil. Nahadeh dégaine son poignard, une lame courte, effilée, celle-là même qu'il utilisait en Iraq. Il en éprouve le tranchant du pouce. Un rasoir !

Soudain, Nahadeh tressaille.

Des hommes se déplacent sur la ligne de futaie. Ils sont trois. Deux Blancs et Herbe-Jaune, le guide iroquois. Nahadeh jure. Imbécile que celui-là qui aide les étrangers ! Que faire à présent ? Découragé, Nahadeh regarde la corde près de lui, retenue à une racine de pin. Un piège pourtant bien dissimulé au détour du chemin, il aurait donné lieu à un jeu plaisant. Soudain, Nahadeh reconnaît les Blancs ; son cœur accélère ses battements. Ce sont des Américains célèbres, surtout pour leur cruauté. Il a vu leurs photos dans les journaux, lu leurs tristes exploits. Il y a Meatt L. Worm, chasseur de trophées de Rapid-City – une petite ville du Dakota –, connu sous le sobriquet de Ver à viande, et le fameux Larry Beldwin, d'Alaska. Le premier est un monstre qui écorche les animaux vivants, et l'autre se dissimule dans les arbres afin d'abattre sans effort ours et biches qu'il attire avec des friandises sucrées.

Comment ces gens peuvent-ils s'enorgueillir d'actions si méprisables ? se demande Nahadeh. Ironiquement, à leurs yeux, une jolie bête vivante n'a aucune valeur. Dire que ces hommes agissent dans un but unique, totalement insensé : faire admirer à leurs voisins le cadavre de la bête abattue et s'en glorifier. Nahadeh veut ces deux hommes à tout prix. Ils méritent une leçon sévère.

Herbe-Jaune marche en tête de la colonne. Il est le premier à subir la colère nordique grondant sur la montagne. À cinquante pas de la tanière du loup, une flèche noire le surprend, traverse sa poitrine et ressort entre ses omoplates. Il frémit à peine sous l'impact, demeurant debout, sans un cri, oscillant, le regard fou, rempli d'incrédulité. Ses deux compagnons n'ont rien vu. Ils le dépassent, lui jettent au passage quelques plaisanteries vulgaires. Herbe-Jaune s'écroule face contre terre. Boule-de-Neige, couchée près de Nahadeh, pousse un cri, bondit hors des taillis et dévale le sentier. Les chasseurs font un saut de côté, tirent dessus au jugé, la manquent. La louve s'échappe à travers bois. Worm, apercevant tout à coup Nahadeh, se montre en l'occurrence digne de sa réputation. Le marchand de peaux tire de la hanche, sans viser. La balle déchire l'épaule de l'Indien, alors que déjà un petit projectile à plumes noires traverse l'espace en chuintant ; mais il rate Worm et se fiche dans l'œil de Beldwin dont le hurlement démentiel ébranle Nahadeh. Il aurait presque pitié du malheureux. Beldwin meurt avant de toucher le sol. Terrorisé, Worm fait volte-face et fuit à toutes jambes sur la piste qui passe devant Nahadeh. Celui-ci retient difficilement un cri victorieux. La proie se jette dans son piège !

— *Peh-Dah-Mah-Yeh, ô Wakan-Tanka !* Merci, *Wah-Ah-Yah-Zo-Kah*.

Nahadeh saisit le bout de la corde d'une main fébrile. Réjoui de s'en tirer aussi facilement, Worm accélère néanmoins son allure, mais il relâche sa vigilance.

— Gloire à toi Wakan-Tanka, ton cadeau est royal! Worm, murmure l'Indien, vas-y mon gars, un dernier effort... ça y est!

Il amène vigoureusement la corde à lui. Devant les pas de Worm, un filet jaillit, emporte l'homme à trois mètres de hauteur. Nahadeh se précipite, hurlant de joie. Dans sa prison aérienne, le gros homme a perdu l'arrogance qu'il affiche sur les photos publicitaires de son musée de bêtes empaillées, *The Fall of the Wild*. Sa peur se manifeste de manière peu glorieuse. Worm mouille son pantalon.

— Hé! Ver à viande! On dirait que, pour une fois, tu as le rôle du gibier. Ça t'fait quoi d'être là-haut?

— *Damn you, bastard!*

— Joyeux Noël à toi aussi! Maintenant, si j'connais bien tes exploits, v'là venu l'instant où le héros blanc achève sa proie d'une balle dans l'crâne. Bien qu'je trouve que, dans ton cas, ça irait trop vite. En ton honneur, je choisis l'ventre; ça prend plus de temps avant de crever. Tu permets que j'utilise ton arme? Une délicatesse que j'te fais.

— Pourriture!

— Varie ton vocabulaire, mon gars.

Nahadeh ramasse le fusil de Worm. Le gros homme supplie pour sa vie :

— Si les bêtes que tu massacres par jeu pouvaient parler, elles te diraient la même chose. Pitié, laisse-nous vivre! Parce que les animaux aussi sont effrayés par la mort, ils la sentent, instinctivement. Alors ils pleurent, oui monsieur! *Wah-Ah-Yah-zo-Kah.* Des saletés d'ton genre méritent pas d'vivre.

Nahadeh lève le fusil. Worm pousse un cri de terreur. Nahadeh éclate de rire et, jetant l'arme, il tranche la corde retenant le filet. Worm chute lourdement dans les ronces. Empêtré dans les larges mailles du filet, il est incapable de se redresser. Une odeur déplaisante se dégage de lui. L'odeur du suint de mouton, celle de la peur. Nahadeh le relève, le libère du filet :

— Tu devrais te mettre à l'exercice, grand-père ; tu sens le beurre rance. Tuer des bêtes piégées est pas très sportif !

— Tu… l'fais aussi, comme tous les Indiens.

— Erreur, j'ai jamais posé un piège de ma vie. Ici, on pratique la chasse de subsistance, pour se nourrir. Mais revenons à ton sport. J'ai exactement ce qu'il te faut. Ça t'aidera à brûler deux ou trois calories. T'en as bien besoin.

Nahadeh a un regard amusé vers le pantalon de l'homme mouillé jusqu'aux genoux :

— Tu veux changer ta couche avant ou maman le f'ra plus tard ? Bon, assez plaisanté. Au travail !

Nahadeh saisit l'homme à la gorge.

— OK ! mon héros, faisons un p'tit arrangement. J'te conduis à une tanière d'ours, un beau kodiak, comme celui de la publicité de ton magasin. Si tu l'abats avec courage, j'te laisse filer. Mieux… j'te guide à ton campement, promis.

Du coup, soulagé d'une tension écrasante, Worm ne peut contenir ses larmes. Il lui reste une forte chance de s'en sortir. Il vise bien, ayant eu un entraînement de chasse unique : des bêtes de toutes sortes, par milliers, les chiens compris ! Durant sa jeunesse, il allait en forêt pratiquer le tir sur un peu n'importe quoi : coyotes, ours, loups, lapins, même des oiseaux ! Tout y passait. Il regarde Nahadeh et se permet un sourire condescendant. Cet Indien ne réalise pas à qui il s'adresse. Son magasin de Rapid-City regorge de bêtes empaillées, des centaines, toutes abattues avec une seule balle, rarement plus. Pour ce qui est de savoir tenir un fusil, Worm se pose en expert. L'imbécile ignore-t-il que Worm, connu dans le monde entier, est un personnage quasi légendaire? L'Indien s'apprête à commettre une erreur qu'il regrettera sa vie durant. Worm retient son rire à cette pensée. Une vie assurément très proche de sa conclusion. Dès que l'Indien permettra à Worm d'empoigner son arme, celui-ci saura montrer au maudit Peau-Rouge ce dont il est capable. Il se produira un de ces «accidents» de chasse que l'on dit fortuits, et tout sera dit. Pas de témoins, pas de crime. Worm s'en sortira avec les honneurs, la peau du Kodiak en prime. Réconfortantes pensées. Worm affiche un petit air suffisant. Il ne peut toutefois empêcher l'appréhension de saper son optimisme. Ce sera sa première chasse de la sorte. À l'ordinaire, il se dissimule dans un arbre, à moins qu'il ne loue les services de sept ou huit rabatteurs d'expérience qui, en cas de danger, abattent le gibier qu'il manque. Après tout, quelle obligation a-t-il d'aller chercher cet ours? Avant toute chose, c'est ce type qu'il doit éliminer.

Nahadeh houspille son prisonnier.

– T'avance, héros!

Malheureusement, le plan génial de Worm ne se réalisera pas. Nahadeh n'a aucunement l'intention de lui restituer son arme avant d'être parvenu à la caverne de l'ourse. Worm le comprend. Il hausse les épaules. Ça n'est que partie remise.

Ils cheminent plus d'une heure à travers un fouillis de roches et de buissons. Worm, maintes fois rappelé à l'ordre par l'extrémité du canon entre ses omoplates, souffle, tousse et crache comme un vieillard cacochyme.

— Plus facile de chasser d'un avion ou d'un engin motorisé, hein, pépère? jette Nahadeh. Bon, on y est. Derrière ces taillis, au pied d'la falaise, y'a la tanière de l'ourse. Une belle femelle, avec ses deux petits. Tu vas adorer. Voyons, j'suis bête. Les nobles émotions du chasseur de trophées, tu connais. Avec moi, aucun appât, pas d'hypocrisie. Aucun besoin de jouer de l'appeau, du courcaillet ou de balancer toutes ces odeurs — urine de femelles et sperme de mâles — que vous fichez partout afin de tromper les animaux. Mystifier une bête pour la tuer est pas bien noble. Moi, j'fais venir le gibier sans mentir. Regarde, je lance une poignée de cailloux contre la paroi rocheuse, et la voilà!

En effet, du milieu des buissons jaillit un cri féroce. Un effet saisissant. Ne pas voir la source de ce hurlement donne l'impression que toute la montagne gronde, folle de colère. Et l'ourse apparaît, immense! Elle se dresse sur ses pattes arrière : une bête de quatre mètres de haut, effrayante, superbe. Nahadeh laisse tomber à ses pieds un petit sac qu'il tenait en bandoulière puis il recule doucement :

— À toi d'jouer, *Superman*.

— Oh… mais… mon fusil?

Nahadeh fait mine de ne pas entendre; il s'éloigne à grands pas. Le chasseur, pétrifié, ne réagit plus. Entre les bouleaux nains, l'ourse se dandine d'une patte sur l'autre. Elle grogne, gueule ouverte. Ce sont des préliminaires d'intimidation. Tantôt, elle s'élancera de quelques pas, s'arrêtera, reculera. Elle peut aussi venir au galop vers l'homme et stopper à cinq pas de lui, se contentant de souffler bruyamment. Souvent, l'ours fait ainsi semblant d'attaquer, espérant décourager l'intrus. Si celui-ci est incapable de conserver son immobilité, il est perdu.

Worm a tué quantité de bêtes, mais il en ignore toujours la vraie nature. Il est livide.

— Mon arme, implore-t-il.

— Y'en a deux dans l'sac, sur ta gauche, indique l'Indien sans se retourner.

L'ourse charge. Worm se précipite. Fébrile, il ouvre la poche de cuir abandonnée à terre par Nahadeh. La vue de son contenu lui met une plainte démentielle à la bouche :

— Salaud!… Ah, ordure!

Worm tend les mains vers le ciel, vers ce Dieu qu'il a si mal servi. Dans son poing, dérisoire, se trouve un collier de griffes et de crocs d'ours :

— T'as jamais essayé l'combat en homme, à armes égales? C'est l'temps d'apprendre. Tu peux aussi faire le mort, c'est un bon truc!

Nahadeh disparaît dans le bois d'épinettes. Un rire moqueur l'accompagne. Worm suit le conseil de Nahadeh. Il se jette au sol, y demeure inerte. Hélas! La terreur le pénètre par tous les pores. Dans son affolement, il bouge…

L'ourse le saisit à la cuisse, le projette en l'air, le reprend par le mollet, secoue sa tête en tous sens. La jambe de Worm se disloque au genou, est arrachée. La bête reprend le corps pantelant, s'acharne, ouvre le visage d'un coup de patte, arrache un bras d'un coup de dent. Worm souffre longtemps avant de mourir.

Sur un arbre sec, près de là, un engoulevent s'élève d'une branche à l'autre, afin de gagner assez de hauteur pour prendre son envol. Une brise légère traverse le boisé, ramassant au passage des odeurs de fougères et de bois putréfié. Elle se coule sur la toundra, plisse les flots d'un lac scintillant et va perdre souffle dans les herbes hautes d'un pâturage où s'ébattent deux faons.

L'ourse regagne sa tanière. Ses enfants l'y attendent.

CHAPITRE 31

Cisco et Nahadeh réparent des raquettes. Les deux hommes ne se parlent pas, ils n'osent pas, de crainte d'aborder des sujets trop délicats qui demanderaient des réponses embarrassantes et engendreraient peut-être des prises de position irrévocables. Nahadeh n'a pas reparlé à Cisco de sa volonté de le voir s'en aller. Aurait-il pardonné la mort de son cousin?

Octobre est là. Le froid dépose son premier givre sur l'arrière-pays. Dans les montagnes, la mort s'acharne sur les marchands de fourrures. Ils sont décimés par dizaines! On retrouve les victimes un peu partout, des chasseurs blancs pour la plupart, occasionnellement Indiens, transpercées de flèches noires et décapitées, comme dans la légende. Chaque jour, en revenant de ses longues errances à travers les montagnes, Nahadeh raconte à Tahiné et à Cisco les actes vengeurs de Celle-d'en-Haut. Elle est à ce point courroucée, leur explique-t-il, qu'elle frappera, sans aucune mansuétude, jeunes et vieux, trappeurs blancs et guides indiens, et cela, jusqu'à la victoire totale et définitive, soit le départ de Nahanni du dernier envahisseur.

Nahadeh semble se réjouir de ces navrantes histoires. Cisco en perd le sommeil. Son ami devient fou. Il faut l'arrêter.

Un soleil éblouissant couvre le flanc des montagnes d'un vernis mordoré. Aux portes de l'hiver, c'est l'été indien et sa chaleur étonnante qui durera quelques jours. Tahiné se tient sous la cascade de Virginia dans une vasque de grès aux parois cristallisées. «Une perle dans son écrin», pense Cisco. Son plaisir ponctué de soupirs et de petits cris, la jeune femme s'abandonne à la fraîcheur de l'eau. En ce décor, elle personnifie l'amour, si joliment…

Deux oiseaux sylvicoles tournoient dans la vapeur laiteuse, s'appelant d'une voix aiguë. Cisco se laisse entraîner par la beauté de l'instant. Ému, il admire Tahiné. Une femme adorable, belle comme la vie…

Nahadeh le rejoint sur la colline. L'Indien se masse le haut de l'épaule :

— Tu m'as bien soigné, Cisco.

— Une fameuse blessure.

— Ouais, ça m'apprendra à ne pas regarder où je marche.

— *Ween-Yon-Peh, Ho-Won-Yah-Kay-Wach-Tay*, lui dit Cisco. *Zoo-Yah-We-Shosh-Tah.*

— Tu as raison, mon frère. Celle-ci est une belle femme.

L'Indien sourit, de la joie au fond des yeux. Cisco est son ami. Il l'appelle *Zoo-Yah-We-Shosh-Tah*, «Grand-Guerrier», dans sa langue maternelle, et il trouve sa compagne jolie.

— Tahiné est une Louve-Alpha, née pour mener la meute, émet doucement Nahadeh.

312

Nahadeh serre le bras du pilote, y mettant toute la force de son amitié, puis il descend à la plage de sable gris bordant les chutes. Il se dévêt, rejoint sa jeune épouse sous la cascade mugissante. Son corps brun aux muscles saillants a les tons mordorés d'une fourrure de castor. Les jeunes gens s'embrassent tendrement, laissant leurs mains, en caresses légères, exprimer leur amour et ce désir discipliné des grandes passions. Cisco a la gorge serrée. Ses amis sont beaux, si jeunes…

Ils plongent ensemble, regagnent la rive. Arrivée la première, Tahiné se glisse entre les herbes hautes. Elle attend son époux sur un lit de fougères arborescentes. Nahadeh apparaît, ruisselant, enveloppé d'une vapeur bleutée. Tahiné lui ouvre les bras. Nahadeh la recouvre de son corps.

Cisco détourne les yeux, bouleversé.

Tant de plaisir, d'insouciance, ce bonheur lui fait mal. Les jolies choses semblent créées pour ne jamais durer longtemps. Elles fleurissent, se fanent, ne laissant que regrets derrière elles. Fleurs éphémères! Tant de larmes, souvent, accompagnent le bonheur. Autour du pilote s'étale à l'infini un paysage fabuleux, le décor théâtral d'un étonnant récit au dénouement tragique. Cisco en a l'intuition profonde.

Cisco fait quelques pas dans la clairière. Il lui faut partir, tout de suite, avant l'hiver qui le retiendrait six mois de plus, mais surtout, avant que son amitié ne l'attire dans le crime à son tour. Cisco doit échapper à l'emprise de Nahadeh et à celle de ce pays, tellement puissantes. À présent, pour trouver sa route vers la civilisation, Cisco n'a aucun besoin de guide. Il sera capable de traverser seul l'immense pays. Aux côtés de Nahadeh, Cisco a découvert le Nord, comme on le ferait d'une belle histoire. La survie sur les Hautes-Terres n'a plus de secret pour lui. Il chasse à l'arc, connaît les écorces nourrissantes, les fruits et légumes sauvages qui ne bouleversent pas l'organisme. Il sait pêcher à la main les truites dans leurs trous de rochers, une tactique apprise de la Negra[19]. Une seule chose le retient encore : Tahiné. Cisco ne peut l'abandonner derrière lui. Elle ignore évidemment les crimes de son mari. Si dur que cela soit, Cisco devra tout lui expliquer, ainsi que le lui commande son devoir, puis ensuite, emmener la jeune femme aussi loin que possible de cet enfer aux apparences trompeuses de paradis. Dieu seul sait jusqu'où ira la démence de Nahadeh. Il y a urgence ! En effet, que la folie de Nahadeh prenne de l'ampleur, évoluant de façon incontrôlable, et Tahiné courra le risque d'en devenir à son tour l'infortunée victime. Une occurrence que Cisco ne saurait concevoir, surtout sachant qu'il est en son pouvoir de l'en empêcher.

Cisco s'installe, les yeux fermés, sous un peuplier, l'arbre sacré du peuple des montagnes. Alors, *Wagi-Chu*, «l'arbre qui parle», lui confie les secrets de la vallée, de sa voix bruissante, remplie de chuchotements, de noms et de rires, d'histoires sans rimes ni raisons. Le plus léger souffle de vent à travers les feuilles se transforme en paroles indignées ou joyeuses, suivant les caprices de la brise. Le Frère-Peuplier parle à celui qui sait l'entendre.

Le bruit de la cascade, plus bas, les chuchotements de l'arbre bavard, les odeurs de mousse et de terre humide, tout met aux lèvres de Cisco un goût de vrai bonheur, de vraie détresse. Ainsi que le disent les indiens Dakotas : ici, c'est le centre de la terre, le lieu sacré de la vie, d'où la mort prend aussi parfois son mystérieux envol.

Cisco gémit. En lui, une sorte de haine s'épanouissait comme une fleur maudite. Ce pays lui prenait l'âme et le cœur. Quitter les Hautes-Terres à jamais! En sera-t-il capable? À Nahanni, Cisco a découvert les fascinantes et nobles raisons de l'existence. Il est chez lui.

Damnée histoire!

Cisco sait qu'un malheur s'est produit à la tanière de l'ourse. Nahadeh peut bien affirmer qu'il s'est déchiré le muscle de l'épaule au cours d'une chute, sur «un éclat de bois en dents de requin», Cisco sait encore reconnaître une blessure par balle; il en a assez vu. Exaspérante légende. Sur ce coin de montagne, chacun, après ses mauvais coups, assure sans honte avoir été dirigé par la cousine de Cupidon. Celle-d'en-Haut. Fameuse excuse.

La Negra se couche aux pieds de Cisco. Il enfouit ses doigts dans la fourrure déjà garnie de sa laine d'hiver. Il a envie de rire à ce bonheur simple et de pleurer sur le reste de sa vie…

CHAPITRE 32

Un matin, durant l'absence de Nahadeh, Cisco réalise que l'instant est venu de mettre Tahiné au courant de l'existence criminelle secrète que mène son époux. Elle se tient devant la porte, le regard songeur, admirant la vallée avec des soupirs d'aise. L'automne met ses incomparables tons sur le paysage. Sans détour, Cisco lui raconte ce qu'il sait de Nahadeh. Sa démarche le remplit de honte, mais comment agir autrement ? Il aime Nahadeh et doit lui venir en aide, par tous les moyens. Le dénoncer à la police s'avère être le meilleur. De plus, Cisco est talonné par un ultimatum des chefs.

En effet, le Grand Conseil iroquois s'est de nouveau réuni. Alarmés par toute la faune massacrée ces derniè-res semaines, les chefs de clans exigent son expulsion immédiate de la réserve. Qu'importent ses liens d'ami-tié avec Nahadeh ; le Mexicain est un étranger ! Naha-deh, cette fois, n'a pu les en dissuader. En outre — et c'est là le plus décisif argument en sa défaveur —, les grands patriarches tribaux ont appris par la veuve de Ciel-de-Roches que Cisco fouillait la terre et les ruis-seaux, y prenant de l'or. En partant, il lui faudra aban-donner sa fortune. Un vieux, qui a vu la mine ouverte dans la montagne, certifie que la galerie permettra aux mauvais esprits d'envahir la vallée et qu'il sera ensuite impossible de les en déloger. Cisco est éberlué par cet invraisemblable prétexte. Les mauvais esprits! Pareilles absurdités au 21e siècle...

Cisco a supplié Nahadeh d'intervenir. L'Indien est resté inflexible.

— Nos vieux ont droit à leurs croyances. Va-t-en.

Cisco, le cœur en pleine déroute, livre à Tahiné ses doutes sur l'état mental de son mari. Dès les premiers mots, la jeune femme s'indigne :

— Comment oses-tu parler ainsi de celui qui t'a enseigné tout ce qu'il sait? Il est ton ami et tu... Ah! c'est toi l'insensé, laisse-t-elle filtrer entre ses lèvres frémissantes. Colère et douleur emplissent ses yeux de larmes. Tu n'as donc rien compris. Notre race, notre culture, nos animaux sacrés, nos légendes ne font qu'un tout, à jamais indivisible.

— Minute. Ne me dis pas que tu crois à ces fadaises de...

— Si! *Yu-Wah-Kon-Peh*, «Celle-d'en-Haut», c'est elle qui nous protège.

— *Caraï!* pas toi aussi.

— Je suis aborigène. J'ai mes croyances, mes dieux de la terre et des bêtes. Tu as partagé notre vie durant des mois et apparemment rien vu, rien entendu, rien senti. Qu'as-tu appris de notre monde, à part la façon de trouver trois légumes de forêt et ne pas confondre l'excrément de l'ours avec celui du loup? Notre peuple, c'est l'histoire vivante du monde depuis sa création et le loup, notre fétiche, est l'esprit de la nature.

— Encore le loup? Vous n'avez que ce mot à la bouche!

— Avec juste raison. Au lieu d'apprendre mon pays à travers des bouquins stupides, juge par toi-même. Tu as vu la louve masser du museau le ventre de ses petits pour qu'ils digèrent? Seule la femme fera ça. La société du loup, son organisation sociale et familiale sont, du règne animal, la plus proche de la nôtre, avant les singes ou les dauphins... défauts en moins. La voix du loup, c'est l'âme sacrée de nos disparus, le lien entre nous et l'au-delà, nous et la nature. Pour beaucoup de nations indiennes, le loup créa le monde et le sauva[20].

— Balivernes!

— Ne pas croire une légende, c'est refuser une partie de la vérité. Depuis la nuit des temps, le loup symbolise la liberté. Certains peuples, même chez les Blancs, en ont fait un Dieu.

— Tu parles d'un bel exemple!... Faunus Lupercus, le dieu loup de la fécondité dans l'Antiquité. Il est aussi devenu celui de la débauche. Les fameuses lupercales en son honneur se terminaient en orgies. Fariboles, vos loups!

— Ne dis pas ça. Celle-d'en-Haut, c'est justement la louve des légendes. Reconnais plutôt son importance dans notre savoir. La terre, le loup, l'Indien... c'est la même chose. Nous sommes liés à jamais. Que disparaisse l'animal, et ce sera l'anéantissement de l'être humain. La terre est un grand corps, une entité. Chaque espèce vivante en est une sorte de cellule. Trop en détruire affaiblit Petite-Mère-Terre. De l'infiniment grand à l'invisible, chaque forme de vie est liée à une autre. Elles se tiennent par la main, comme une farandole d'enfants heureux. Qu'un enfant tombe malade, la danse est interrompue et voilà brisé le précaire équilibre de tout ce qui respire.

— Fantastique! Où t'as lu ces choses?

— Je ne sais pas lire. Aucun besoin de ça pour connaître la vie.

Les yeux de Cisco se brouillent. Tahiné aime trop ses montagnes pour un jour les quitter, même à cause des folies de Nahadeh. En fait, elle et lui souffrent d'un mal similaire : la recherche d'une identité, le désir de survivre à tout prix, de protéger ces valeurs ancestrales qui remontent à la nuit des temps. L'Indien ne renie pas ses origines, ni ses valeurs; il meurt pour elles.

— Nahadeh n'accepte pas de voir souffrir sa terre, poursuit la jeune femme. Pas loin d'ici, le gouvernement du Yukon vient de lancer une vaste campagne d'élimination des loups dans la région de Coast Mountains, désirant faire augmenter les hordes de caribous au profit des chasseurs. Afin de mettre le public de leur côté, ces marchands de peaux ont lancé la fausse nouvelle qu'un enfant de six ans s'était fait égorger par un loup. Alors, ils ont massacré 120 loups sur les 160 que comptait la région. Inutilement.

Le nombre de loups et de caribous s'est toujours équilibré en fonction de la nourriture qu'ils trouvent et du climat. Tuer ces animaux satisfait les ignorants et les imbéciles. Au milieu du lac Michigan se trouve une réserve faunique nommée l'Ile Royale. La chasse y est interdite. Depuis 80 ans, loups et cervidés s'y côtoient. Le nombre d'animaux y demeure inchangé. Si nous, les vrais gens du Nord, ne faisons rien, qui le fera? En fait, le loup est le symbole de la vie.

— Ça n'est pourtant pas en tuant les chasseurs…

— Arrête ça! On ne tue personne.

— Tahiné… Viens avec moi aux U.S.A.

— Vivre parmi les Blancs? Jolie destinée.

— Alors, je partirai seul... et... je dénoncerai ton mari et ses copains aux autorités. Il le faut. Nahadeh doit être soigné, il est malade, Tahiné, très malade. Son cœur est enragé et son âme tourmentée. Dans sa tête, il y a l'holocauste de vos ancêtres, l'éclat des bombes en Iraq, la mort de ses compagnons de combat, celle de ses bêtes. Nous devons l'aider.

Un rire moqueur franchit les lèvres tremblantes de Tahiné.

— Allez donc! Un autre ami des Indiens qui fait marche arrière. C'est toi qu'il faut aider, pas nous.

— Tu n'as pas le droit de dire ça. J'aime Nahadeh, mais l'amour a ses limites. Et si... si je te prouve qu'il a commis ces atrocités?

— En es-tu capable?

— Assurément! Suis-moi en montagne.

Elle a un rire sans joie, retient un sanglot.

— J'irai. J'ai envie de voir tes efforts ridicules pour incriminer ton ami.

Cisco se tait. La décision prise, le reste appartient à Dieu. Songeuse, la jeune femme pose les yeux sur les petits spectacles paisibles qui se déroulent à hauteur de ses yeux. Un oiseau qui chante, un écureuil sautant de branche en branche, s'arrêtant parfois pour les regarder en bavardant de sa voix aiguë. Tahiné ne sait plus que croire.

Durant ce temps, Nahadeh médite aux chutes de Virginia. Il doit partir le lendemain, après une nuit de purification inipi. Cisco et Tahiné le suivront à son insu.

CHAPITRE 33

Seul dans la montagne, Nahadeh est aux prises avec ses démons intérieurs. Son esprit désemparé conteste la réalité, égaré dans la furie de quelque combat du désert. Ses pensées lui échappent, dispersées dans le domaine de l'incohérence. Ne lui reste que *Hanble-Cheyapi*, «le cri pour une vision», au cours de la prière sacrée *Chay-Keh-Ya*. Seule *Chay-Keh-Ya* apaisera ses angoisses plongeant leurs racines parmi les plus glaciales ténèbres.

Nahadeh va à Dieu le cœur débordant d'humilité. Il prie au nom de sa paix spirituelle, de l'amour, de la vie...

– *Ô Wakan-Tanka! onsimala yé*, «Ô Grand-Esprit! Aie ta pitié sur moi». *Oyaté Hani Wacin Cha Som-Pah*, «Fais que mon peuple vive, que la nature puisse glorieusement conduire le combat qui l'oppose à l'inconscience humaine».

Nahadeh ne réclame rien pour lui-même. Il implore les bienfaits du ciel au profit de ses semblables. Que leur bien-être soit son bonheur. La prière lakota se veut ainsi, dénuée de passions égoïstes. C'est une imploration guidée par le seul altruisme. Nahadeh y recherche *Taku-Wakan-Kin*, les choses spirituelles profondes. Voilà pourquoi il termine chaque propos confié à l'Esprit par ces mots : *Mita-Kuyé Oyas'in*, «Pour tous les miens». Les mots sacrés prononcés, Nahadeh bourre sa courte pipe en catlinite d'un mélange consacré d'écorce de saule rouge, et de *kinni-kinniks*, puis il fume lentement, dans les sept directions sacrées : une bouffée à l'Ouest, au Nord, à l'Est et au Sud; une autre vers le Père-Ciel, puis la Terre-Mère, et enfin, une à l'endroit du soleil au centre de la terre, là où réside Wakan-Tanka, «le Grand-Esprit». Sept bouffées. Le chiffre magique du peuple lakota. Ce respect rendu au Maître des choses et de la destinée, un chant roule dans sa gorge. Mélopée envoûtante, litanie aux accents rauques, sauvage comme ces montagnes, ce décor, sa race née dans un passé aussi lointain que la création de cette vallée. Le chant revient, inlassablement, vers le milieu du ciel, y réunissant les modestes demandes.

— *Tunkasila Wakan-Tanka, Onsimala Yi. Omakiya Yi. Wacéci…* «Grand-Père, Grand-Esprit, mets ta pitié sur moi. Aide-moi à… Je prie pour que… toi». *Unci Ma…, Wacéci Ciyi.* «Grand… Ah, aide-moi donc!»

Horreur! Voici qu'en ce funeste jour, les mots qui se présentent à son esprit ne font que s'écouler, malhabiles, sur ses lèvres tremblantes. Les phrases s'embrouillent comme à plaisir, forment des suites verbeuses où se perdent le nom de Dieu et les nobles raisons qui auraient dû guider son âme. Sa tête tourne, ses yeux brûlent, comme ceux de l'enfant qui, par jeu, défie le soleil levant.

Nahadeh ne sait plus prier!

Ainsi, Wakan-Tanka se détourne de lui, l'abandonnant à *Wah-Kon-She-Cha*, «le Maître des ténèbres». Et Nahadeh devient sourd aux plus banales vérités. Ces derniers mois, de plus en plus fréquemment, il a ainsi évolué dans une manière de songe, entre l'ombre et la lumière, un délire, une fièvre intermittente qui le laisse chaque fois souffle court et cœur en chamade. Aujourd'hui, l'effort pour retrouver le chemin vers Dieu l'épuise davantage encore que la plus violente des courses en montagne. Ses paroles, sans la moindre portée, deviennent simples murmures dans la tempête, et ses bras suppliants ne semblent capables d'accomplir que des gestes inutiles et combien dérisoires.

— Dieu d'amour et de paix, guide mes pas! implore-t-il avant de perdre connaissance.

CHAPITRE 34

Depuis l'aube, Nahadeh se dirige vers la Vallée bleue, à quinze kilomètres de Virginia. Cisco et Tahiné le suivent. Ils ne se parlent pas. Il n'y a rien à dire. Chacun songe au dénouement possible de cette entreprise. Alors, pour repousser la peur, ils font ressurgir en leur cœur les souvenirs heureux de l'amitié. Ils se réfugient craintivement parmi eux, utilisant pour ce faire toute la détermination que permet l'espérance. Ce bonheur sans égal des jours anciens les protégera peut-être, espèrent-ils, d'un drame possible. Ce qu'ils vont chercher en ces montagnes risque de leur faire très mal pour des raisons et à des degrés différents. Ils ne sauraient se le dissimuler. Le but de Cisco est simple, presque banal : surprendre Nahadeh durant l'accomplissement d'un acte répréhensible. Sa fameuse preuve !

Prenant soin de se déplacer en silence, cheminant au cœur des bois, dans les ravins et le long des passages buissonneux, Tahiné trouve facilement la cachette de Nahadeh. La piste de son mari était facile à suivre, ce qui ne lui ressemble guère. Même durant ses promenades, Nahadeh avait toujours pris grand soin de ne laisser la moindre trace de son passage.

Prudence d'ancien soldat, atavisme d'Indien. Aurait-il perdu tout cela?

La jeune femme frissonne longuement. Elle retient ses larmes. Une quête douloureuse se termine. Tahiné va savoir. La peur lui noue la gorge. Et si le pilote était dans le vrai?

Nahadeh est installé derrière un amas de roches moussues, en surplomb d'un chemin d'orignal menant à un point d'eau. L'Indien organise son embuscade. Il ne se doute pas de l'attention dont il est l'objet. Hors de sa vue, au-delà d'une colline dénudée à peine à cent pas de là, Cisco et Tahiné se reposent au bord de la rivière. Tahiné y baigne ses pieds meurtris par des mocassins trop légers pour les longues marches. Dans l'énervement du départ, elle a négligé de les remplacer par des chaussures mieux adaptées à la montagne. Cisco s'assied à l'ombre d'un sapin. Que de regrets! À l'heure de *We-Paha-Sapa*, quand le soleil devient centre de la terre, ils entendent des éclats de voix sur le sentier qui monte vers Nahadeh. Les traits de Tahiné s'altèrent d'un seul coup. Le bleu de ses yeux pâlit jusqu'à la transparence d'un ciel d'été.

À travers les arbustes bordant leur coin de ruisseau, ils aperçoivent trois chasseurs blancs équipés pour la chasse au gibier de montagne. Ils sont guidés par Gros-Ventre-à-Bières, le fameux sadique recyclé dans l'amour de la faune. Sur leur sac à dos, des peaux de loups fraîchement abattus et, tintinnabulant, les terribles pièges à mâchoires d'acier qui déchirent la vie des bêtes dans les plus atroces souffrances. À la vue de Gros-Ventre-à-Bières, le sourire de Nahadeh s'agrandit de satisfaction. Il a 9 000 bêtes à venger.

Les chasseurs passent devant le ruisseau où se reposent Cisco et Tahiné, ignorant tout du danger les menaçant plus haut.

Sur le plateau rocheux, Nahadeh prépare son arme. Tahiné entend le cliquetis métallique de la culasse qu'il actionne. L'Indien lève la tête au-dessus des broussailles. La jeune femme aperçoit le canon noir de sa carabine. Elle blêmit.

— Oh! Cisco... Tu avais raison. Il va tirer.

Le temps s'arrête. Cisco empoigne sa Winchester, cadeau de Nahadeh. Tahiné sanglote. Il hésite. Elle pose la main sur la sienne.

— Ne tire pas. Que m'importe ce qu'il a pu faire...

Les yeux du pilote s'emplissent de larmes. Il les essuie d'un coup de manche et repousse doucement son amie; le contact amical de sa main faussait sa réflexion. Il aimerait tant pouvoir écouter Tahiné et, surtout, résister à cette impérieuse voix intérieure qui dirige son action. Hélas, le temps de la réflexion lui manque et il ne découvre aucune alternative. Il épaule, vite. Tahiné tend le bras. Trop tard. Le doigt de Cisco se crispe sur la détente. Il appuie en hurlant, comme si l'homme qui en lui aime Nahadeh désirait le prévenir du péril.

— NON! la plainte de Tahiné se joint à sa propre peine.

Le coup part. Nahadeh sursaute, se redresse lentement, bien droit, comme si la balle qui lui déchire la poitrine ne comptait pas. En ce décor créé par Dieu, endroit d'amour et de beauté, l'homme apporte la destruction, tout le mal dont est capable son espèce. Gros-Ventre-à-Bières et ses semblables ont mis haine et confusion dans l'esprit des gens de la montagne. Tahiné est paralysée par la stupeur. Elle regarde Cisco sans prononcer un mot, sans penser ni réagir; elle a l'impression étrange que la scène tragique qui vient de prendre place ne la concerne pas.

Nahadeh souffre, comme ses loups massacrés en trois semaines par un groupe de trappeurs guidés par Gros-Ventre-à-Bières. Ils sont arrivés en suivant les premières couleurs de l'automne, sur leurs engins motorisés. Boule-de-Neige a été broyée sous un véhicule tout terrain par le fameux Price Rundill, le «tueur à moto-neige» d'Alaska. Pichsko, Pahaska, Sintèpoh, ses loups fidèles, ont été abattus pour punir Nahadeh d'interdire son domaine aux Blancs. Choo-Choo a été mutilée. D'autres loups, Nootka, La Grise, Ilik, Wolf, Chinook, ont péri empoisonnés. Il ne reste plus une seule meute dans toute la vallée. Il a suffi d'un louveteau attaché par une patte devant la tanière de ses parents pour attirer une vingtaine d'adultes appartenant aux meutes des environs. Car les loups adoptent les orphelins, sans distinction. Pattes-jaunes, Un-œil, Sans-queue, pris au piège, furent tués à coups de bâton, pour ne pas abîmer leur peau d'une balle. Ensuite, ç'a été le tour des ours : adieu Pelée, vieille ourse qui chaque année amenait sa nichée à Nahadeh, puis se postait au bord de la rivière, à la montaison du frère saumon! Adieu, Quatre-Doigts et tes petits, criblés de balles explosives!… Adieu ours, loups, couguars qui servez de cible au jeu diabolique des hommes.

— Adieu, mon Nord martyrisé… ma terre agonisante… Adieu, mes loups…

Nahadeh s'agenouille. La douleur déforme ses traits. Il s'affaisse sur le côté, se replie sur lui-même, position de l'enfant dans l'insouciance fœtale, avant tout.

— Père... Mère... me pardonnerez-vous ? J'étais jeune... si faible ! À huit ans, je ne pouvais pas retenir votre lourde barque dans ce courant fort comme l'orignal. *Wiconi-Nagi*, « Ombres de l'existence... », mes parents, je viens à vous.

Un grand froid l'envahit. Tahiné et le pilote sont là. Réconciliés par une semblable douleur. La jeune femme prend la main de son mari, incapable de prononcer un mot. Elle a mal, un mal qui, plus tôt, lui faisait désirer la mort de Cisco. À quoi bon à présent ? Le destin annoncé par le Sage s'accomplissait.

Au printemps passé, lorsque le vieil homme lui enseignait les mystères de la vie, Tahiné ignorait combien serait douloureux le chemin menant à la connaissance.

Cisco serre son ami contre sa poitrine, le berce comme un enfant.

— Nahadeh... Pourquoi ta lutte insensée ?

— Rien n'est perdu. La terre gagnera en fin de... compte. La vie... tu verras.

— Fou qui m'oblige à te tuer !

Nahadeh ferme les yeux. Un sourire, une toux sèche.

— Entêté. Tu... ne crois toujours... pas en Elle ? Et toi, Tahiné... qui as douté de moi.

La jeune femme laisse couler ses larmes.

— Je ne voulais pas qu'il tire, mais tu pointais ton fusil et...

Dans un effort qui le fait gémir, Nahadeh tend une main devant lui.

— La carabine... dans l'buisson...

Aussitôt, Cisco va fouiller parmi les herbes hautes. Il trouve l'arme, l'examine et pousse un cri démentiel. Tahiné le rejoint, affolée. Elle découvre la carabine à son tour ; toute l'horreur du monde la submerge. Cisco tient une arme hypodermique, de celles qu'utilisent les biologistes pour endormir les animaux à étudier. Un objet inoffensif. Seigneur! Que vient de faire Cisco?

Ils se précipitent auprès du blessé. Nahadeh cherche la main de son ami.

— P'tit cul d'ours... tu pouvais pas savoir. Ne t'en veux pas... Il fallait que cela... soit. Wakan-Tanka a décidé.

— Alors, ces armes nouvelles que tu rapportais de tes sorties?

— *Estupido!* Je réparais les fusils des frères du village. Je n'ai tué personne. Worm, le fumier de Rapid-City, avait une chance de... s'en sortir. Il a bougé.

— Et les deux autres chasseurs?

— C'est... Celle-d'en-Haut... ses flèches... moi... j'ai jamais tiré à l'arc... de ma vie. *Mierda*, que j'ai mal! *Hasta luego, Soon-Kah-Sh'keh... Cha-Tonka...*

— *Si... hasta pronto*, «petit frère carcajou»...

Le souffle de Nahadeh se fait court. Il s'en va...

— Tahiné, *Wakan-Tanka... Tunkassila-Onsimala-Yi. Mitakuye-Oye-In. Tahiné, Tah-We-Choo. E-Cho, Nah-Peh! Chon-T'Kin-Yah, Ne-Yeh...*

Nahadeh termine son existence sur des mots d'amour. Comme il le lui demande, Tahiné prend sa main déjà froide, la serre de toutes ses forces. Soudain, le regard de l'Indienne s'illumine. Elle se penche sur Nahadeh, murmure à son oreille. Le visage du garçon se détend, rayonnant d'un bonheur qui se situe bien au-delà des mots, au-delà de l'ultime épreuve humaine. Il ouvre les yeux, sourit. Ses joues se colorent. Durant un instant, Cisco veut croire à Celle-d'en-Haut. Un miracle, son ami va vivre...

Et retentit le cri d'un loup. Puis, dans le lointain, de droite et de gauche, des vallées et flancs de montagnes, jaillissent d'autres hurlements. Nahadeh grogne de plaisir. *Chin-Yeh Shoong-Tok-Cha*. Le frère loup. Il en restait. *Tah-Cha'b'doh-Kah, He-Yok-Peh Wah-Kon, Wakan-Tanka.*

«Loué soit le Maître-des-Choses. Son âme est heureuse.»

Les yeux de Nahadeh se ferment. Il pose doucement la tête sur les genoux de sa femme et quitte ces Hautes-Terres qu'il aimait tant. Sur ses lèvres demeure un mot : Tahiné…

Cisco s'éloigne sans bruit, laissant la jeune femme à son chagrin. Il va plus loin se consacrer au sien. Et surgit en lui un mal à ce point violent que les larmes elles-mêmes n'ont aucun sens. Elles ne soulagent en rien sa détresse. Subsiste en son cœur un vide immense, son repentir, si profond, et l'amer regret de n'avoir su livrer à Nahadeh toute l'étendue de son affection.

Sur le chemin, les chasseurs de loups passent en riant. Ils ont entendu la détonation, mais rien aperçu du drame.

Bonne prise ? demande Gros-Ventre-à-Bières en voyant Cisco au bord du talus. Plus loin, apercevant Nahadeh dans les bras de Tahiné, les chasseurs lancent au passage quelques plaisanteries grivoises.

Le corps de Nahadeh est installé sur une plate-forme de bois, soigneusement orientée d'après les points cardinaux sacrés de la terre. Cisco et Tahiné se tiennent à distance. L'âme de celui qui part ne doit pas être importunée par la tristesse imprégnant l'atmosphère alentour. Après une longue hésitation, Cisco questionne Tahiné sur un fait qui plus tôt l'a intrigué.

— Que lui as-tu dit? Il y avait un tel bonheur dans ses yeux.

Tahiné pose la main sur son ventre. Cisco sourit timidement. Bien sûr, un enfant! Étrangement, Tahiné semble heureuse. Elle regarde même Cisco sans aucune haine. C'est incompréhensible. Il en est bouleversé. Après un signe de la tête signifiant au pilote qu'il est temps pour lui de s'en aller, l'Indienne s'assoit face à la plate-forme funéraire et chante la prière des morts. Plus tard, lui reste à tenir la promesse faite à Nahadeh le jour de leur mariage. Une boule dure obstrue sa gorge à la pensée de ce qu'elle doit accomplir. Mais reculer est impossible; sa destinée doit se réaliser…

Cisco va plus loin préparer un feu de bois et chauffer du café dans l'éventualité où la jeune femme viendrait chercher un peu de réconfort à ce bivouac primitif. Il s'enroule ensuite dans une fourrure et s'endort. Au réveil, il est seul. Il fait doux. Devant le foyer éteint, deux hochequeues se disputent un reste de biscuit. Près de Cisco, quelques passereaux de buissons vont et viennent à petits pas, de cet air sérieux qu'ont parfois les oiseaux. Le décor, admirable, est un ardent appel à sa tristesse. La beauté se trouve partout, en intruse. Pourquoi pareille tragédie? En fait, une histoire toute simple s'est déroulée en ces montagnes et Cisco n'en saisit toujours pas la raison ni le but. En ce monde, toute chose désirée par le Créateur tend vers un accomplissement, éclatant ou infime, souvent imperceptible, mais il existe. Alors, quel chemin obscur ce drame a-t-il éclairé?

Cisco entre dans le boisé où repose la dépouille de son ami. Le dernier adieu. Il pénètre dans la clairière où se dresse la plate-forme funéraire et… son cœur bondit.

L'échafaudage est renversé; le corps a disparu!

Tahiné n'a pu transporter seule un poids si considérable. Un ours? Impossible. Cisco aurait entendu quelque chose. Le pilote recherche le cadavre une partie de la matinée. En vain. Vers «l'heure du soleil au centre de la terre», il s'en va. Un départ, une fuite plutôt; vite, vers le sud. Il y a un village iroquois dans cette direction. Autour de Cisco, la nature semble plus belle qu'à l'ordinaire, ajoutant un émoi supplémentaire à la douleur qui croît en lui à mesure que ses pas l'éloignent de son autre vie. Une douleur qui restera là, que le temps n'effacera jamais. Les hommes sont fous. Les Indiens ont raison. Préserver le monde naturel est primordial. Cisco entend encore son ami réciter le poème fameux des indiens Kristineaux :

Seulement quand le dernier arbre sera coupé,
Seulement quand la dernière rivière sera empoisonnée,
Seulement quand le dernier poisson sera pris,
Seulement alors, comprendras-tu, ô Blanc, que l'argent
[ne se mange pas...

Cisco est las, désabusé. L'homme ne comprendra-t-il pas à temps? Cisco force le pas, vers ce qu'hier encore il nommait sa liberté. Elle vient de prendre un goût de fiel. Il se rend à la mine où il entrepose son or depuis sa mésaventure avec Ciel-de-Roches. Un poids énorme, au moins quarante kilos. La fortune, un avenir facile. Il se met en route. Le «Grand Conseil Indien» a ordonné qu'il n'emporte pas son or, mais après toute cette histoire, Cisco a bien mérité une compensation substantielle. Il passe outre. D'ailleurs, qui le saura?

Cisco traverse la rivière en face de Virginia, à un jet de pierre de la cabane.

Dire qu'il ne réalisait pas à quel point il y était heureux. Il courait après une illusion, gaspillant ses meilleurs instants à bâtir des chimères. Cisco jette un regard empli de nostalgie à la chaumière de rondins. Il lui semble voir la cheminée qui fume? Il aimerait croire que tout est encore possible. Il irait à la maison, pousserait la porte et les trouverait tous les deux à la table rugueuse. Sur le poêle, il y aurait une potée de café chaud, prête pour lui, le vieil ami. Tahiné lui proposerait du gâteau, comme ce jour-là...

– Cisco, *Cheen Ton-Kah, Ah-Ho-Yah-Pe-Skoo-Skoo-Yah?*

Elle l'avait fait bien rire avec son «*Pe-Skoo-Skoo-Yah.*»

– Vous en avez d'ces noms d'gâteau, avait-il lancé en embrassant la jeune femme sur le front.

Chère petite Tahiné...

La fumée sur la cabane?... Un nuage. Il est passé...

CHAPITRE 35

Un avion survole la piste de Cisco, il s'éloigne, revient, bat des ailes. La fameuse délivrance est là! Un instant, Cisco songe à se dissimuler; il se jette sous couvert du bois. Il voudrait courir, mais le poids de l'or est considérable. Les branches basses des sapins lui fouettent le visage et le corps. Il a un rire sans joie. À quoi bon demeurer dans ces montagnes? Où qu'il aille, Tahiné et Nahadeh seront absents. Mais eux vivants... ça, eux vivants...

Le petit appareil est équipé de flotteurs à roues. Il effectue de larges cercles sur la vallée, à la recherche d'un terrain plat ou d'un lac où se poser. Cisco s'engage dans un long défilé rocheux. Il quitte les bois. Une falaise abrupte jaillit devant lui. Sur sa gauche s'ouvre un précipice. *Ton-Kah Kah-K'see-Zah*, le Grand-Canyon. Nahadeh aimait cette montagne sauvage qui se penche sur un gouffre de quatre cents mètres de profondeur. Il venait souvent s'y recueillir.

Soudain, Cisco sursaute. La Negra est là qui se lamente, penchée sur le vide. À l'aplomb, haut dans le ciel grisâtre, quatre grands rapaces tournoient en lançant des cris rauques. Dieu! Cisco s'immobilise. Il vient de voir un mocassin de Tahiné et son bracelet d'argent posé au bord du gouffre, comme un signe pour lui. Il refuse de comprendre. Ce serait trop horrible. Une bête a pu tomber, attirant les rapaces? Il lui suffit d'approcher de l'à-pic, de regarder au fond afin de s'en assurer. Il en est incapable.

— Tahiné, tu n'aurais pas fait une si horrible chose? murmure-t-il alors que ses yeux s'emplissent de larmes. Voyons, tantôt, c'était bien de la fumée sur le toit de la maisonnette, Tahiné préparait son repas, ça n'était pas un nuage, oh non, pas un nuage. Cisco est épuisé, malheureux. Tant de souffrance par sa faute. Il se campe sur ses jambes écartées, tend les bras vers le ciel et lance à pleins poumons, entre les parois rocheuses, ce cri qu'il retient depuis son enfance, depuis que son jeune frère a été emporté par une maladie nommée pauvreté.

— NAHADEH, MON FRÈRE... JE T'AIME!...

L'écho lui revient, un écho étrange. Il ne vibre pas comme sa douleur, mais répond à son amour. Les «je t'aime» de l'écho ressemblent aux bruissements de l'arbre qui parle, l'arbre sacré qui dit à l'homme ce que son cœur désire entendre.

— *Chin-Yeh*... Cisco... *Chin-Yeh!* Je t'aime aussi...

Cisco s'arrête et fait volte-face, mû par une volonté surprenante. Sur le sentier, à vingt pas de lui, se tient un couple de loups majestueux. Le mâle est grand, ses muscles noueux frémissent sous sa fourrure rousse. La femelle est fine, racée : une louve Alpha, celle qui mène la meute, se dit Cisco. Fait étrange, elle semble à quelques jours de louveter. Ça n'est pourtant plus la saison d'avoir des petits. Cisco est content de les voir. Inexplicable plaisir.

— Prenez soin de vous, mes...

La surprise fige le mot sur ses lèvres. Cisco approche à quelques pas des loups. Ils ne bougent pas. La gorge de Cisco est nouée par l'émotion.

— Mon Dieu!

Les deux loups ont les yeux bleus. Une rareté chez ces animaux, mais surtout, il y a dans ceux de la femelle des reflets presque mauves, pareils aux yeux de...Oh Seigneur, c'est impossible!

La louve lèche gentiment le museau de son mâle. Ils rient ensemble. Cisco tourne la tête, il part, vite, sans se retourner; son pas s'accélère de lui-même. Il pleure en courant.

— Non! Non! Cela ne peut pas être!

Les deux loups hurlent; des cris ressemblant à «Nahanni». Leur chant est doux. C'est le murmure du vent, l'espoir, la voix du Nord. *Shoong-Tok-Sha,* «le loup», dernier rempart de la vie sauvage. Cisco essuie ses yeux. Merci, Nahadeh, frère indien. Il crie.

— *Na... Ha... Deh!*

La montagne ventrue emporte ses mots.

— *Ta... Hi... Né!*

Ceux-là suivent les premiers, ils se mêlent, rebondissent sur une falaise, glissent dans l'herbe jaune de l'automne, s'imprègnent de ciel, des choses du temps et de l'espace...

— Adieu, amis. *Un-Peh-Tu-K'deh Chon-Teh-She-Cha Um-Pay-Du...* «Aujourd'hui est un jour triste pour celui qui reste.»

Quel privilège d'avoir eu votre amitié!

Devant Cisco, le soleil s'enfonce au milieu d'une forêt étalée jusqu'à l'horizon. Un loup hurle. Le cœur de Cisco bondit. C'est la Negra. Cisco reconnaîtrait sa voix parmi vingt autres lamentations. Elle l'appelle. Il joint les mains devant sa bouche et lui parle, comme le lui a enseigné Nahadeh. Un long sanglot répond au sien. L'émotion étreint Cisco. Il quitte le défilé rocheux.

Et la Negra se trouve devant lui, assise sur le chemin. Cisco caresse son museau. Elle lui mord doucement le pouce, comme à son habitude, puis s'éloigne vers le bois, à petits pas. Elle s'arrête, regarde Cisco, pousse un cri plaintif et disparaît dans les fourrés.

Deux hommes descendent de l'avion. Ils portent des fusils de gros calibre. Le plus âgé, un type vigoureux, s'adresse à Cisco.

— Vous êtes du coin? On cherche un guide. La chasse aux loups, ça vous di...

Il n'a pas le temps de terminer. Il est à terre, sur le dos. Cisco se masse le poing.

— Personne touche aux loups de Nahadeh! Rembarquez, j'rentre avec vous, gronde-t-il.

Les chasseurs obtempèrent sans un mot. Ce type paraît dangereux.

À l'orée du bois, un glapissement, sorte de rire. Cisco tourne lentement la tête. Les deux loups aux yeux clairs sont là qui le regardent. Il découvre avec étonnement sur leurs gueules fines une manière de satisfaction. Cisco a même l'impression que le mâle prononce des mots. C'est impensable...

Puis voilà que la silhouette des loups s'estompe. À leur place, un prodige! se tiennent Nahadeh et Tahiné. Illusion d'optique, mirage du redoutable pays des glaces. Cisco interpelle les chasseurs d'une voix anxieuse.

— Hé! Dites, vous les voyez ces loups, là, sur la piste; enfin, ces Indiens... mes amis, quoi! Vous les voyez?

Les deux hommes lancent un regard vers le chemin, lèvent les yeux au ciel, moqueurs. Des loups, des amis?

Il n'y a rien à voir. Cisco bondit dans l'avion.

— Décollez, vite! Je deviens fou.

L'homme que Cisco a frappé secoue la tête en signe d'évidence. Soudain, horrifié, Cisco fixe son sac d'or. Il l'attire à lui. Vide! Durant sa progression dans le bois, une branche en a déchiré le fond. Des kilos d'or. La fortune. Il s'est vidé doucement, une pépite à la fois. Une perte de poids insensible à laquelle ses épaules se sont graduellement habituées. Cisco n'y a pas pris garde. Il est atterré. La mort de Phil, de ses amis Indiens, des agents fédéraux, des chasseurs, du malheureux Ciel-de-Roches... Ce cauchemar, pour rien. Le néant! Comme si cette année passée dans la montagne n'avait existé que pour semer le malheur. Sans raison!

Cisco rejette le sac à ses pieds. Un objet dur heurte le sol métallique. Cisco plonge sa main dans la poche de cuir et en retire une pépite.

«Elle!»

Cisco ouvre son hublot et lance la pépite. Un morceau d'or qui doit valoir dans les 1 600 dollars!

— *Yu-Wah-Kon-Peh*, toi ma jolie, tu restes ici!

Cisco jette un dernier regard vers le sol. Sur le chemin, il y a les deux loups et les oursons de Nahadeh qui viennent de se joindre à eux. Un sourire flotte sur les lèvres de Cisco. Plus loin, à l'orée du bois, la veuve de Ciel-de-Roches ramasse l'or qu'il a semé. Le conseil du village lui permettra sûrement d'en faire l'échange au bureau des affaires indiennes de la réserve afin qu'elle puisse refaire sa vie.

Dans l'avion, le chasseur qui observe Cisco depuis un moment se penche vers son compagnon, la mine incrédule.

— Tu sais c'que le type vient d'faire? Une pépite grosse comme mon poing... il l'a jetée!

— Il disait quoi tantôt?

— «Je deviens fou.»

— Il le devient pas, il l'est!

ÉPILOGUE

Sept mois ont passé. L'air sec, tumultueux comme une rivière de montagne, s'imprègne de parfums nouveaux, musqués et à goût de cannelle. Le ciel vibre au rythme des milliers d'ailes qui l'agitent. C'est la grande migration. Les beaux jours reviennent. Des oiseaux de toutes couleurs, groupés en bandes silencieuses, glissent sur les courants tièdes de l'atmosphère, dessinant sur l'espace azuré des arcs-en-ciel frénétiques. Ces nuées virevoltent, larges vagues effaçant parfois l'horizon, masquant le soleil. Ricochant sur quelque lac frissonnant de brume, elles effleurent la cime d'arbres séculaires d'un élan doux et majestueux. Ces bandes d'oiseaux virent, partent et reviennent, vagues vivantes à l'écume d'aile duveteuse. Une hésitation, elles se penchent de-ci de-là, se ramassent en une forme qui palpite, comme si l'espace avait un cœur. La nature, au fil du temps, doucement se remplit de ses bruits de bêtes. Le soir, lorsque hurle le loup, il y a des mots dans le vent.

Ici, c'est le domaine du loup, le pays de Tahiné, celui de Nahadeh. Parfois, à la brunante, ce joli crépuscule canadien, on peut apercevoir deux grands loups bondissant souplement à travers toundras et forêts, un

343

mâle à la fourrure rousse et une jolie femelle blonde :
c'est une louve Alpha, de celles qui mènent les meutes.
Leurs petits les suivent. Certains jours, deux grands ours
bruns les accompagnent d'une allure pataude. Les vieux
Indiens de la vallée de Virginia, disent que si vous criez
Tahiné! ou Nahadeh! au passage de la meute, deux
loups s'arrêtent, et vous regardent... Des loups aux
yeux bleus.

Je les ai vus, j'ai essayé. Ils m'ont regardé...

Si vous passez dans la région, poussez votre exploration dans cette forêt que Nahadeh, Tahiné et Cisco
ont tant aimée. De loin, au sommet d'un grand pin à la
pointe ébranchée, vous apercevrez une longue antenne
de télévision terminée par un petit drapeau vert et
bleu... Approchez-vous. La cabane est là. Vous verrez
probablement de la fumée sortir de sa cheminée
rouillée. Ça ne sera pas un nuage, non, pas un nuage.
Des gens vivent dans la cabane de Nahadeh. Frappez
à leur porte ; vous serez reçus avec cette fameuse hospitalité du Sud — oui, du Sud — par deux enfants
turbulents : des moricauds ! Les yeux de la mère et la
peau brune du père. Cisco et Dolores. Cisco a ramené
sa petite famille de San Diego. Il est devenu garde-
chasse de la réserve de Nahanni. Garde-loups serait plus
justement dit. L'âme de Nahadeh peut reposer en paix.
Ses loups sont en sécurité. Cisco lui devait bien cela. Au
diable l'or ! Le pilote connaît tous les prédateurs de son
domaine par leur nom et, avec sa réputation de «tête de
cochon hispanique», aucun chasseur n'oserait traquer
les «loups de Nahadeh», comme il les appelle. Un jour,
les jumeaux reprendront sûrement le métier. Ils aiment
les animaux, surtout les loups. Ils sont en admiration
devant les louveteaux que la Negra leur amène chaque

jour pour une période de jeux. Dans la cabane, il y a sur le poêle à bois, en permanence, un pot de café chaud pour les amis, les visiteurs... et un peu aussi dans l'éventualité où Nahadeh et Tahiné reviendraient...

Parfois, lorsque Cisco est seul en montagne, les deux loups aux yeux bleus s'attachent à ses pas. De temps à autre, deux gigantesques ours trottent à leur suite. L'homme et les bêtes se racontent leurs souvenirs. Cisco rit, heureux comme avant. Ces jours-là, il est transfiguré. À Dolores et aux enfants, il rapporte ces rencontres et les folles aventures qu'ils vivent. Tous l'écoutent, les yeux grands de plaisir. Car c'est un fait, Celle-d'en-Haut est bien réelle. Dolores elle-même ne doute plus. Cisco vous en parlera, sans se lasser, des soirées entières...

QUELQUES MOTS SUR LES «SIOUX»

Ce peuple se nomme lui-même Dakota, Lakota ou Nakota, suivant la branche de la Nation à laquelle il appartient. Pour fuir les persécutions, quelques Dakotas et Lakotas passèrent au Canada avec le chef Sitting-Bull en 1880, après leur victoire contre les États-Unis, à la fameuse bataille de Little Big Horn. Plus tard, l'armée américaine fit croire au vieil homme-médecine qu'il était pardonné et pouvait rentrer chez lui, à Paha-Sapah, les Collines Noires. Il y fut assassiné. Beaucoup de Dakotas demeurèrent au Canada. Le mot Dakota signifie amical. Il désigne aujourd'hui un État américain. Le blanc dira «Sioux», à cause du nom Nadawessi qui leur fut donné par leurs ennemis, les Chippewas, en guise de respect. Il signifie «Serpent à sonnette», dans le sens de rusé. Les Français ajoutèrent *oux* : Nadawes-sioux, pour le pluriel et, plus tard, abrégèrent en Sioux.

À propos du loup

«Le loup est un animal timide qui devrait plutôt inspirer la sympathie, [...] son organisation familiale en fait le plus évolué des mammifères. Quand un loup et une louve se sont choisis, c'est pour la vie. Sanguinaire le loup? Loin de là! Il ne se nourrit guère que de petits rongeurs. Comme tous les prédateurs, le loup ne s'attaque qu'aux bêtes malades, infirmes ou vieilles, assurant ainsi à ces grands troupeaux non domestiqués une sélection naturelle et un équilibre biologique indispensables à leur survie. Le loup ne tue jamais pour le plaisir mais par nécessité[21].»

Quelques faits sur le loup...

Entre 1953 et 1956, sur les conseils des associations de chasse, le gouvernement fit croire que les loups propageaient la rage. Pour éliminer cette «menace», l'Alaska utilisa du poison dans tout le pays : cyanure, strychnine, et le fameux 1080, un poison terrible qui entra aussitôt dans la chaîne alimentaire. Une hécatombe s'ensuivit. L'ours au sortir de l'hibernation, l'aigle migrant. Résultat : pour tuer 5 200 loups – but unique des chasseurs –, l'Alaska massacra au hasard 171 000 coyotes, 55 000 renards et des dizaines de milliers d'autres bêtes innocentes se nourrissant des cadavres empoisonnés ou de vomissures d'animaux malades étirées parfois sur des kilomètres de distance – chiffres officiels. En dix ans, les «régulateurs de la faune d'Alaska» ont massacré 12 000 loups. Les chercheurs du gouvernement s'aperçurent, une fois terminé le carnage, que les seuls vecteurs de la rage avaient été la chauve-souris et le rat. L'excuse de l'erreur ne trompa personne. C'était voulu, bien entendu. Aujourd'hui, l'Alaska trace des routes dans ses plus belles réserves, les plus inaccessibles, afin de procurer un gibier neuf aux chasseurs sportifs, faisant disparaître du même coup l'habitat protégé de l'aigle chauve et du loup Archipelago, deux espèces rares en voie d'extinction. L'auteur parle de ces faits en toute connaissance. George Bush, président américain, va faire ouvrir des sites d'exploration pétrolière en Alaska où se trouvent les plus belles réserves naturelles d'Amérique. Un événement impatiemment attendu par les groupements de chasseurs qui auront ainsi à leur disposition de nouvelles routes vers des tanières jusqu'alors inaccessibles. Une politique à court terme, qui prime sur la nature. Dans vingt ans, le pétrole n'existera plus et la Nature sera brisée. Hélas, celle-ci n'est pas chose «réparable».

Le loup émet une gamme de sons variés : geignement, plainte, glapissement, grincement, jappement, grognement, grondement. On dit qu'il crie, pleure, chante, se lamente, hurle. Le loup utilise toutes les parties de son corps pour s'exprimer : yeux, sourcils, paupières, babines, museau, pattes, queue, corps au complet. Chaque mouvement est accompagné du son approprié. Les biologistes disent que le loup est capable de se faire plus clairement comprendre que le singe lui-même. Les structures sociales du loup sont celles qui se rapprochent le plus de celles de l'être humain. Encore une fois, avant le singe. Les loups s'accouplent pour la vie. Si les parents d'un jeune loup se font tuer, la louve la plus proche des parents – sœur, tante – élèvera le petit.

NOTES

1. Dans les années 90, un gouverneur d'Alaska essaya de faire voter une loi afin de doter les hélicoptères du ministère de la Faune d'armes automatiques pour mieux contrôler les populations de loups, au profit des chasseurs. La loi ne passa pas. Il s'ensuivit une tuerie qui élimina 70 % des loups de cet État. Conséquence logique : il y eut bientôt trop de caribous. Pour éliminer les caribous, le gouverneur délivra 4 000 permis de chasse (hors saison) pour une seule journée durant le passage d'une migration de caribous ; ils rentraient sur leurs terres d'hiver avec leurs petits. On transporta les chasseurs par avion en plein milieu du troupeau. Ce fut un carnage. Des milliers de bêtes furent massacrées. En 1994, un permis de chasse à l'ours coûtait 5 dollars pour mieux attirer les sportifs. Les amis de la faune achetèrent donc le plus de permis possible – l'auteur en eut sa part. Il n'y eut pas de chasse à l'ours cette année-là. À la même époque, certains sportifs chassaient le loup avec des armes automatiques. Sur la mer de Beaufort, un policier du Yukon a dit à l'auteur qu'il avait vu semblable chose se produire sur une plaine, près de Fort MacPherson, durant une migration de caribous. «Pour s'amuser, les Indiens tiraient les yeux fermés et touchaient à chaque fois leur cible. Ce n'était pas joli, mais on ne pouvait rien faire.» Actuellement, le Yukon a repris son élimination des loups par hélicoptère.

2. «Grand chasseur, ami de la nature», voici comment les livres désignent Théodore «Teddy» Roosevelt, président américain dont le visage fut immortalisé dans la pierre du mont

Rushmore, sur la montagne sacrée des Dakotas – chose qu'ils n'ont d'ailleurs jamais pardonnée. Un jour, Roosevelt tenait un ours au bout de son fusil, quand il décida, pour une raison connue de lui seul, de lui laisser la vie sauve (privilège des chasseurs). Il devint alors ce grand ami de la faune dont on parle encore. Le peuple, ému par une telle gentillesse, fit de l'ours son animal fétiche, lui donnant le surnom de *Teddy*, diminutif de Théodore. L'animal sera immortalisé par la voix de Presley dans la chanson *Teddy Bear,* «l'Ours Ted». C'est probablement pour se faire pardonner cette faiblesse que le président déclarera peu après une guerre sans merci aux prédateurs de son pays : «Le loup, cette bête qui sème la destruction et la désolation est nuisible et doit disparaître.» Pour mémoire, l'ours épargné par Roosevelt fut abattu par un de ses amis, à la demande de Teddy lui-même. Cela, le peuple ne le sut pas.

3. Little Big Horn (une rivière aux États-Unis) : nom donné par les Blancs à la fameuse bataille dans laquelle Dakotas, Arapahoes et Cheyennes s'allièrent pour combattre le sanguinaire général Armstrong Custer. Pour les Indiens, ce fut la bataille de Greasy Grass, du nom de la rivière qui traversait leur campement. Concernant la Nation Sha-He-Yenna (Cheyennes), mot se traduisant par «Ceux à la voix aiguë», Custer pensait que le mot était «Chienne», en français. Ces gens se nommaient eux-mêmes Dsi-Tsi-Itsa, le Peuple. Homme-médecine : homme possédant des rapports étroits avec les esprits et le surnaturel, souvent capable de guérir du fait de sa connaissance des plantes médicinales. Respecté en tant que conseiller spirituel et interprète des songes.

4. Après la dernière grande bataille indienne, qui vit la victoire du chef Cheval-Fou sur Armstrong Custer, les Blancs massacrèrent plusieurs villages au complet. Un aborigène païute, Wovoka, créa une nouvelle religion – la danse des Esprits. Selon lui, la danse permettait de communiquer avec Dieu. La religion annonçait, entre autres, le retour des grands chefs morts qui reprendraient aux Blancs, pacifiquement, les terres ancestrales. Les Blancs ne comprirent pas. Ils massacrèrent 350 personnes, dans un village d'indiens Dakotas et de Cheyennes, à Wounded Knee. Concernant Cheval-Fou, Ta Sunka-Witco, en langue dakota, son nom signifie «Son

Cheval est fou», et non «Cheval Fou», qui est plutôt pris comme une insulte par les Aborigènes.

5. Cette catastrophe se passa au Québec. La compagnie hydroélectrique du Québec fit un barrage, sans aucune étude environnementale sérieuse préalable. Ensuite, en fonction de la saison de chasse à venir, le nombre de loups de toute la région fut réduit de 80 % — par le poison — afin de compenser la perte des caribous.

6. En 1943, un garçon de 15 ans, sur présentation de faux papiers, s'engagea dans la Marine américaine. Il sera démasqué et renvoyé chez lui malgré plusieurs décorations pour bravoure au combat. Le film *Too Young the Hero* retrace sa vie.

7. *Wasichus* : certains traducteurs diront que le mot signifie «en dehors de l'harmonie», «contraire à la nature», d'où le choix des Indiens pour nommer les Blancs. Nous prendrons la définition de l'artiste Dakota Paul War Cloud (Nuage-de-Guerre). Wasichu : peuple qui porte des culottes courtes. Le soldat américain était Isan-Hanska, Long-Couteau.

8. Oncle Sam, représentation caricaturale des États-Unis: un homme à barbe blanche, coiffé d'un haut de forme et drapé dans le drapeau américain. Le nom vient de Sam Houston, chef de la guerre d'indépendance du Texas, lui qui abandonna la garnison de Fort Alamo à son triste sort, face aux troupes mexicaines du général Santa Ana. David Crocket et Jim Bowie y perdirent la vie. Ce général mexicain était à ce point sanguinaire que l'on a donné son nom au vent de Californie, le «vent du diable», soit le Santa-Ana. Sam Houston, entre autres, désirait l'élimination de tous «les maudits sauvages rouges».

9. Quelques éleveurs sans scrupule d'Amérique et d'Europe, pour faire de l'argent facilement, ont créé «l'hybride», un mélange de loup et de chien. Posséder un loup est exotique! Ils l'appellent *wolf-dog*. Une bête instable, imprévisible, qui ressemble au loup, possède sa redoutable puissance, peut sauter trois mètres de haut, briser un fémur de cheval d'une simple pression de la mâchoire, et surtout, qui ne craint pas l'homme, à l'opposé du loup sauvage. L'hybride est destructeur, impossible à dresser. Beaucoup de propriétaires, dépassés par la tâche, les relâchent dans les forêts avec toutes les

tragédies que cela implique. C'est la réputation du loup véritable qui en souffre.

10. Dans toute l'histoire du continent américain, il n'a jamais été rapporté d'attaques de loups contre un humain. Par contre, chaque année, des millions de gens se font attaquer par des chiens, et beaucoup d'enfants sont même tués. En 1994, le Yukon fit croire à une attaque mortelle de loup sur un garçon de six ans (l'auteur se trouvait sur place) afin de s'allier l'opinion publique dans le massacre de 80 % des loups de tout le Nord canadien, toujours pour plaire aux organismes de chasse. Il y a quelques années, le *Journal de Montréal* annonça à plusieurs reprises que des loups avaient attaqué des enfants dans le parc Algonquin, en Ontario. C'étaient des chiens abandonnés. Mais là encore, on préparait un nouveau massacre de loups. Ce même journal a aussi fait un article poignant sur une malheureuse femme attaquée par une bande de coyotes. L'auteur vit dans un bois, les coyotes y sont nombreux… et très timides.

11. Réserve de Kitsi-Sagig, région du grand lac Victoria au Québec. Proportionnellement au nombre d'habitants, on y trouve le taux de suicide le plus élevé au monde, surtout parmi une jeunesse désabusée et sans avenir.

12. Certains peuples ont totalement disparu ou presque, comme les Mandans, les Narragansets, les Mohicans et les Béothuks. En 1800, il y avait 45 000 Apaches en Amérique ; en 1871, 19 000 ; en 1875, 7 000 ; en 1890, 600. On a l'impression ici d'assister à la disparition du rhinocéros. Quant aux Béothuks de Terre-Neuve, le dernier d'entre eux, Sha-Naw-Dit'hit, mourut captif en 1829. Dans la relation de Monsieur de Roberval, on lit : «Un missionnaire rapporte : Les Béothuks étaient des gens paisibles, pêcheurs, aux yeux verts, à la peau très claire, et aux longs cheveux bouclés. On aurait dit des Blancs. Ils étaient tirés à vue par les Terre-Neuviens, comme le chevreuil ou le canard.» Ce peuple, le premier du continent à entrer en contact avec la civilisation blanche, se peignait le corps en rouge pour danser, d'où le nom de Peaux-Rouges que les conquérants donnèrent à toutes les Nations indiennes. Notons, au passage, que depuis la pacification de l'Amazonie plus de 250 tribus ont totalement disparu… ainsi que 50 % de la plus belle forêt du monde. Deux cents ans

après le début de la colonisation de l'Amérique, 95 % des Indiens avaient été exterminés du continent. Et pourtant, étrangement, on ne parle jamais de l'holocauste indien.

13. Lorsque le loup disparaît d'une région, le coyote n'a plus d'ennemis et il se reproduit en grand nombre. Au Québec, il y a quelques années, il y eut un massacre de coyotes, pour plaire aux chasseurs, évidemment, qui disaient que «les coyotes mangeaient trop du gibier appartenant aux hommes» : en huit mois, plus de cinquante mille coyotes furent abattus, par toutes sortes de moyens cruels. Sans aucune raison ! Les scientifiques gouvernementaux «ignoraient» que le coyote se nourrit en général de sauterelles, de souris et de charognes, et que de ce fait il ne concurrençait pas les chasseurs.

14. Il est notoire qu'en Alaska et au Canada, les ours sont «apprivoisés» durant l'automne avec une nourriture sucrée suspendue aux arbres dans des barils percés : les ignobles stations d'appât. Et comme la chasse à l'ours se pratique «courageusement» d'une plate-forme installée dans un arbre, l'animal n'a pas la moindre chance d'échapper à la mort. À l'ouverture de la chasse, l'ours sera là, couché au pied de l'arbre, ou les pattes tendues amicalement vers l'homme, attendant ses gâteries. Les chasseurs russes font encore «mieux». Ils vont tuer les femelles ourses endormies, pendant leur hibernation, abandonnant ensuite les petits dans la grotte ou les vendant aux touristes sur des marchés ouverts. Aux États-Unis, un enfant de 12 ans peut avoir son distributeur de sucreries et son arme. On trouve toujours une chaise ou un fauteuil sur ces plates-formes de tir. La chasse aux biches, à l'arc, est de la même noblesse… appâts, odeurs, sucreries, grains sont déposés six mois par an au pied de l'arbre du sportif en prévision de l'ouverture de la «chasse». L'homme attend que la malheureuse biche vienne s'offrir… En huit ans, quatre des chiens de l'auteur se sont fait abattre par les flèches ou les balles de ces nobles sportifs.

15. Le *tobacco*, mot anglais emprunté à l'espagnol *tabaco*, est une découverte indienne. Par ailleurs, le terme *Kinni-Kinniks*, d'origine Chippewa, signifie «ce qui est mélangé». Dans leur mélange de tabac, les Algonquins utilisent les feuilles de ces baies rouges que mangent les ours. Les pipes lakotas sont en général faites de catlinite, pierre rouge (douce), et de glaise.

On trouve la catlinite dans une montagne sacrée du Minnesota (États-Unis). Les Indiens, qui utilisent le calumet pour sceller leurs accords, s'y approvisionnent depuis toujours. La carrière appartient aux Dakotas. Même les pires ennemis observaient une trêve près de ces lieux sacrés, où ils campaient parfois plusieurs jours côte à côte. Cette industrie, toujours vivante en 2005, a donné son nom à la ville de Pipestone, «pierre à pipe». Le nom de «catlinite» fut donné en l'honneur du peintre de l'ouest George Catlin, qui introduisit le calumet en Europe. Ce terme ne se retrouve que dans certains dictionnaires spécialisés sur le Far-West.

16. Chez les indiens Lakotas, le garçon qui désirait courtiser une jeune fille devait le faire devant toute la famille réunie. Assis face à la jeune fille, ils étaient enveloppés d'une couverture, la tête seule dépassant. Ce qui se passait sous la couverture devait permettre aux jeunes gens de se faire une idée du partenaire qu'il aurait dans les liens du mariage. Si la jeune fille était populaire, il pouvait y avoir devant chez elle une longue file d'attente avant d'avoir son tour sous la couverture avec elle.

17. *Wolfer* : tueur de loup, un métier reconnu en Alaska. En anglais américain, la chasse est ainsi nommée : le chasseur est un *sportsman* (homme de sports ou sportif), le gibier est *game* (qui signifie aussi jeu), et les articles de chasse *sports-goods*, que l'on pourrait traduire par « bonnes choses pour le sport. » Quant aux animaux non visés par les trappeurs mais qui ont l'audace de se faire prendre au piège – chiens, aigles, couguars, lynx, chats sauvages, etc. –, ce sont des «détritus».

18. Pris au piège, un loup vigoureux, capable de briser d'une pression de la mâchoire un fémur d'orignal, courbera la tête sous la main de l'homme. Un loup sauvage, coincé dans une pièce sans issue, se couchera en tremblant, même devant un enfant. Un chat domestique attaquerait. L'expérience suivante fut souvent faite par les biologistes américains en quête de «sujets d'expériences»: l'homme entre dans la tanière d'une louve qui vient d'avoir ses petits ; il en prend un ou deux ; la louve geint mais ne bouge pas. Une pianiste française connue qui a deux loups en captivité a dit que «sous aucun prétexte, elle ne tournerait le dos à ses loups». Elle ne connaît pas beaucoup ces animaux. Jamais le loup n'attaquera un être

humain, ni de face ni de dos, affamé ou non. À moins que ces «loups» ne soient des hybrides.

19. Nombre de ces tactiques et ruses sont d'ailleurs copiées par les Natifs et utilisées aussi bien à la chasse que dans leurs guerres. Le loup remonte bruyamment les cours d'eau en poussant devant lui truites et brochets, jusqu'aux endroits peu profonds et sans issue où, de la patte, il les jette sur la rive. Il pêche aussi le chabot arctique, en soulevant les pierres où niche ce poisson.

20. Selon l'indien Cri, après le déluge, un loup approcha du radeau des survivants avec un morceau de tourbe dans la gueule. Les naufragés le suivirent. Alors la bête lâcha le bout de terre et un continent fut créé. Chez l'Inuit, Amarok le loup sauva les hommes de la famine en éliminant les bêtes malades des troupeaux de caribous. Les indiens Pawnees, natifs du Kansas, désignent le loup en plaçant l'index et le majeur de la main droite en forme de U, qu'ils portent à l'oreille; ce même geste signifie le peuple pawnee. L'homme et la bête se confondent.

Dans toutes les montagnes Rocheuses d'Amérique, il reste moins de 2 000 grizzlis. Quant aux loups d'Alaska, le nombre est à 1 700 de l'extinction totale.

21. Paul-Émile Victor, *Les loups*, En collaboration avec Jean Larivière, Nathan, 1980.

TABLE

LES ÉDITIONS DAVID

COLLECTION **VOIX NARRATIVES ET ONIRIQUES**
Collection dirigée par Marie-Anne Blaquière

BÉLANGER, Gaétan. *Le jeu ultime*, 2001.

BRUNET, Jacques. *Ah...sh*t! Agaceries*, 1996. Épuisé.

BRUNET, Jacques. *Messe grise ou La fesse cachée du Bon Dieu*, 2000.

CHICOINE, Francine. *Carnets du minuscule*, 2005.

CRÉPEAU, Pierre. *Kami. Mémoires d'une bergère teutonne*, 1999.

CRÉPEAU, Pierre. *Mgr Aloys, Bigirumwami, Paroles du soir. Contes du Rwanda*, 2000.

DONOVAN, Marie-Andrée. *Fantômier*, 2005.

DONOVAN, Marie-Andrée. *Les bernaches en voyage*, 2001.

DONOVAN, Marie-Andrée. *L'envers de toi*, 1997.

DONOVAN, Marie-Andrée. *L'harmonica*, 2000.

DONOVAN, Marie-Andrée. *Mademoiselle Cassie*, 1999. Épuisé.

DONOVAN, Marie-Andrée. *Mademoiselle Cassie*, 2e éd., 2003.

DONOVAN, Marie-Andrée. *Nouvelles volantes*, 1994. Épuisé.

DONOVAN, Marie-Andrée. *Les soleils incendiés*, 2004.

DUBOIS, Gilles. *L'homme aux yeux de loup*, 2005.

DUCASSE, Claudine. *Cloître d'octobre*, 2005.

DUHAIME, André. *Pour quelques rêves*, 1995. Épuisé.

FAUQUET, Ginette. *La chaîne d'alliance*, en coédition avec les Éditions La Vouivre (France), 2004.

FLAMAND, Jacques. *Mezzo tinto*, 2001.

FLUTSZTEJN-GRUDA, Ilona. *L'aïeule*, 2004.

GRAVEL, Claudette. *Fruits de la passion*, 2002.

JEANSONNE, Lorraine M. M. *L'occasion rêvée... Cette course de chevaux sur le lac Témiscamingue*, 2001. Épuisé.

MUIR, Michel. *Carnets intimes. 1993-1994*, 1995. Épuisé.

ROSSIGNOL, Dany. *L'angélus*, 2004.

VICKERS, Nancy. *La petite vieille aux poupées*, 2002.

YOUNES, Mila. *Ma mère, ma fille, ma sœur*, 2003.

Achevé d'imprimer
en octobre 2005
sur les presses de Marquis Imprimeur
Cap-Saint-Ignace (Québec) CANADA